每逢佳节倍思亲

向上吧！诗词（亲情卷）

《意林》图书部 编

本册主编：王蒙蒙/樊迎鑫/仲维柯/颜婳

上海文艺出版社
Shanghai Literature & Art Publishing House

图书在版编目（CIP）数据

每逢佳节倍思亲 . 亲情卷 / 《意林》图书部编 . -- 上海 : 上海文艺出版社 , 2019

ISBN 978-7-5321-7170-5

Ⅰ . ①每… Ⅱ . ①意… Ⅲ . ①古典诗歌－诗歌欣赏－中国 Ⅳ . ① I207.2

中国版本图书馆 CIP 数据核字 (2019) 第 082953 号

发 行 人：陈　征
责任编辑：崔　莉
丛书策划：徐　晶
特约策划：肖桂香
本册主编：王蒙蒙　樊迎鑫　仲维柯　颜　婳
特约统筹：王来宁
特约编辑：肖桂香
封面设计：资　源
美术编辑：郭　宁　李雪菲
封面供图：呼葱觅蒜

书　　名：每逢佳节倍思亲　亲情卷
编　　者：《意林》图书部
出　　版：上海世纪出版集团　上海文艺出版社
地　　址：上海市绍兴路 7 号　200020
发　　行：上海文艺出版社发行中心发行
　　　　　上海市绍兴路 50 号　200020　www.ewen.co
印　　刷：河北盛世彩捷印刷有限公司
开　　本：700×1000　1/16
印　　张：11
字　　数：300,000
印　　次：2019 年 6 月第 1 版　2019 年 6 月第 1 次印刷
I S B N：978-7-5321-7170-5 / I · 5728
定　　价：36.00 元

目录 CONTENTS

母爱篇

诗词 AB 面

名人万花筒

父爱篇

诗词 AB 面

名人万花筒

手足篇

诗词 AB 面

名人万花筒

思念篇

诗词 AB 面

名人万花筒

怀乡篇

诗词 AB 面

名人万花筒

母爱篇

「临行密密缝，意恐迟迟归」，「见面怜清瘦，呼儿问苦辛」，让我们从古诗词中追寻母爱的痕迹。才发现，原来，母爱用诗词来描绘是那么美。

白居易，唐代诗人，字乐天，号香山居士，与元稹并称为“元白”。

慈乌夜啼

［唐］白居易

慈乌失其母，哑哑吐哀音。
昼夜不飞去，经年守故林。
夜夜夜半啼，闻者为沾襟。
声中如告诉，未尽反哺心。
百鸟岂无母，尔独哀怨深。
应是母慈重，使尔悲不任。
昔有吴起者，母殁[①]丧不临。
嗟哉斯徒辈，其心不如禽。
慈乌复慈乌，鸟中之曾参。

解读赏析 JIEDU SHANGXI

“慈乌夜啼，使人思亲。”

本诗为唐代大诗人白居易的一篇咏物诗，歌颂了满怀孝心的乌鸦，认为它就像贤人曾参那样具有孝顺的品德。作者借用对乌鸦品性的描写表达了自己“未尽反哺心”的自责和愧疚。

全诗分三部分，第一部分讲乌鸦失去了母亲，日夜哑哑哀泣，守着旧日的树林。每夜夜半悲啼，听到的人为之落泪，其声好像在告诉别人，自己没有尽到反哺的孝心。别的鸟也有母亲，只有乌鸦哀痛最深。应该是母亲恩情重，使得它难以承受。通过拟人和对比的手法描写了慈乌夜啼的场景，进而赞扬其孝心不改、情意深长的品德。第二部分则斥责吴起母亲去世还不奔丧，认为这样的人其心连乌鸦都不如，通过对吴起的怒斥进一步对比体现了慈乌品德的可贵。第三部分则将慈乌比作鸟类中的曾参，将对慈乌孝心的赞颂推崇到极致，既是对全诗内容的总结，也是对全诗主旨的升华。

全诗语言简朴明白，风格流畅自然，通过借物言志的手法，表达自己没能及时行孝的悔恨和哀伤，也是对世人不孝者的劝勉警戒。

① 殁：死亡、去世。

诗词AB面 SHICI AB MIAN

孝顺的鸟儿——乌鸦

在中国传统文化中，各种动物往往会被寄寓不同的品德以劝导世人遵循这些品德，乌鸦就是一个非常典型的案例。在古代文人笔下，往往会提起乌鸦“反哺报恩”的品德。就是讲乌鸦作为一种孝鸟，当它们的父母因为年龄和健康原因无法觅食的时候，它们不但会给父母寻找食物，而且会亲自把食物喂给父母，像人类父母哺乳养育子女一样。李密的名文《陈情表》就有这么一句话：“乌鸟私情，愿乞终养。”所要表达的就是愿意像乌鸦那样奉养自己的祖母，不愿入朝为官的意思。

名人万花筒 MINGREN WANHUATONG

母亲——白居易一生无法回避的悔恨

对于自己的母亲，大诗人白居易的感情是复杂的，但就其整整一生而言，这种复杂的感情经过不断的简化之后所剩下的，恐怕只有悔恨。

白居易并非出身豪富之家，不过祖辈也是读书人。在他很小的时候，祖父祖母相继病故，父亲白季庚将一家妻小寄居于符离以避开乱世，自己去外面闯荡。白居易和母亲在乱世中相依为命，日子也算安稳。直到二十二岁之时，白居易的父亲因病卒于任上，其母悲痛过度，从此精神状态每况愈下，最终发展为严重的精神疾病，最后在看花的时候落井而亡。白居易一方面悔恨没有治好母亲的病症，另一方面也悔恨平时没有多陪在母亲身边亲自奉养以报答她的养育之恩。

母亲去世之后，不仅带给白居易心理上的打击，还被他的政敌抓为把柄，认为他写过“赏花”和“新井”等诗，是不孝的表现，他因此被贬谪为江州司马。

除此之外，白居易的悔恨也体现在个人爱情的一方面。在符离的时候，他喜欢上了邻家的女子，却因为母亲嫌弃对方家庭条件而没法在一起，后来两家人各自搬离符离，两个人再没有见过面，白居易只好在诗中反复地怀念故人，这也是由母亲而起，一生无法回避的悔恨。

知识小问答

传统文化中乌鸦常常作为什么象征出现？（　　）

A. 夫妻　　B. 孝子　　C. 智者　　D. 骗子

孟郊，字东野，唐代著名诗人，世称“诗囚”；与贾岛齐名，人称“郊寒岛瘦”。

游子吟[1]

［唐］孟　郊

慈母手中线，
游子身上衣。
临[2]行密密缝，
意恐迟迟归。
谁言寸草[3]心，
报得三春晖。

解读赏析
JIEDU SHANGXI

“诗从肺腑出，出辄愁肺腑。”

诗人孟郊早年漂泊无依，直到五十岁时才谋得溧阳县尉这么个卑微之职，结束了长年漂泊流离的生活。生活安定后，孟郊便将母亲从老家接到溧阳。此时的孟郊，饱尝世态炎凉，深感仕途艰辛，心中愈加感到亲情的可贵，于是便写出这首感人至深的《游子吟》。

诗人用生活中极常见的“线”与“衣”两物，将“慈母”“游子”紧紧联系在一起，生动地展现了慈母为游子的操劳，抒发了对母爱的赞叹之情。而后通过刻画慈母为游子赶制出门衣服的动作和心理，凸显了母爱的深度和广度。慈母千针万线“密密缝”，怕儿子“迟迟”难归。伟大的母爱正是通过日常生活中的细节表现出来。诗人采用白描手法，不做任何铺陈和修饰，但慈母的形象跃然纸上，真切感人。末尾诗人直抒胸臆，对母爱尽情地赞美。这两句采用传统比兴手法：儿女像芊芊小草，母爱如明媚春光；可寸草（儿女）怎能报答春光（母爱）于万一呢？悬殊的对比，形象的比喻，寄托着赤子对慈母发自肺腑的爱。

难怪北宋文学家苏轼在读到此诗时，不由吟出“诗从肺腑出，出辄愁肺腑”（《读孟郊诗》）的感叹。诵读千古名诗《游子吟》，让人感到，虽无藻绘与雕饰，然清新流畅扑面而来，于淳朴素淡中感受浓郁醇美，慈母于平凡中闪耀伟大的人性美。

①游子吟：游子，古代称远游旅居的人。吟，诗体名称。②临：将要。③寸草：小草，这里比喻子女。

诗词AB面
SHICI AB MIAN

巧用“慈母缝衣”意象抒真情

古今咏叹母爱的诗篇众多，然而唐代诗人孟郊的《游子吟》竟成这“众多”中的翘楚，感动了一代又一代的读者。诵读《游子吟》，“慈母手中线，游子身上衣。临行密密缝，意恐迟迟归。……”读者感到，面前仿佛真的坐着一位慈祥的母亲：她躬身屈背，右手捏针，左手抚衣，密密缝织着，那样专注，那样执着……我们知道，意境是诗人的主观情思与客观景物相交融而创造出来的艺术境界，是诗人在作品中呈现的一种情景交融、虚实相生、活跃着生命律动的韵味无穷的诗意空间。在本诗中，正是诗人巧妙选取“慈母缝衣”这一意象，创造出了“慈母为即将远游的儿子缝制寒衣，她既忧虑儿子饥寒，又担心儿子迟归，把满腔的爱化作忧虑”这一感人意境。看来，精彩的意象承载着丰厚的意境，丰厚的意境表现浓郁的情感，浓郁的情感感染着读者。这些，孟郊在《游子吟》中都做到了。

名人万花筒
MINGREN WANHUATONG

孟郊喜极 “走马观花”

该成语意思是指骑在奔跑的马上看花，原形容事情如意，心情愉快，后多指粗略地观察一下。其实，这成语与唐代大诗人孟郊有关。

孟郊生于中唐时期的湖州武康，父亲孟庭玢是一名小吏，曾任昆山县尉，家境清贫。孟郊从小勤奋好学，才华出众。但是，他在求取功名上可谓“命运多舛”，从青年到壮年，好几次参加进士考试都落了第。孟郊虽然穷困潦倒，甚至连家人生活都成问题，但性情耿直，不肯走权贵之门。他决心刻苦攻读，用自己的真才实学，叩开仕途大门。唐德宗贞元十三年(公元797年)，孟郊再赴长安参加进士考试，终于求得了进士及第。闻此喜讯，孟郊简直高兴坏了，他穿上崭新的衣服，扎上彩带红花，骑着高头大马，在长安城里尽情地游览。京城美丽的景色使他流连忘返，高中进士的喜悦又使他万分得意，于是，他便写下了《登科后》诗：“昔日龌龊不足夸，今朝放荡思无涯。春风得意马蹄疾，一日看尽长安花。”这首诗把诗人中进士后的喜悦心情表现得淋漓尽致，其中 “春风得意马蹄疾，一日看尽长安花”成为千古佳句，而成语“走马观花”正是由此句而来。

知识小问答

按照音律来分，孟郊的《游子吟》是一首什么诗？（　　）

A. 五言绝句　　B. 五言律诗　　C. 五言乐府诗

蒋士铨，清代戏曲剧作家、文学家，字心馀、苕生，号藏园、清容居士。

岁暮到家

［清］蒋士铨

爱子心无尽，归家喜及辰[1]。
寒衣针线密，家信墨痕新。
见面怜清瘦，呼儿问苦辛。
低回[2]愧人子，不敢叹风尘[3]。

解读赏析
JIEDU SHANGXI

“因为有母亲，所以是家。”

本诗是清代诗人蒋士铨的一首五言律诗，描写他在年终岁暮之时历经艰辛回到家中的所见所感，特别是自己的母亲所表现出的欢喜和慈爱，让诗人倍感温暖的同时，使读者也心有戚戚。

全诗共分两部分，第一部分为首联至颈联，直接描写儿子归家之后母亲的神态动作，正面刻画出一位爱护和关心自己孩子的慈母形象。特别是首句，在全诗中具有开门见山树立主旨的作用，次句则点明了本诗写作的时间背景。颔联两句则是从日常生活场景中选取出最能表现家庭生活中亲情温暖的案例加以阐述，尤其是前一句化用唐代孟郊的名句“临行密密缝，意恐迟迟归”，表达慈母对孩子的深重的爱意。颔联两句则是对自身所正在经历场景的直接描写，母亲见到久久在外漂泊的儿子归来，怜悯地感慨：“孩子，你都清瘦了。”并询问安慰在外生活的辛苦，画面感极强。全诗第二部分只是全诗的尾联，经过第一部分的铺垫之后，诗人开始描写自己的反应和感慨，儿子在慈母的关怀面前心生愧疚，害怕母亲担心不敢有丝毫抱怨。这种复杂的心态既包含浓浓的愧疚之意，更体现了诗人对母亲的感恩之情。

这首诗语言明白如话，风格质朴无华，不用过分雕琢装饰而情感自然浓厚，感人至深。

① 及辰：赶上时候，此处指赶上过年的时候。② 低回：低头徘徊，表示作者的迟疑、羞愧之意。③ 风尘：指旅途中的辛苦。

诗词AB面 SHICI AB MIAN

“寒衣”指什么样的衣服

“寒衣”是古诗文中常常出现的意象，其最初的意思就是指棉衣棉裤这样的御寒衣物。不过正如杜甫在其名篇《秋兴八首》其一中所写的那样：“寒衣处处催刀尺，白帝城高急暮砧”，寒衣是深秋时节的产物，自然而然带有萧条落寞的气质，又常常与远别亲人故乡的游子、戍守边关的战士产生关联，成为人们寄托离别以及思乡之情的代表性存在。另外，人们认为农历十月初一这一天是寒衣节，要焚化纸质的冥衣给祖先以提醒他们冬天到了注意御寒保暖，寒衣也会被作为冥衣的代称出现。

名人万花筒 MINGREN WANHUATONG

在游历中成长的蒋士铨

蒋士铨文采斐然，成就卓越，一方面得益于从小浸润在书香之中，受到良好的家庭教育；另一方面则是因为其经过多年在外游历，见闻和胆识在磨炼中不断增长，从而使得其诗文能够摆脱一般文人的迂腐沉闷之气，多有隽永深刻之语。

这一切还要从蒋士铨的父亲蒋坚说起，蒋坚虽然本身是一名通过科举考试获得秀才身份的儒生，但他生性狂放不羁，仰慕古代游侠的风采，对于诸子的学说多有钻研。他担心自己的孩子从小只知死读儒家经典，会染上书生的酸腐气，在蒋士铨很小的时候就带他游历各地，饱览各处山水胜景，体察风土人情，帮助孩子学会从社会生活中获得知识。

后来的蒋士铨虽然有一段时间沉迷于李商隐缠绵悱恻的文字风格中无法自拔，但自小在父亲言传身教所形成的爽朗气度和家庭贫寒的生活状况影响的他终究还是回看现实。为了获取功名，蒋士铨一方面常年在外跟随他人求学准备科举考试，另一方面则为别人编书获得报酬改善家庭生活条件，漂泊不定。如此数年，终于考中进士。但因为看不惯居上位者的某些行为，使得他受到小人谗害，郁郁不得志的他辞官还乡。直到晚年，才再度进入官场修撰史书，最终因病逝世。站在今天看蒋士铨的一生，正是因为有了丰富的游历经验，才显得与众不同，游历对他而言，是一笔宝贵财富！

知识小问答

“寒衣”与我国农历的哪个日子相关？（　　）

A. 十月初一　　B. 八月十五　　C. 四月初五

王建，唐代诗人，字仲初，乐府诗与张籍齐名，世称张王乐府。

渡辽水

［唐］王　建

渡辽水，此去咸阳五千里。
来时父母知隔生，重著[①]衣裳如送死。
亦有白骨归咸阳，营家各与题本乡。
身在应无回渡日，驻马相看辽水傍[②]。

解读赏析
JIEDU SHANGXI

“一将成名万骨枯，中间多少离人泪。”

本诗是唐代诗人王建在长期与边塞将士共同生活之后，从那些久居边塞戍守边疆的战士的角度出发所写的一首情感真挚的边塞诗，表达了作者对那些远离家乡无法归去的战士的同情，以及对以战士们的生命为代价的残酷战争的谴责。

整首诗皆以边塞将士的口吻写成。首联具有点题作用，直接写出了战士们的现实处境：渡过辽水奔赴离家五千里外的战场。颔联写的是战士们对离家之际与亲人分别时场景的回忆：父母知道此番离别，就如同生死隔绝一般再难相见，为我准备了新的衣裳好像送别死者一般。本来为远别的游子准备新的衣裳是很常见的行为，但在这些即将奔赴战场的人看来，却如同提醒他们将要死亡一般难过。颈联是战士们对于未来的想象：即使等到死亡之后，尸骨被送归故乡，军队还是要从故乡招募新的战士入伍。尾联既是对颈联的总结，也是对当下处境的刻画：我只要活着应该就没有能够回去的日子了，我驻马辽水之旁，心中无限惆怅。

全诗通过将现实描写与想象相结合的手法，运用朴实的文字，营造出苍凉悲壮的意境，感染力强，使读者心生悲愤和同情，并准确获知作者想要传达的思想感情，是唐代边塞诗的代表作。

①重著：“著”通“着”，穿着。“重着”指重新穿着、穿戴正式。②傍：同“旁”，旁边。

诗词AB面 SHICI AB MIAN

为啥不叫“河”而叫“水”

在中国古代文献特别是秦汉以前的文献中，“河”是黄河的特指，例如《左传》中就有一句：“俟河之清，人寿几何？”就是说黄河没有变清的时候了。与黄河相对，其他河流往往只能称为“川”或者“水”，例如淮河古称“淮水”，济河古称“济水”，等等。另一个例外是长江，在古代，长江称作“江”或者“大江”。根据这些特称，我们也可以看出黄河和长江在古人心目中的重要地位。

名人万花筒 MINGREN WANHUATONG

大漠孤烟烽火，豪情和离怨纠缠的地方

唐代是诗歌的时代，唐代的边塞诗是唐诗世界里最为雄壮巍峨的殿宇和山峰。没有边塞诗，唐诗必将黯然失色。从先秦的《诗经》开始，边塞诗就已经出现，但只有唐代的诗人们：王昌龄、岑参、高适……将边塞诗推上令后人景仰的巅峰。

唐代边塞诗的发展与唐王朝对外战争的频繁发起是一致的。唐朝一方面是与外国文化贸易往来繁荣发展，国土疆域不断扩大的时代；另一方面这一切或多或少都与边塞将士的付出产生着联系，他们或者戍守和平，或者冲锋陷阵，将一身血肉铸成身后繁盛家国最先的一道屏障。

在这样的时代背景下，一大批优秀的边塞诗歌产生了，这些边塞诗的主旨大体上分为两种，其一是将士们渴望荡平外敌，建功立业的豪情壮志，包括对边塞辽阔风光的描写等，代表作如王昌龄的《从军行》：“青海长云暗雪山，孤城遥望玉门关。黄沙百战穿金甲，不破楼兰终不还。”其二则写将士们思念故土亲人，渴望早日归家的乡愁情思，包括对残酷战争的控诉和亲人离别之际的哀愁痛苦，例如王昌龄的另一首《从军行》：“琵琶起舞换新声，总是关山旧别情。撩乱边愁听不尽，高高秋月照长城。”这些边塞诗歌，总体而言表现出以下特点：风格雄浑豪迈、壮丽瑰奇，语言平实质朴、具有较强的感染力，它们共同构成唐诗花园中的一朵绚丽奇葩，成为诗歌创作史上不可多得的经典。

知识小问答

以下哪个词不是古人用来作为河流名称的？ (　　)

A. 河　　B. 流　　C. 水　　D. 川

杜甫，唐代著名现实主义诗人，代表作有“三吏”“三别”等。

石壕吏

［唐］杜 甫

暮投石壕村，有吏夜捉人。老翁逾[1]墙走，老妇出门看。
吏呼一何怒，妇啼一何苦。听妇前致词，三男邺城戍[2]。
一男附书至，二男新战死。存者且偷生，死者长已矣。
室中更无人，惟有乳下孙。有孙母未去，出入无完裙。
老妪力虽衰，请从吏夜归。急应河阳役，犹得备晨炊。
夜久语声绝，如闻泣幽咽。天明登前途，独与老翁别。

解读赏析
JIEDU SHANGXI

“连天战火之中，只有百姓承担苦楚。”

本诗是唐代诗人杜甫最为著名的现实主义力作“三吏”“三别”的其中一首，写作者在安史之乱期间赶路途中亲身经历的一件小吏捉人入伍的事件，表达了作者对于连天战火之下受苦受难的老百姓的同情，以及对于封建制度下凶恶残暴的官吏和兵役制度的鞭挞和谴责。

全诗分为三部分。第一部分为前两句，写作者赶路途中投宿石壕村，碰到小吏夜里来捉人服兵役，老翁赶紧翻墙逃跑，只剩下老妇开门应对，交代了全诗的写作背景。第二部分是第三句到第十句，是老妇对粗暴的小吏的回话。首先写当时的场景，小吏粗暴蛮横，老妇无奈悲泣。接下来则是老妇的话语：自己的三个儿子在邺城戍守，一个儿子捎家书回来，两个儿子已经在最近的战斗中丧生了。活着的人只有偷生，死去的人却再也回不来了。家里没有别人，只有还在吃奶的孙子，因为有这个孩子，他母亲没办法离开，但家里实在穷苦，儿媳妇出入都没有完整的衣裳。我老妇人虽然没什么力气，但还是让我跟你们去吧，赶紧去河阳应征，还能来得及准备早餐。第三部分是全诗的总结，夜深之后说话的声音渐渐没有了，只有暗暗的哭泣声，等第二天告别的时候，只有和老翁道别了，意味着老妇人已经奔赴河阳战场。

此诗语言简练但情感深切，第二部分是全诗的中心也是重点，虽然只是对老妇言语的直接描写，却最能体现作者的情感，也使读者对老妇的悲惨遭遇心生怜悯。

① 逾：翻。② 戍：戍守护卫。

诗词AB面
SHICI AB MIAN

官分文武，吏也分文武

在表现古代官员生活的影视剧中，常常会看到这样的场景：朝堂议事，官员分为文官和武官，各自站在君主的左手边和右手边，称之为“左文右武”。这一场景表示的就是古代官僚按其工作性质分文官武官的意思。但在古代政治体制之下，不仅官员分文武，官员手下的吏员也分文武。“吏”，理也，其本意也是统治百姓的官员。但在古代政治实际运行过程中，为了与朝廷命官相区分，“吏”通常指由官员自行任用的办事人员。这是因为每一个官员所要处理的事务十分庞杂，仅靠官员自己难以办理，特别是有些具体事项官员本人不便参与执行，就必须委派吏员去做。政府又不能全部将这些人纳入公务员系统，只好由官员自己按需要自行任用。这些吏员又有不同的职责，例如，“胥吏”通常指处理文书工作的文吏，而“差役”则指执行追捕、收税、监控等事务的武吏，《石壕吏》中让老妇服兵役的就是官府里的武吏了。

名人万花筒
MINGREN WANHUATONG

盛世的战争更加残酷

一般人提到唐王朝，总会以盛世来形容，认为那是一个和谐开放、万国来朝的鼎盛时代。的确，唐朝可以说是中国历史上最繁盛强大的时代，在与其他国家之间的交往关系中，中原王朝也占据了绝对的优势地位。但这一切，都是以一系列残酷的战争为基础才能达成的。

从高祖李渊在位时起，唐王朝开始与东西南北各个方位的外敌展开战争。北方是突厥的颉利可汗，西方是吐谷浑和吐蕃以及西域的大食，东部有朝鲜半岛的高丽，南部则是大理的南诏。与这些国家的战争往往持续数年，并不能毕其功于一役。在此过程中，唐王朝统治的疆域当然不断扩大，但百姓因为战争所受的苦难也逐渐加重。

到安史之乱之后，唐王朝内部的战争则越发严重。藩镇割据，各个藩镇之间以及中央政府和各藩镇之间纠缠不断，百姓因此备尝离乱之苦。杜甫著名的“三吏”“三别”就是描述百姓在内乱之中的悲惨遭遇的名篇。

总体而言，盛世从来都不是单纯的一片祥和繁盛，总有一些人为维护盛世的长治久安奉献牺牲。在封建时代，为了达成统治者的统治目的，实现其野心，普通百姓被驱使着无畏地牺牲自己，他们用累累白骨堆砌出所谓盛世的丰碑。在今天，我们更应该吸取历史教训，珍爱和平，远离战争！

知识小问答

古代武吏不负责以下哪项工作？（ ）

A. 收税 B. 捉捕 C. 监控 D. 文书

王冕，字元章，号煮石山农，元朝著名画家、诗人、篆刻家。

墨萱图（其一）

［元］王　冕

灿灿萱草花[①]，罗生北堂[②]下。
南风吹其心，摇摇为谁吐？
慈母倚门情，游子行路苦。
甘旨日以疏，音问日以阻。
举头望云林，愧听慧鸟语。

解读赏析
JIEDU SHANGXI

“椿萱不语，赤子无声。”

据《元史·王冕传》载：“冕父卒，迎母入越就养。久之，思母还故里，冕买白牛，驾母车，自被古冠服随车后。乡里小儿竞遮道讪笑，冕亦笑。”据传，王冕在越地，思念家中老母，绘“墨萱图”，作“墨萱诗”，以此抒发慈母之情。

诗人开篇借“灿灿的萱草花，生在北堂之下”这一双关物象，抒发游子对家中母亲的思念。而后紧接上面物象而发问：南风吹着北堂下的萱草，摇摆着的萱草呀，你在为谁吐露着芬芳？萱草为慈母吐露芬芳而使之忘忧，这不正是诗人的期盼吗？接下来，由上面北堂萱草“比兴”转入对母亲游子的刻画：慈祥的母亲倚着门盼望着游子，远行的游子思念母亲是那样的孤苦啊！正面写出了母子情深。“甘旨日以疏，音问日以阻”，写出了母子皆不能遂愿的无奈和痛苦：（游子）对双亲的奉养每天都在疏远，（母亲）对孩子的音信也不得而知。诗歌最后写出了在外游子不能回家尽孝的愧疚：（游子）抬头望望天，一片云林；耳边不时传来慧鸟的啼叫声，思念起家中母亲来，让人倍感惭愧。

人言，王冕先绘“墨萱图”，后作“墨萱诗”。观者览画诵诗，都言“椿萱不语心亦长，游子无声肝肠断”。细细想来，的确有些道理。

① 萱草花：中国的母亲花，又称“忘忧草”，《博物志》称：“萱草，食之令人好欢乐，忘忧思，故曰忘忧草。”② 北堂：《诗经》疏称：“北堂幽暗，可以种萱。”北堂这里代母亲。古时游子远行，就会在北堂种萱草，希望母亲减轻对孩子的思念，忘却烦忧。

诗词AB面
SHICI AB MIAN

“椿萱并茂”

该成语意思是，椿树和萱草都茂盛。椿，多年生落叶乔木；萱，古人以为可以使人忘忧的萱草。而这里的椿萱有双关意。《庄子·逍遥游》有言：上古有大椿者，以八千岁为春，八千岁为秋。因大椿长寿，古人用以比喻父亲，称父为“椿庭”。《诗经·卫风·伯兮》有这样的句子：焉得谖草，言树之背。这里的“谖”同“萱”，古人用以比喻母亲，称母为“萱堂”。人们常用“椿萱并茂”来形容父母健在且都很健康。

古代“甘旨”为何物

古诗文中常出现“甘旨”一词，到底指代的是什么？

原来，“甘旨”原本是表性质的形容词，意为“甜美”。而后，甘旨又活用为名词，指代“美味食物”。古人重“孝道”，总把美味食物留给父母享用，因而“甘旨”又成了“养双亲的食物”的代名词。后来，人们把“对双亲的奉养”也叫作“甘旨”，如明朝剧作家陈汝元在《金莲记·昼锦》中写道：“久违甘旨，备历辛酸。”《镜花缘》中也有：“闺臣正因妹妹离别伤感，适听亭亭嘱托堂上甘旨，猛然想起父亲流落天涯之苦，跪在地下，大放悲声。”

名人万花筒
MINGREN WANHUATONG

王冕视神像若柴薪

据明朝人陆容在《菽园杂记》中记载，元朝大诗人王冕极不信鬼神。

王冕青年时期，举家迁到一座神庙的附近。当地人也不甚信神，神庙少有人来，日渐破败，然而王冕一邻居笃信鬼神，不时来此打扫庙堂，擦拭庙内神像上的灰尘。王冕从小就不信鬼神，幼时曾夜间坐神像前读书，毫无怯意。一日，家中灶下缺柴，妻子无计可施，王冕索性跑到庙里，用斧头砍下木雕神像两足，交与妻子当柴烧。隔壁邻居见了，甚是恐慌，在残破神像前焚香跪拜好一阵子后，回家精选木料，极其虔诚地刻木修补神像。而后，王冕家缺柴，仍旧庙中砍斫神像，邻居便及时修补，如此这样三四回。然而，王冕一家平安无事，倒是邻居家偶有小灾祸。一天，补像的邻居请来善巫术者，恳求请神来问个究竟：“王冕屡次毁神像，为何神不归罪于他？而我每次补神，为何神不保佑我？”神灵借巫人之口答道：“毁坏神像一切责任都在你！你不三番五次补像，王冕怎么能有机会来焚烧呢？”从此这个人就不再补像，庙也逐渐废毁。

知识小问答

下面名画为王冕所作的是：（　　）

A.《墨梅图》　B.《天王送子图》　C.《八十七神仙图》

司空图，晚唐诗人、诗论家。字表圣，号知非子、耐辱居士。

步虚

［唐］司空图

阿母亲教学步虚，
三元[1]长遣下蓬壶[2]。
云韶韵俗停瑶瑟[3]，
鸾鹤飞低拂宝炉。

解读赏析
JIEDU SHANGXI

“自小熟悉的人与事，是此生难以消灭的生命痕迹。”

本诗是唐代诗人司空图写的一首游仙诗，描写诗人回忆幼年时在母亲教导下学习步虚时的奇特经历，其中既包含对神仙生活的向往赞叹，也包含对母亲的思念与感恩。

全诗分为两部分。第一部分为前两句，是对全诗描写背景的交代：幼年的时候，母亲亲自教我学习步虚，道教的三位神仙从海上仙山蓬壶驾临。第二部分为后两句，是对当时步虚场景的进一步描写：当时连《云门》《大韶》这样美妙的音乐都停止演奏了，只有鸾鹤这样的神鸟低飞，羽翼拂过熏香的宝炉。

总体而言，这首诗结构简单，表意也比较清晰明确，其最大的价值在十其中体现了唐人对于神仙生活的向往，展现了当时社会生活的原始风貌。

① 三元：道教中的三位神仙，具有很高的地位。② 蓬壶：即蓬莱，道教认为蓬莱等仙岛是神仙居住的地方。③ 瑶瑟：用美玉装饰的琴瑟乐器。

诗词AB面
SHICI AB MIAN

步虚是在做什么

步虚原意是指道士在打醮仪式中诵念经文辞章采用的一种特殊曲调，传说其旋律就像众仙步行虚空那样，因而得名“步虚声”。其最初来源于《异苑》的记载：“陈思王游山，忽闻空里诵经声，清远遒亮，解音者则而写之，为神仙声。道士效之，作步虚声。”说的是曹植在游山的时候听到神仙诵经的声音，道士们也效仿这些声音来诵经，因而称为“步虚声”，但在后来，道士们则创作出专门的“步虚词”以供在仪式中诵念，步虚也进一步发展成为道教的一种固定仪式。

云韶指的是什么

云韶本意分别指黄帝创作的乐舞《云门》（一名《大卷》）和大舜创作的乐舞《大韶》（或称《九韶》《箫韶》《招》），均属周代“六乐”之列，被古人认为是用来祭祀上天时才能奏响的尽善尽美的最高等级的乐舞。到了后世，云韶则被用来泛指那些美妙的音乐，例如宋代诗人范成大的《真定舞》一诗就有“紫袖当棚雪鬓凋，曾随广乐奏云韶”这样的句子。此外，唐代宫廷教坊中有一处名为“云韶院”，诗歌中有时也以“云韶”代指。

名人万花筒
MINGREN WANHUATONG

游仙诗——诗人们的道教信仰

道教作为中国本土原生的最大宗教，最能切合中国人对于未来世界的想象。自其创教以来，不仅在普通民众中具有极大的影响力，而且对于古今很大一部分诗人而言也具有无限魅力。

在诗人群体中，对于道教的尊奉，最直接的体现就是游仙诗的兴盛。游仙诗指的是描写诗人对于仙境及神仙生活的想象的诗歌。鲁迅先生认为最早的游仙诗是秦始皇时期博士所创作的《仙真人诗》，而在此之前，《庄子》中已经有专门叙写仙人形象及生活的篇章，可见这一诗歌写作传统的渊源长久。

游仙诗发展的高峰是汉魏六朝时期，因为时代环境影响，这时的游仙诗写作场景宏大，善于申发。从曹操曹植父子到郭璞、阮籍、陆机、鲍照等人，创作出一系列著名的游仙诗作，讲述他们与仙人交往、遨游仙境的所见所感，一方面传达自身对神仙生活的仰慕，另一方面借游仙表达对现实生活的不满。

唐代的游仙诗相比而言处于较为弱势的地位，但如大诗人李白，经常将梦境、游山与游仙相结合，例如，《梦游天姥吟留别》《游泰山》《送杨山人归嵩山》等诗，将山景与梦境、仙境相结合，想象奇特，令人赞叹。此外，晚唐时期诗人曹唐用七律七绝的格式写作游仙诗，开辟了游仙诗写作新的范式。

自唐代之后，在文人群体中，道教的影响力不断衰弱，游仙诗的创作也随着时代风气的变动不复往日的辉煌。

知识小问答

以下哪个不是大舜创作的乐舞的名称？（　　）

A. 招　　B. 韶　　C. 大韶　　D. 大卷

倪瑞璿，清代女诗人，其诗笔力矫健，切中时弊，以现实主义题材见长。

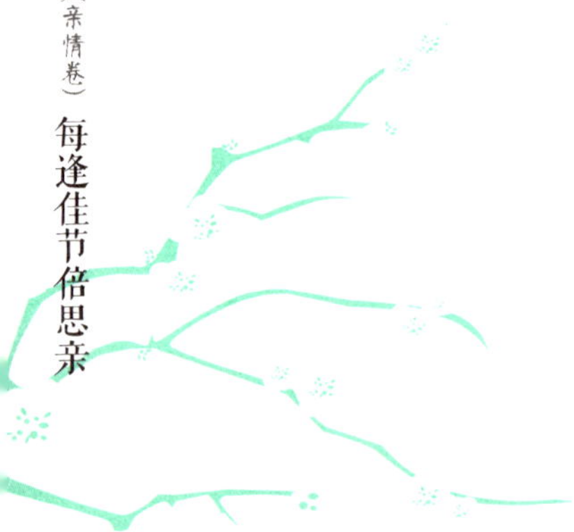

忆　母

［清］倪瑞璿

河广[1]难航莫我过，
未知安否近如何？
暗中时滴思亲泪，
只恐思儿泪更多。

解读赏析
JIEDU SHANGXI

“游子忆母，最是情真意切。”

本诗是清代诗人倪瑞璿的一首七言绝句，明白清晰地传达了作者对于母亲的思念，特别是后两句的对比，突出体现了母亲对孩子的深情爱护以及游子不能亲自奉养母亲的愧疚。

前两句交代了本诗写作的背景：诗人出门在外，遇到大河阻拦没办法通过，于是想到家中的母亲，不知道母亲近来身体是否安康？后两句既是前两句场景的延续铺展，又是诗人情感的凝聚升华：“我”私下里想起母亲时常常滴下眼泪来，只恐怕我的母亲思念她孩子的眼泪落得更多，母女情深，溢于言表。后两句通过运用对比手法，写出了母子之间对对方挂念程度的不同，虽然没有达到“儿行千里母担忧，母行千里儿不愁”的地步，但读来仍会让人感到母亲对于孩子的牵挂远远超出孩子对母亲的思念，从而表达了作者对自己没有尽到奉养之责的深深愧疚。

全诗文字质朴流畅，情感饱满充沛，感染力强，是古今忆母题词诗歌中的经典之作。

① 广：宽广，宽阔。

诗词AB面

SHICI AB MIAN

巾帼诗人倪瑞璿

倪瑞璿是清初女诗人，从小与母亲寄居于舅父家长大，尝尽了生活的艰辛苦楚。幸运的是，在她成长的过程中，受到了母亲和舅父的教育指导，使她成为一位优秀的女诗人。而她的诗词也总与她的成长环境密不可分，关注于底层人民的生活，为他们发声呐喊。清朝初年，老百姓刚刚经过战乱，生活不易，统治者却采取高压手段逼迫底层人民服从统治，加重了百姓生活的艰苦。倪瑞璿写过一首《闻蛙》：“草绿清池水面宽，终朝阁阁叫平安。无人能脱征徭累，只有青蛙不属官。”就体现的是对徭役过重、百姓无处逃避这一社会现象的讽刺。后来有人赞颂倪瑞璿说：“柔顺供职，妇德也，独能发潜阐幽，诛奸斥佞，巾帼中易有其人耶？每一披读，悚然起敬。”也正因为她能从百姓生活入手进行创作，所以才能达到这样的文学成就。

名人万花筒

MINGREN WANHUATONG

天下游子，何人不忆母亲

天下的游子，除过思乡，另一个固定动作就是忆母。而在很多时候，故乡和母亲对于孩子具有同样的安慰，都是他们无法割舍的记忆。

这类题材中最具代表性的应属唐代孟郊的《游子吟》。离家在外的游子思念母亲，脑海中浮现离别之前母亲缝衣的场景，读来让人既觉温暖又生伤悲。宋代诗人陈藻老年时写作《忆母》之诗：“萧小八娘弃我去，我生方始十三年。如今七十零单五，生死途分竟杳然。”这首诗里母子别离不是距离之远，而是生死难逢，读来更觉悲凄。年少时母子别离对于孩子而言往往在不经意处，直到自己也老了，才明白阴阳隔绝之苦。从而使人联想到更为广大的生命议题：所有的父母终将与他们的孩子分别。或许孩子们能够做的，就是像台湾作家龙应台所写的那样：“我慢慢地、慢慢地了解到，所谓父女母子一场，只不过意味着，你和他的缘分就是今生今世不断地在目送他的背影渐行渐远。你站立在小路的这一端，看着他逐渐消失在小路转弯的地方，而且，他用背影默默告诉你：不必追。”在父母有生之年，陪伴他们，善待他们；在他们终将离去的时候，祝福他们。

天下游子，无人不忆母亲。或许正是因为游子生活辛苦，只有母亲，能够给予我们最温情的抚慰。

知识小问答

诗人倪瑞璿从小寄居于哪个亲戚家里长大？（　　）

A. 姑姑　　B. 姨妈　　C. 舅舅　　D. 叔叔

王安石，字介甫，号半山，北宋诗人，“唐宋八大家”之一，著有《王临川集》。

十五（又名《将母》）

［宋］王安石

将母邗沟[1]上，
留家白邗阴[2]。
月明闻杜宇[3]，
南北[4]总关心。

解读赏析
JIEDU SHANGXI

“送母上邗沟，月明倍思亲。”

这是诗人在外任职时写的一首诗，诉说了母亲在月圆之夜思念自己的事情。首句就呈现了诗人送走母亲的场景，一个“将”字道出了诗人内心的无奈哀愁。诗人要把母亲送到邗沟，却要把家留在白邗的南边，与母亲两地相隔，这能让读者体会到诗人与母亲分开的痛苦哀思。

诗歌的后部分则描写了与母亲分开之后相互思念的情景。在寂静的夜晚，母亲看到黑夜中的明月，听到杜鹃鸟的啼叫，就更加想念离乡在外的儿子，而诗人又何尝不是时时刻刻挂念着远方的母亲呢？他们都将思念倾诉给了明月与杜鹃，希望明月杜鹃能将这深深的想念挂怀寄予对方。末尾一句“南北总关心”乃点睛之笔，这句将母亲对儿子的思念关怀和深沉爱意真挚地抒发出来，也表达了诗人游子在外的归家心切。

这是一首歌颂母爱的诗歌，虽然风格简朴，但感情深沉，让读者深切体会到了这份舐犊之情。母爱伟大，每个人在心中都有着一份对母亲沉甸甸的爱意，诗人便将这份爱意用这一首淳朴简洁的诗歌传递出来。

① 邗（hán）沟：地名，连接长江和淮河的古运河，在今江苏境内。② 阴：山北水南为阴，指南边。③ 杜宇：杜鹃鸟。④ 南北：以淮河为界划分为南方和北方，指相隔两地。

诗词AB面
SHICI AB MIAN

跨越二十五个世纪的运河——邗沟

2018年，“邗沟”已经两千五百零四岁了，它是沟通长江与淮河的运河，也是南北大运河中历史最悠久的一段运河。邗沟的历史源头还得从春秋时期说起，春秋末年，吴国在广陵蜀冈（今扬州市西北方向）修建了“邗城”，吴王夫差为了北伐齐国，就在邗城下开凿了一条河运送军队。水随城名，这条运河就被命名为“邗沟”。

春秋末年的邗沟还只是个雏形，在今后的两千五百余年里，它不断被改造建设，并在不同的时代增添了许多新的名字。隋唐时期开凿了大运河，对“邗沟”进行了整改和疏通，整改后的“邗沟”北起山阳（今江苏淮安），所以称作“山阳渎”。宋代叫楚州运河，“楚”指淮安，“州”意扬州。在元、明、清时期叫扬楚运河和淮扬运河，仍是以淮安和扬州两地名称来起名。清朝末年到民国年间称“邗沟”为里运河，新中国成立以来仍然叫里运河，或者叫京杭大运河淮安至扬州段运河。

邗沟在经历了二十五个世纪的沧桑之后依旧焕发着光彩活力，运河两岸郁郁葱葱，风景秀丽怡人。从春秋末期到现今的两千五百多年里，邗沟一直是中国历史上不可或缺的一条运河。

名人万花筒
MINGREN WANHUATONG

安石收到意外礼，造福后人贡献大

王安石在鄞县（今宁波鄞州区）做官的时候，一天，突然有一位白发苍苍的老人求见他，王安石向来尊敬长辈，就到书房招待了这位客人。这位老人衣冠整齐，拿着一个布包，对王安石行礼。王安石就问：“您尊姓大名，哪里人氏？为何要见我呢？”这位老人回答：“我姓严，祖籍长安，战乱逃难到这里。家族中有一本代代相传的手抄本，据说是杜甫先贤的诗作。先辈立誓不遇大贤不可出献，如今遇到您这样的大学者，又十分喜爱杜甫，所以特地拿来让您品鉴。”说着就拿出书来递给王安石。王安石翻开一看，一开始还有些疑惑，一边往下读，王安石就愈加兴奋，更加确定这是杜甫所作。老人一听也很高兴，就决定将书送给王安石，两人经过一番推让之后，王安石留下了书，给老人送去了二百两银子。王安石得到这本诗集之后，一有时间就翻阅，两年之后，他将这些诗编成了《老杜诗后集》并为之作序。王安石的这一举措使得杜甫的这两百多首诗没有湮没在历史长河中，为中国的文化史做出了很大的贡献。

知识小问答

“三代下求完人，惟公庶足以当之矣”是（　　）对王安石的评价？

A. 司马光　　B. 朱熹　　C. 梁启超

李群玉，字文山，澧州（今湖南澧县）人，唐朝诗人。

乌夜号

［唐］李群玉

层波隔梦渚①，一望青枫林。
有鸟在其间，达晓②自悲吟。
是时③月黑天，四野烟雨深。
如闻生离哭，其声痛人心。
悄悄夜正长，空山响哀音。
远客不可听，坐愁华发侵。
既非蜀帝魂④，恐是桓山禽⑤。
四子⑥各分散，母声⑦犹至今。

解读赏析
JIEDU SHANGXI

“幼子展翅飞，母声悲挽留。”

这首律诗讲述了桓山鸟的四个孩子离开后它整夜悲痛鸣叫的故事，表达了母亲对孩子的思念挽留，以此来歌颂母爱之伟大。

首联描写景色，水面波澜起伏，枫树青葱翠绿，下联笔锋一转，有鸟儿在这美丽的湖光山色之中整夜悲恸，这不禁引起读者的疑惑，鸟儿为何彻夜哀鸣呢？诗人继续描写鸟儿的哀痛之音却不解答。在月黑风高、下着细雨的夜晚，鸟儿的悲鸣之音如同生离死别时的痛哭声，响彻山林，痛彻心扉，震撼人心。诗人奉劝远方客人不要听，否则会愁出白发的。诗人用这六联来细致描写鸟的叫声，并运用景色衬托和夸张手法来突出表现鸟声的痛苦。直到最后两联，诗人才为读者揭开了鸟儿的面纱并且将原因和盘托出，原来是桓山鸟的四个孩子都各自分散，离它而去，所以“母声犹至今”呼唤着孩子归来。

诗人运用大部分篇幅来描写桓山鸟的悲鸣哀吟，让读者深刻体会到桓山鸟的失子之痛。全诗的感情基调深重，悲伤思念之情浓郁，感人肺腑，语言浅显易懂，表达了桓山鸟的悲痛与思念，从而高度歌颂了伟大而真挚的母爱。

①梦渚：云梦泽，指湖泊。②达晓：直到拂晓，指整夜。③是时：当时，那时。④蜀帝魂：杜鹃鸟，传说蜀帝杜宇死后魂魄化为鹃鸟，称为杜鹃。⑤桓山禽：后用来比喻离别的痛苦。⑥四子：四个孩子，指四只幼鸟。⑦母声：母亲的呼唤声。

诗词AB面
SHICI AB MIAN

“云梦泽”究竟在哪里

说到“云梦泽”，我们自然联想到了“气蒸云梦泽，波撼岳阳城”的大气澎湃，但“云梦泽”究竟在哪里呢？面积有多大？究竟只是一个湖泊还是包含其他呢？其实，“云梦”是古代春秋战国时期楚国的专用地名，泛指楚王狩猎的区域，范围十分广阔，包括今天湖北省大半个东南地区，而“云梦泽”就是专门指称这个狩猎区域内的湖沼地区，位于今江汉平原地区。而“云梦泽”在不同时期并非同一个，因时而变，就算在同一时期也不止一个，但通常只有一个著称，其余的都被忽视从而消失。先秦至汉初的古“云梦”位于今湖北京山和钟祥两市之间，这就是最早的“云梦”，汉魏六朝时著称的华容云梦泽在今钟祥市西北方向的沼泽，唐至北宋时期著称的安州云梦泽则在今湖北安陆市到云梦县这一片区域。

颜回以鸟音推测哭者之声

颜回是孔子的弟子，侍奉在孔子身旁。一次颜回听到有人在哭，就和孔子说：“这个人痛哭并不是为死去的人而哭，而是为要离别分开而哭。”孔子就问颜回这样认为的缘由，颜回回答是根据鸟的声音来推测的，他说：“桓山鸟生了四只雏鸟，等雏鸟长大后就各奔东西，母亲悲痛鸣叫送走孩子，哀鸣的声音就像现在这样，送走了就不会再回来了。”孔子差人去打听询问之后得知，这个伤心的人丈夫死了，家里很贫困，没有足够的钱来办丧事，只能卖掉儿子换钱，痛哭流涕就是因为要和儿子永远分开了。孔子就夸赞颜回善于辨别声音。

名人万花筒
MINGREN WANHUATONG

文山美梦成真，娥皇女英相伴

一次，李群玉请假回湖南老家，途经洞庭湖，去了一趟黄陵庙。黄陵庙是百姓为了感谢尧的两个女儿——娥皇、女英而建的，姐妹俩都嫁给了舜，舜病逝后不久，她们就在洞庭投水自尽了。李群玉到了以后，便诗兴大发，赋诗一首，等到题完诗，天色已经晚了，他就找了一间客栈住了下来。一路上奔波跌宕，李群玉感到十分疲惫，很快就入睡了。

这一夜，李群玉做了一个梦，在梦中，有两个自称是娥皇、女英的女子，十分感激李群玉为她们俩所作的诗，来到李群玉的梦中是来向他致谢的。娥皇、女英还对李群玉说，在两年之后，李群玉就可以和她们相见畅谈了。李群玉还想和娥皇、女英多聊一会儿，但是梦醒了。梦醒后的李群玉并不觉得遗憾，反而感到十分高兴，还把这个梦兴高采烈地讲给他的好友们听。

谁知，两年后，李群玉因病过世，梦想成真，去与娥皇、女英畅谈了。李群玉的好友段成式十分感慨李群玉的逝世，忆起两年前李群玉欢天喜地地给自己讲述当时梦中情景，心里就更觉得难过悲伤，于是写了两首《哭李群玉》来纪念他，其中一首这样写道：“曾话黄陵事，今为白日催。老无儿女累，谁哭到泉台。”

知识小问答

唐代湖南三诗人是李群玉、齐己和（　　）。

A. 杨嗣昌　　B. 胡曾　　C. 车胤

白居易，字乐天，号香山居士，唐朝诗人，有“诗魔”“诗王”之称。

燕诗示刘叟①

［唐］白居易

梁上有双燕，翩翩雄与雌。衔泥两椽②间，一巢生四儿。
四儿日夜长，索食③声孜孜④。青虫不易捕，黄口⑤无饱期。
觜⑥爪虽欲敝⑦，心力不知疲。须臾十来往，犹恐巢中饥。
辛勤三十日，母瘦雏渐肥。喃喃教言语，一一刷毛衣。
一旦羽翼成，引上庭树枝。举翅不回顾，随风四散飞。
雌雄空中鸣，声尽呼不归。却入空巢里，啁啾⑧终夜悲。
燕燕尔勿悲，尔当返自思。思尔为雏日，高飞背母时。
当时父母念，今日尔应知。

解读赏析
JIEDU SHANGXI

“高飞背母时，勿忘养育恩。”

诗人在为母守孝三年期间所作的一首诗歌，以此教化警示世人勿忘父母养育之恩。这首诗的题目下有原注：“叟有爱子，背叟而去，叟甚悲念之。叟少年时亦尝如是。故作《燕诗》以谕之矣。”意思是这个姓刘的男人有一个儿子，儿子离开他去其他的地方了，他很想念儿子。但这个男人年少时也是这样离开自己的父母的，所以作者写了这首诗来告诫他。

这首诗歌通过塑造一个含辛茹苦的燕子形象来表现父母对孩子的无私奉献之心以及日夜思念之苦，以此告谕世人勿忘父母辛勤养育之恩，唤醒世人的反哺意识。全诗运用了三分之二的篇幅来描写燕子如何心力不疲地捕食育儿、教儿成长，细腻地描绘出了一对燕子含辛茹苦地养育幼儿的过程，体现出燕子对孩子的全心付出及养育下一代的不易。诗歌的后一部分是作者的劝诫之辞，是对读者的安慰、开导和警告。

总的来说，这首诗的风格朴实真切，语言通俗易懂，形象生动有趣，内容深刻感人，能在读者心中引起强烈的共鸣。清乾隆皇帝在《唐宋诗醇》中评价其“极寻常语，却有关风化，足以警世。老妪皆知，或谓此也”。

①叟：年老的男人。②椽（chuán）：装在屋顶上用于支撑屋面和瓦片的木条。③索食：求食。④孜孜：努力不倦，作状声词，用来形容雏鸟不断求食的声音。⑤黄口：雏鸟。雏鸟的口呈黄色。⑥觜（zǔi）：同“嘴”，通指鸟嘴。⑦敝：同“弊”，坏。⑧啁啾（zhōu jiū）：鸟叫声。

诗词AB面
SHICI AB MIAN

古人如何养老

在中国的历史上，奴隶制社会就出现了最早的养老场所。在周朝，根据年龄和官阶将年老的官员划分不同的养老待遇。先秦时期，人们在饮食礼节上形成了尊老敬老的风尚，这种优良传统一直流传至今。

汉朝是我国历史上养老制度最好的一个朝代。在西汉早期，朝廷规定八十岁以上的老人就可以享受养老待遇，后又降到七十岁。在每年秋天，朝廷都会进行人口普查，登记高龄老人，并授予玉杖和六百石（汉代一石等于今天的二十七市斤）粮食，可以与当地官员平起平坐，可以行走在天子的马车旁边。而且朝廷明令禁止各级官府擅自征召、拘留、辱骂、殴打高龄老人，违反者要被丢弃在集市上，被世人唾骂。汉朝的养老制度可以说十分完备了。

在唐朝时期，国家正式建立了养老院和养老制度，在长安（今陕西西安）设置养病院（也称田院）来收容老弱病残的乞丐，并派专人管辖此事，交由佛教寺院管理。到了宋朝，按照地域方位增设了东、南、西、北四个福田院，可同时收纳三百位老人。明朝在各个府县设立养济院。清康熙年间在北京设立普济堂，要求全国各地都要效仿建立收养老人的处所。

从古至今，各个朝代在养老制度上一直不断完善、改进，尊老爱老的优良传统也得以流传下来。

名人万花筒
MINGREN WANHUATONG

想在长安种荔枝的诗人——白居易

白居易在忠州（今重庆忠县）做官的时候，收到了弟弟白行简从长安（今陕西西安）寄来的家书。弟弟在信中说儿子龟儿在读了《长恨歌》之后，就问荔枝是什么样，可是荔枝在长安很罕见，他们也不知道，就写信给白居易，想要一幅荔枝图。妻子杨氏跟白居易说从忠州寄一些荔枝给家人，但白居易知道，荔枝一旦离开树枝，第一天就会变色，第二天气味会变，到第三天荔枝味道就变了。白居易转念一想，要是荔枝能种在长安该多好啊！在长安的人们就都有口福了，也不会出现进贡荔枝这种劳民伤财的事情。

于是，白居易就带着妻子、仆人向农伯请教种荔枝，自己也尝试着在庭院里栽种了几棵荔枝树。过了一段日子，荔枝成熟了，白居易就让画工画了一幅《荔枝图》，将这幅图连同自己写的《荔枝图序》和一首诗《种荔枝》一同寄给了弟弟，希望以后在长安也能种起荔枝来。白行简收到哥哥寄来的书信图画之后，就拿给好友们观赏，一传十，十传百，大家都想有朝一日能吃到新鲜多汁的荔枝。

可当白居易从忠州回到长安的时候，《荔枝图序》虽已经传遍长安，但长安的人们还是没能吃上荔枝。朝廷依旧每年都要涪州、忠州等地不停地上贡荔枝，白居易为此感到唏嘘不已。

知识小问答

白居易和（　　）共同倡导新乐府运动？
A. 元稹　　B. 刘禹锡　　C. 韦楚客

陈去疾，字文医，侯官（今福建福州）人，唐朝诗人。

西上辞母坟

［唐］陈去疾

高盖山[1]头日影微[2]，
黄昏独立宿禽[3]稀。
林间滴酒[4]空垂泪，
不见丁宁[5]嘱早归。

解读赏析
JIEDU SHANGXI

“祭拜亡母，游子西去；不见叮咛，暗自垂泪。”

游子要远走赴任，辞别母亲已是悲伤，但更为可悲的是母亲已身归天地，不在人世，唯有来到母亲的坟前向她辞行。这是作者要西上赴任，临行前向母亲辞别时所作的一首诗。

全诗融情于景，开篇便描写了坟山暮景，黄昏日影暗淡一如诗人心情黯然，运用场景来衬托诗人悲伤沉闷的心情。后两句直抒胸臆，将心中的哀思怀念之情抒发出来。诗人向母辞行，却不知从何说起，一个“空”字带来了无限凄凉，也道出了诗人心中的无奈悲伤。千言万语都只能藏于心，化作诗人眼中的一滴泪。

其实，诗人想听到的不过是母亲的一句“早归”的叮嘱罢了，这句最普通的叮咛之语中包含多少母亲的祝福、期盼与思念啊！然而，诗人就要远游西上，再也听不见母亲叮嘱早日归来了。诗人把对母亲的思念都凝聚在这叮咛之中，用叮咛之语来体现母亲对自己的深挚母爱。

这首诗表达了诗人对母亲的深切怀念之情，抒发了诗人离别故土与母亲的悲伤哀痛之感。全诗风格素朴，感情真切，哀婉动人，将母子之情自然流露出来。

① 高盖山：山名，位于今福州市永泰县。② 微：昏暗，暗淡。③ 宿禽：夜晚歇息在林间的鸟类。④ 滴酒：洒酒，祭奠的一种方式。⑤ 丁宁：同“叮咛”。

诗词AB面
SHICI AB MIAN

唐朝人到底多喜欢喝酒

酒文化在我国历史上源远流长，尤其在唐朝占有重要的地位。在唐朝以前，由于酿酒技术不成熟，酿酒需要耗费大量的财力物力，统治者们都禁止百姓酿酒饮酒。但是到了唐朝，经济空前繁荣，生产力得到了大幅度提升，因此粮食储备很充足，统治者就不再限制平民了，这让唐朝的酿酒技术也提高了，于是酒在唐朝就成为人们日常生活中必不可少的一种饮品。

唐朝人爱喝酒到什么地步呢？根据《开元天宝遗事》一书当中的记载，从长安城东边的郊区昭应县到长安城东边城门的大街，这一百多里的路程两边开满了酒肆，人们都在大马路边上卖酒，行人路过就买上一些，可知当时的酒业发达，在外赶路的人几乎都喝酒。唐朝不只在外游历的人喜欢喝酒，上至王公贵族，下至平民百姓都喜欢饮酒，尤其是文人墨客，酒是必不可少的，因此有许多关于饮酒的唐诗流传下来。

唐朝人好饮酒，对酒的品鉴和要求也高于以前的朝代。唐朝的酒品种繁多，大致可以分为三类：黄酒、果酒，还有从波斯运来的酒。唐朝人最常饮用黄酒，黄酒又分为清酒和浊酒，浊酒是没有经过过滤的，含有杂质，过滤之后就是清酒。唐朝人不仅爱饮酒，也会饮酒，对酒的喜爱使唐朝的酒肆成为一种主要行业，可见唐朝人真心喜爱饮酒。

名人万花筒
MINGREN WANHUATONG

喜爱激励好友的诗人——陈去疾

诗人陈去疾十分珍重友情，当好友遭遇不幸时，他总是为好友送上祝福与鼓励。陈去疾和欧阳衮是同乡好友，二人惺惺相惜，都想有朝一日为百姓做事。后来，陈去疾先考上了进士，但他并没有在好友面前春风得意，反而发自肺腑地鼓励欧阳衮，之后便离乡去做官了。好友欧阳衮在多次名落孙山之后觉得心灰意冷，陈去疾知道欧阳衮生出了懈怠颓废之心，就立马写信安慰鼓励他，两人互诉衷肠。在陈去疾的激励开导下，欧阳衮也考取了进士，陈去疾也为好友的中榜而感到高兴。

陈去疾的好友中有一名姓韩的将军，他要上阵杀敌。沙场上危机重重，生死未知，陈去疾在为好友送别时，就祝福好友在战场上转危为安，同时也激励好友屡立战功，等到旗开得胜回到长安自然是保家卫国的好将领。还有一次，陈去疾送好友林简言去漳州做官，两人喝了一夜的酒，陈去疾不舍和好友分开，便对好友倾诉了许多肺腑之言，祝福好友在外顺意，也激励好友早日回到京城。

可见，陈去疾是一个看重感情的人，不会在好友失意时落井下石，让好友伤心，而是将祝福和激励都寄予好友。

知识小问答

唐代时在墓地前常常栽种哪种树？（　　）

A. 松树　　B. 柳树　　C. 樟树

与恭，字行己，号懒禅，浙江上虞人，宋末元初僧人。

思　母

［宋］与　恭

霜殒①芦花泪湿衣，
白头②无复倚柴扉③。
去年五月黄梅雨，
曾典④袈裟⑤籴⑥米归。

解读赏析
JIEDU SHANGXI

“老母倚门旁，儿子泪湿衫。”

这是一首怀念亡母的诗歌，诗人从生活平常事中描写母亲对自己的关爱，抒发了自己对母亲的深切怀念。首句便描写了自己因怀念母亲而潸然泪下的情景，运用倒叙手法将往事逐渐展现在眼前，读者才能明白诗人为何泪如雨下。

诗人看见屋外白霜茫茫的景象，不由得想起了白发苍苍的母亲。去年五月，诗人变卖自己的袈裟，以此换钱买米回家，打算好好侍奉母亲左右。诗人回家时就看到了母亲倚在门边等着自己归家的这一幕。母亲即使头发灰白，身体虚弱，也倚靠在柴门边等候着诗人回家，诗人为母亲对自己的期盼而感动，但又倍感心酸。母亲的等候和诗人的归家形成了鲜明的对比，更衬托出了母亲倚在柴门边期盼时的辛酸苦楚。如今母亲已经不在，回忆此情此景，诗人潸然泪下，泪水都浸透了衣裳。

这首诗歌的风格朴实无华，充满生活气息。虽然内容简易，但表达的感情真挚深厚，从生活细致之处来描写母亲对自己的深切思念、期盼与关怀。全诗都在深情描述昔日往事，表达了诗人对往日的追忆及对母亲的思念，令人叹惋动容。

①殒（yǔn）：同“陨”，坠落。②白头：指母亲。③柴扉（fēi）：柴门。④典：抵押。⑤袈裟：僧衣。⑥籴（dí）米：买米。

诗词AB面
SHICI AB MIAN

和尚为什么穿袈裟

在人们的印象里，和尚僧人总是身着袈裟，那么，这种佛教独特的服饰是怎么来的呢？和尚为什么都要穿袈裟呢？其实，“袈裟”的本义是一种草，那后来为什么用来称呼僧衣呢？这还得从佛教鼻祖释迦牟尼（以下简称“佛陀”）说起。

佛陀规定僧人们必须穿“三衣”，三衣是一整块长方形的布，僧人们把它从左肋绕披到右肩上，这是大概就是最早的“袈裟”式样了。佛陀还规定弟子们要穿坏色衣，就是要在三衣，尤其是新衣上加一块不同的颜色。于是佛陀就教导弟子们用袈裟草汁把衣服染成赤褐色，久而久之，大家就用“袈裟”来称呼僧人的衣服，“袈裟”由本义“草”引申为“杂、坏、不正”的意思。这样一来，袈裟不但可以称呼僧人的衣服，还可以用来称呼其他坏的或杂的东西，如食物有了五味之外的杂味也可以说袈裟。

佛教从印度传到中国以后，僧人对僧衣进行了改造，为了防止袈裟脱落，就在左肩处缝了一个钩，在胸前做一个纽，颜色也不再局限于青、黑等颜色了，这些都被保留下来，逐渐形成了我们今天看到的袈裟。

名人万花筒
MINGREN WANHUATONG

虽为出家人，不能负亲恩

与恭是宋朝末年的一位僧人，家中有父母二人，但是他不顾父母的极力反对，去浙江余姚的九功寺里出家，他的父亲因此怒火中烧，就病倒了，不久后去世。父亲去世之后，母亲独自在家过着贫苦的日子。与恭对父亲的逝去感到十分伤心愧疚，因此他对母亲就更加孝顺了，尽心尽力地照顾母亲。

按理，每年的阴历四月十五到七月十五，寺庙执行结夏安居制度，僧人们禁止外出，要在寺庙里参禅打坐，潜心修行。如果违规就要受到惩罚，轻者要被跪香杖责，重则要被逐出佛门。即便戒规如此森严，与恭甘愿受罚也要回家照顾母亲。

可是与恭在寺中过的日子也很清贫，拿什么回家呢？他只好拿着自己的衣服到当铺去典当，得到了钱就去买米回家。还没到家门口，就看见母亲在门口等着他，他赶紧搀扶着母亲回屋。

不久，母亲也离世了，与恭很怀念她，每次想到母亲倚在门边等待自己时的场景就痛哭流涕，满脸泪水，久久不能自拔。与恭虽是个出家人，但是也不负亲恩，侍奉照顾年老的母亲，可见人伦亲情是不能够泯灭的呀！

知识小问答

与恭时有诗名，与（ ）交好？

A. 董其昌　　B. 鲜于枢　　C. 赵孟頫

黄景仁，字汉镛，号鹿菲子，清代著名诗人。和文学家洪亮吉并称“二俊”。

别老母

［清］黄景仁

搴帷①拜母河梁②去，
白发愁看泪眼枯。
惨惨③柴门风雪夜，
此时有子不如无。

解读赏析 JIEDU SHANGXI

“别母为母忧，儿行空育有。”

乾隆三十六年（1771年），诗人黄景仁因要外出为官府办事，便在一个风雪交加的夜晚，拜别老母，情郁于中，便写下这首依依难舍的《别老母》诗。

诗人满含与母亲依依惜别情，掀开门帘，告诉老母，儿子要远行。因差事繁冗，这种告别亦无具体地方，只说“河梁”去。为生计所迫，诗人远离老母，既难舍又无奈。拜别老母之际，诗人没有直抒胸臆，而是着笔于老母此时的情状：白发苍苍，愁容满面，凄切悲凉，欲哭无泪。万般伤心与不舍，都隐藏在老母的这张面容上。

诗歌后两句转入别老母时的环境描写和内心情感倾诉。“柴门”“风雪夜”极其生动地告诉人们，风雪因柴门而更为肆虐，柴门因风雪而更为难忍，此时向老母告别，除了“惨惨”还有什么可说呢？不能尽孝老母，我这儿子，倒不如没有啊！诗人集愧疚、自责、痛恨于一身，发出了无奈哀叹：养子无用，不如不养。

“别母为母忧，儿行空育有。”《别老母》这首诗，比起那些爱母、敬母的直描诗文，更具感染力和普遍性，成为爱母作品中的不朽佳作。

①搴（qiān）帷（wéi）：掀起门帘，出门。②河梁：桥，替代送别地。③惨惨：幽暗无光。

诗词AB面
SHICI AB MIAN

远行“辞母”礼仪

古人将离别看成很重要的事，与高堂父母辞别更有一套庄严的仪式。因事要远行，子女必须在前一天到父母堂前行叩拜大礼，而后，告知父母远行的原因、时间、处所等，敬请父母应允。父母知道后，一般都会应允——倘若儿女因公务远行，更得答应——末了，父母为要远行的儿子作一些嘱咐，一番临别时的“涕泪涟涟”总也免不了。我们都知道，在《孔雀东南飞》中有这样一个细节：儿媳刘兰芝即便被婆家休掉，临离开焦家还要向婆母辞行。“上堂拜阿母，阿母怒不止。”可见古人对父母的辞别之礼多么重视。

名人万花筒
MINGREN WANHUATONG

“二俊”之谊若手足

所谓“二俊”，指的是诗人黄景仁和文学家洪亮吉，据史料载，二人关系密切，友谊深厚。

黄景仁和洪亮吉相识于一次县试，两人因被店家安排入住同一间房，从此结为终生挚友。后来，二人到安徽学道朱筠处从事秘书工作。白天，二人同桌办公；晚上，二人同床赏诗文，形影不离。再往后，黄景仁北上京都，事业略有起色，自言：人谓长安居不易，误矣！写信求助好友洪亮吉将老家的眷属送来京城。洪亮吉力劝黄景仁：根基不稳，不可盲目拖带家眷！但劝不住，只好垫资，出雇工费，安排人千里送其家眷入京。两年后，洪亮吉到京城，看到老友一家在京城过得异常艰难，又帮其将家属送回故乡。

洪亮吉到陕西巡抚毕沅手下做幕僚，不遗余力地向巡抚荐举黄景仁。最终，毕沅赠黄景仁五百金。黄景仁收到这笔巨款，把钱全投入了捐仕途，但事不顺心，终没在官场上出人头地。

二十多岁时，黄景仁曾与洪亮吉戏言：“不幸予早死，集经君订定，必乖余之旨趣矣。”竟一语成谶，黄景仁三十四岁而殁。洪亮吉谨记挚友嘱托，将黄景仁诗文精心整理，一字不删编辑出来，并请毕沅出钱，印刷了黄景仁诗集《两当轩集》。

知识小问答

“树欲静而风不止，子欲养而亲不待”出自哪部国学经典？（　　）

A.《论语》　B.《孔子家语》　C.《礼记》

《诗经》，又称《诗三百》，我国古代第一部诗歌总集，收录了西周至春秋305篇诗歌。

国风·邶[1]风·凯风[2]

凯风自南，吹彼棘心[3]。
棘心夭夭，母氏劬劳[4]。
凯风自南，吹彼棘薪[5]。
母氏圣善，我无令人。
爰[6]有寒泉？在浚之下。
有子七人，母氏劳苦。
睍睆[7]黄鸟，载好其音。
有子七人，莫慰母心。

解读赏析
JIEDU SHANGXI

“巧借凯风暖，恭抒孝子情。”

关于《国风·邶风·凯风》的创作背景，古今学者众说纷纭。《毛诗序》认为是赞美孝子的诗。著名学者闻一多认为这是一首“名为慰母，实为谏父”的诗。还有人说这是悼念亡母的诗。现代学者一般认为这是一首儿子歌颂母亲并自责的诗。

诗以比兴开篇，母爱喻作温暖南风，幼子女比作枣树嫩芽，儿女们健康成长，全靠母亲精心哺育。子女们长大成人，母亲恩德，堪称圣善；子女们总觉得自己做得不够，与母亲的养育之恩相比，差得很远，莫慰母心。诗中，以凯风吹棘心、棘薪，喻母养子女；棘心，酸枣树初发之芽，喻子女初生；棘薪，酸枣树长到可当柴烧，比喻子女长大成人；寒泉喻母，黄鸟比子。末尾，寒泉在地下流淌，滋养浚人。“母有七人”，至今还如此劳苦！黄鸟叫声清丽婉转，子女们却不能抚慰母亲那颗饱受孤苦的内心。

全诗用凯风、棘树、寒泉、黄鸟等兴象构成有声有色的夏日景色图，而后反复咏叹子女对母亲的深情。设喻贴切，用字工稳。诗中虽然没有实写母亲如何辛劳，但母亲为子女操劳的形象却跃然纸上。

①邶（bèi）：周代诸侯国名。②凯风：南风，这里喻母爱。③棘心：酸枣树初发的嫩芽。这里喻子女。④劬（qú）劳：操劳。⑤棘薪：长到可以当柴烧的酸枣树。这里比喻子女已长大。⑥爰（yuán）：何处。⑦睍（xiàn）睆（huǎn）：犹“间关”，鸟儿婉转的鸣叫声。

诗词AB面
SHICI AB MIAN

“寒泉之思”

“寒泉之思”这一成语，比喻子女对母亲的思念之情。此典故出自《诗经·邶风·凯风》：“爰有寒泉？在浚之下。有子七人，母氏劳苦。”后来，寒泉也就成了“母爱”的代名词。六朝以前文人，为女性写祭文、作挽词，甚至皇帝下的诏书，常常用“寒泉”这个典故来代表母爱。比如，西晋著名文学家潘岳在他的《寡妇赋》中有这样的句子：“览寒泉之遗叹兮，咏《蓼莪》之余音。”再如，南朝齐时的杰出山水诗人谢朓在他的《齐敬皇后哀策文》写道：“思寒泉之罔极兮，托彤管于遗咏。”

“孝子不匮，永锡尔类”

这是《诗经·大雅·既醉》的句子。《既醉》第五诗节写道：“威仪孔时，君子有孝子，孝子不匮，永锡而类。”意思是说，“庄严氛围极合时宜，（祝）君王嫡传有孝子；孝子贤孙世代永继，（愿）您家族永受天赐！”后来，人们又将此句也理解成为：孝子行孝无穷尽，永远感化同类人。《郑伯克段于鄢》是《左传》中的名篇。文中颍考叔用自己的孝行影响到了郑庄公，使之与母亲“黄泉相见”，冰释前嫌。文中称赞颍考叔：“颍考叔，纯孝也。爱其母，施及庄公。《诗》曰：‘孝子不匮，永锡尔类。’其是之谓乎？”

名人万花筒
MINGREN WANHUATONG

华夏文化幸甚，毛氏叔侄传《诗经》

据史载，公元前212年，秦始皇焚书坑儒，几乎将孔子苦苦整理并精心建立的文化体系彻底火烧土葬。当时，把研究《诗经》作为自己毕生事业的儒学家毛亨，在文化大灭绝、大戕害之血雨腥风之际，没有惊慌失措，悄悄将《诗经》藏于身，偷偷带着侄儿毛苌逃离故乡邯郸。就这样，毛氏叔侄来到北方赵国穷乡僻壤的武垣，开始了对《诗经》的保护与研究。

秦王朝灭亡，然而，汉初承袭秦制，《挟书律》仍在遵行。所以，毛氏叔侄仍耐心收藏着《诗经》，精心做着《诗经》研究与训诂工作。直到汉惠帝登基撤销《挟书律》，毛亨这才向河间王刘德（汉武帝哥哥）献出了《诗经》。从此以后，毛亨放开手脚重新整理《诗经诂训传》。让人惊喜的是，侄子毛苌继承家学，发扬光大《诗经》研究，最终使“毛诗”名扬天下。

知识小问答

下列名句，哪句的作者是男性诗人？（　　）

A. 看朱成碧思纷纷，憔悴支离为忆君　B. 长驱西入关，迴路险且阻　C. 明月不谙离恨苦，斜光到晓穿朱户李商隐，字义山，号玉溪生，晚唐著名诗人。与杜牧合称“小李杜”。

送母回乡

［唐］李商隐

停车茫茫①顾，困我成楚囚②。
感伤从中起，悲泪哽③在喉。
慈母方病重，欲将名医投。
车接今在急，天竟情不留！
母爱无所报，人生更何求！

解读赏析 JIEDU SHANGXI

“慈母长逝，万念俱灭。”

武宗会昌二年（842年），深得宰相李德裕信任的李商隐入官秘书省。正当踌躇满志的李商隐准备大干一场时，不巧，母亲病逝。遵循惯例，李商隐必须离职回家守孝三年。母亲的去世，仕途的坎坷，这些都给李商隐极大的打击。《送母回乡》就是诗人此时所作。

全诗以叙事开篇，将装有母亲灵柩的车子停下来，茫然失意回顾京都，想着母亲的去世和自己仕途暗淡，感觉自己就像楚囚一般困顿窘迫。而后，诗人想到这些，忧愁伤感蓦然从心中升起，那悲痛的泪水，简直如鲠在喉，令人窒息。接着，诗人怀着悲痛的心情回顾了慈母生病、就医、去世的情景：慈母刚刚得了重病，就想送她去拜访名医。可是就在车子急迫接送时，苍天就无情地带走了我的慈母！末尾，诗人直抒胸臆，母亲大爱无边，我却无能报答，人生在世还有什么可追求的呢？生动地写出了诗人沉浸在强烈的丧母悲痛中，心中万念俱灰，陡然生出无比的悲痛与消极。

①茫茫：茫然失意的样子。②楚囚：本指春秋时被俘到晋国的楚国钟仪，这里比喻处境窘迫、无计可施的人。③哽：通“鲠”。噎住，食物不能下咽。

诗词AB面
SHICI AB MIAN

中国古代的“丁忧制度”

“丁忧”，亦称“丁艰”，中国封建社会传统的道德礼仪制度。据《尔雅·释诂》解释：“丁，当也。”有“遭逢、遇到”之意。《尚书·说命上》解释：“忧，居丧（父母逝）也。”因而，“丁忧”就是遭逢居丧之意。“遭逢居丧”时，儿女们会忧伤，会居丧，要遵循一定的民俗和规定。后世说到的“丁忧”，常用于具有官吏身份的人遭逢父母的丧事而按照规定守孝。古时有这样的规定：丁忧其间，官员必须辞官回到祖籍，三年（后来改成二十七个月）内不准为官；如无特殊情况，国家不可以强召“丁忧人”为官，因特殊原因强召丁忧的人为官，此种情况，称之为“夺情”。丁忧三年，丁忧人要吃、住、睡在父母坟前，不喝酒，不洗澡，不剃头，不更衣，不参与一切娱乐活动。史载，万历五年，大学士张居正父老家去世。当时，张居正主持大明朝改革事宜，因父亲去世，这一切工作都必须放下回家丁忧。张居正三次上疏，乞求丁忧，皇帝三次不准。无奈，张居正“着青衣、素服入阁理事”。这样的“夺情”授官，在历史上极为罕见。

名人万花筒
MINGREN WANHUATONG

为爱情而舍弃功名的李商隐

李商隐出身于没落小官宦家庭，很希望入仕途，出人头地。然而，在仕途和爱情面前，他毅然选择了后者。

史载，大唐开成二年，二十五岁的李商隐应泾州节度使王茂元的邀请，入职幕府。不久，他与王的女儿产生了深厚的感情。当时，正值“牛李之争”，“牛党”把持朝政，在任用官吏上，排除异己。面对仕途与爱情，李商隐义无反顾地选择了真爱，来表达对王氏小姐矢志不渝的爱。

婚后当年秋天，李商隐前往长安参加授官考试。但信心满怀的李商隐怎么也没有想到，“牛党”取消了他的复试资格。在以后很长时间里，“牛党”不断打压李商隐，使得这匹“千里马”不得不接受“骈死于槽枥之间”的命运。

王氏小姐虽然出身富贵人家，但尽心尽力照料着李商隐的家庭，恪尽了一个贤妻良母的职责。公元851年，李商隐的妻子，这个美丽贤德的泾川女子，走完了自己的人生道路，在李商隐的家乡河南省兰考县病逝。这段美丽璀璨、流芳千古的爱情，就此画上了一个圆满的句号。

知识小问答

“红烛自怜无好计，夜寒空替人垂泪”是晏几道的名句。其中“替人垂泪”是化用了哪位唐人的作品？（　　）

A. 李商隐《无题》　　B. 温庭筠《更漏子》　　C. 杜牧《赠别》

本章知识小问答答案

第 003 页　正确答案：B. 孝子

第 005 页　正确答案：C. 五言乐府诗

第 007 页　正确答案：A. 十月初一

第 009 页　正确答案：B. 流

第 011 页　正确答案：D. 文书

第 013 页　正确答案：A.《墨梅图》

第 015 页　正确答案：D. 大卷

第 017 页　正确答案：C. 舅舅

第 019 页　正确答案：C. 梁启超

第 021 页　正确答案：B. 胡曾

第 023 页　正确答案：A. 元稹

第 025 页　正确答案：A. 松树

第 027 页　正确答案：C. 赵孟頫

第 029 页　正确答案：B.《孔子家语》

第 031 页　正确答案：C. 明月不谙离恨苦，斜光到晓穿朱户

第 033 页　正确答案：C. 杜牧《赠别》

父爱篇

陆游的父爱藏在『纸上得来终觉浅，绝知此事要躬行』的教导里，李白的父爱在那『念此失次第，肝肠日忧煎』的思念中……父亲是一本书，没有华丽的词句，却有道不尽的真实。

李商隐，字义山，号玉溪先生，晚唐诗人。

骄儿[1]诗（节选）

［唐］李商隐

爷[2]昔好读书，恳苦自著述。
憔悴欲四十，无肉畏蚤虱。
儿慎勿学爷，读书求甲乙[3]。
穰苴[4]司马法，张良[5]黄石术[6]。
便为帝王师，不假[7]更纤悉[8]。

解读赏析
JIEDU SHANGXI

“劝儿立志保疆土，莫学吾爷求甲乙。”

《骄儿诗》流传已久，为人传诵，是诗人李商隐为爱子衮师而作，在这一段中，诗人对儿子衮师进行了谆谆教导及思想教育。

这段诗的第一、二句追忆往昔，描写了诗人为读书废寝忘食的事情，从而导致了脸色憔悴，身体消瘦的样子。“无肉畏蚤虱”一语双关，既寓意了诗人遭到奸人陷害无力反驳，也从侧面反映了诗人读书的勤奋艰辛，为劝诫儿子立志保家卫国做铺垫。第三句承上启下，警示告诫儿子不要像自己一样走“读书求甲乙”的老路。在最后两句中，诗人总结了自己的人生经历，对儿子进行了思想上的教育。诗人列举了穰苴、张良这两位功臣谋士来勉励儿子，希望儿子把读书和效忠国家结合在一起，不要去看无用之书，而是要学习钻研治国用兵之道，要有真实本领，为国立功。

诗人在这一段诗中对儿子进行了深刻教导，用自身经历来恳切告诫儿子不要死读书，希望儿子从小立志，保卫疆土。这段诗歌言辞真切诚恳，蕴含了诗人呕心沥血的教诲劝告和强烈的忧国情怀，读起来自然贴切，让人心生感叹，极为动人。

①骄儿：指诗人的儿子衮师。②爷：指诗人自己。③甲乙：等级，引申为高低。④穰苴（ráng jū）：春秋时期的将领，姓田，曾担任大司马一职。⑤张良：汉高祖的谋臣。⑥黄石术：谋略战术，泛指兵书。⑦假：凭借，借助。⑧纤悉：琐碎。

诗词AB面
SHICI AB MIAN

古人的家教都教什么

古代的家教可以说伴随了古人的一生，在孩子还在母亲肚子里的时候就要进行胎教了。这主要体现在孕妇身上，妇女怀孕之后就要求多听诗琴，多看书画，还要劳逸结合，举止有礼，以此来进行对孩子最早的家教。孩子出生以后到上学之前，主要在家中进行学前教育。

古人十分注重家教的方式方法。家长对孩子要严格要求，不能溺爱，尤其注重思想教育，灌输高尚品德。在品德方面，古人培养孩子要有仁爱之心，孝悌之道，认为尊老爱幼是做人根本，还要有热爱、保护生命的意识。古人都提倡修身齐家，教育孩子要立志、诚信。在为人处世上，教导孩子要和气待人，懂得谦让，并且要慎重交友。古人有很强的时间意识，由此教育孩子要珍惜光阴，重学爱书。

在古代家教中，父亲担任了主要角色，承担了大部分教育孩子的责任，所以才有“养不教，父之过”的说法，但是也不能否认母亲在子女教育中所起的作用。古人对孩子的教育涉及修身、处世、品德等各方面的教育，可谓十分全面，有些美训至今还保留下来，融入了中华民族的优秀传统之中。

名人万花筒
MINGREN
WANHUATONG

早年求道，晚年信佛的诗人——李商隐

李商隐在年轻的时候曾经去寺观里学道，下了一番苦功夫来学习道教的典籍，在道教道义方面有着精湛的修养。但同时，李商隐对道教虚无缥缈、荒诞至极的求仙之道有着清晰的认识，对于炼丹求道的做法和所谓的羽化登仙，他并不热衷，且持怀疑、否定的态度，所以李商隐后来就脱离了道教。

那他是怎么醉心于佛教的呢？这还得从当时的背景说起，在唐朝信奉佛教是一种社会风气，而且有些和尚懂一些医道，利用给人治病来扩大佛教的影响。有一次，李商隐生病了，身体十分不舒服，有一位僧人治好了他的病，由此引起了他对僧人和佛教的崇信，他认为僧人们懂得医道，是得到佛法护持的好处。

李商隐在丧妻以后，就去了梓州。丧妻之痛缠绕在他的心底，再加上早年在政治上、生活中都到处碰壁的经历，李商隐在梓州过得苦不堪言，他最终选择了皈依佛教来解脱心灵中的苦难，不仅决心认真学佛，甚至有出家为僧的念头。不过，李商隐虽然醉心佛教，但毕竟没有真的出家，未能完全脱俗。

知识小问答

“虚负凌云万丈才，一生襟抱未曾开”是（　　）哭悼李商隐而写的？
A. 温庭筠　　B. 崔珏　　C. 段成式

杜甫，字子美，自号少陵野老，唐朝诗人，有“诗圣”之称。

又示宗武[1]

［唐］杜　甫

觅句知新律，摊书解满床。
试吟青玉案[2]，莫羡紫罗囊。
假[3]日从时饮，明年共我长[4]。
应须饱经术，已似爱文章。
十五男儿志，三千弟子行。
曾参[5]与游夏[6]，达者[7]得升堂[8]。

解读赏析
JIEDU SHANGXI

“勤奋爱学习，早立男儿志。”

这是诗人杜甫写给小儿子宗武的一首诗，以此勉励宗武。首句描写了宗武儿时读书的情景，肯定他的勤奋好学和取得的成绩，诗人倍感欣慰欢喜的同时又不忘劝诫儿子，希望宗武不要像贵族子弟一样，只知吃喝玩乐，不知吟诵古诗，而是要尝试学习作诗。这是诗人教导宗武不要玩物丧志，以免虚度青春。诗人接着对儿子的未来进行了畅想。在假日里诗人和儿子一起饮酒，想象着明天儿子就会长得和自己一样高了，诗人教导儿子在成长的过程中不要只喜欢读书，停滞不前，应该继续努力，饱读诗书，勤做文章，从中学习治世之道。诗歌的最后两句饱含了诗人对儿子的激励鼓舞。诗人教导儿子要以先贤孔子和他的弟子曾参、子游、子夏为楷模，早立大志，刻苦好学、勤奋能干方能在学业品德上取得成就。

全诗情理兼顾，诗人首先肯定了儿子的勤奋爱学，转而耐心劝告，从生活、成长、读书、立志各个方面来嘉奖、鼓励、警示、鞭策儿子宗武，可谓用心良苦。这首诗歌蕴含了诗人对儿子宗武的厚望希冀，表达了诗人望子成龙的愿望与期盼，不仅是教育儿子宗武，也是诫谕后人的一篇佳作。

①宗武：诗人的小儿子。②青玉案：泛指古诗。③假：或作“暇”，闲也。④共我长：和我一样高。⑤曾参：孔子的学生，以孝著称。⑥游夏：孔子的学生子游和子夏，擅长文学。⑦达者：达士，通情达理的人。⑧升堂：学习达到很高的境界。

诗词AB面
SHICI AB MIAN

中国古人是怎么放假的

诗人杜甫教育规劝儿子宗武要勤奋学习，只有在假日的时候才能稍作休息，现在的我们实行星期制有双休日，那么古人的假期是什么时候呢？其实，在我国古代也有类似星期制这样的休假制度，但不是七天一休，而是十天一休。我国在三千多年前就约定了十天为一旬，每个月分为上、中、下旬，并且把每旬的最后一天作为公休日，实行旬休制。

除了旬休制以外，中国古代在寒食、清明这两个重要的节日也会放假。唐朝时期，皇帝颁布诏书宣告清明、寒食都可以放假，把放假的时间从四天增加到五天，又增加到六天。北宋时期规定寒食、清明共放假三天，诏令各地各家都要扫墓上坟。所以，清明节作为国家的法定节日由来已久。

但是这些制度农民无法享受，农忙期要在地里劳作，农闲期又要服役，那么古代农民什么时候休假呢？农民们只能自行在新年和社日的时候休假，社日是古代农民祭祀土地神明的节日，有春社和秋社。春社起源于先秦，在每年立春之后的第五个戊日，主要是祈祷丰收。汉代以后又有了秋社，是在每年立秋之后的第五个戊日，主要是感谢神明。

名人万花筒
MINGREN WANHUATONG

作诗赠爱子，舐犊情深矣

诗人杜甫很喜爱自己的幼子宗武，对他寄予厚望，还专门为宗武作了许多诗歌。宗武自小机智过人，聪明伶俐，刚学会说话的时候就会背诵自己父亲作的诗了。对于和父亲经常来往的朋友，宗武能够一一分辨他们的姓氏，杜甫将这些事情写入了诗歌《遣兴》中，“骥子好男儿，前年学语时。问知人客姓，诵得老夫诗”。杜甫被困长安之时，很想念宗武，写了一首《忆幼子》，在诗中也仍不忘感叹宗武“聪慧与谁论？”

杜甫的祖父杜审言是唐代著名的诗人，与李峤、崔融、苏味道并称“文章四友”，所以杜甫把诗看作是杜家的家传之业。在宗武过十五岁生日这一天，杜甫不顾自己身患疾病，年老体弱，作了一首《宗武生日》来记叙宗武过生日的场景，同时也对宗武寄予希冀，希望儿子把杜家世世代代读书作诗的家风传承下去，并且告诫儿子要趁自己年少青春之时及早努力，这才是对双亲的最好孝敬回报。在同一日，杜甫另作了《又示宗武》，表示自己看到儿子能够博览群书十分高兴，并勉励宗武向圣人孔子学习，要致力于读书学问，不要玩物丧志。杜甫将自己对爱子宗武的舐犊之情全都写进诗中，作品之多，感情之深，让人们也深切体会到了杜甫对宗武的疼爱。

知识小问答

杜甫和下列哪位诗人合称“李杜”？（　　）

A. 李白　　B. 李贺　　C. 李商隐

曹邺，晚唐诗人，字邺之，擅长五古，多反映现实、针砭时弊之作。

北郭闲思

［唐］曹　邺

山前山后是青草，
尽日[1]出门还掩门。
每思骨肉在天畔，
来看野翁怜[2]子孙。

解读赏析
JIEDU SHANGXI

“父爱伟大，常在无言深处。”

本诗是晚唐诗人曹邺的一首七言绝句。曹邺生平致力于古诗和乐府创作，反对浮华艳丽、缥缈空虚的诗风，这首《北郭闲思》正是曹邺写作态度和文学观点的真实体现。诗人通过质朴简练的话语，传达出一位父亲对于自己远在天边的儿女的深深挂念，体现了诗人自身浓浓的父爱。

诗歌前两句交代了自己的生活环境和生活状态，为后文的情感升华做了铺垫。“我”居住在城外北郊，这里山前山后都长满了青草，出门一整天也只需掩门即可。通过这一部分的描写，说明了诗人平时生活环境的荒僻，也说明了诗人生活状态的孤寂。而正是在这样荒僻的生活环境和孤寂的生活状态之下，诗人自然而然地想起自己那远在天边的骨肉儿女，由此引出下一部分。在这样百无聊赖的生活中，诗人常常思念自己的儿女，可儿女们远在天边，只好去看那些乡村野老怜爱子孙的和睦场景安慰自己。这里用反衬的手法，以乡村野老家庭和睦的生活场景反衬出自己孤单寂寞，不能享受天伦之乐的凄凉，越发体现了诗人对子女的挂念怜爱之深，刻画了一位父爱真挚浓烈的慈父形象。

① 尽日：整日，整天。② 怜：怜爱，爱护。

诗词AB面
SHICI AB MIAN

含义丰富的“郭”字

在现代人的日常生活中，能够使用和见到“郭”这个汉字的机会变得非常单一，大多数人都只将“郭”看作一个姓氏而已。但在古代，“郭”这个字可不仅仅指姓氏，其含义是非常丰富的。最常见的一个含义就是指在一座城的外城。在古代，人们往往会在城的外围加筑城墙，从而形成内城和外城，内城称“城”，外城称“郭”。北朝乐府《木兰诗》里面有一句“爷娘闻女来，出郭相扶将”中的“郭”就是此意。“郭”也可以用来指代棺材外面的大棺。这层大棺本称为“椁”，但古代汉语规范尚不十分明确，所以相同读音的不同汉字往往可以通用表达相同的含义。此外，“郭”也是春秋时期位于山东省北部的一个诸侯国的国名。

名人万花筒
MINGREN WANHUATONG

当口语走进诗句中

曹邺是晚唐诗人，与同时代的刘驾、于濆等人齐名。他们共同反对晚唐时期越发艳丽浮华的文学风气，追步中唐时期白居易、元稹等人文字平白朴实的诗歌风格，创作了一批关注社会现实、具有社会批判力的古诗和乐府诗。而这批人中，又以曹邺才气最高，成就最大。

曹邺最出名的诗莫过于《捕鱼谣》了，他模仿捕鱼人的语气写了这首诗。“天子好征战，百姓不种桑。天子好年少，无人荐冯唐。天子好美女，夫妇不成双。”语言通俗易懂，就像捕鱼人自己的原话那样。但其中的含义又恰恰与捕鱼人心中所怨恨的相契合，对于晚唐统治者甚至是最高统治者肆意妄为的行为的不满与讽刺充溢纸面。

另一首《官仓鼠》则是讽刺贪腐官吏的名作。“官仓老鼠大如斗，见人开仓亦不走。健儿无粮百姓饥，谁遣朝朝入君口？”官仓里的老鼠肥大如斗，胆大亦如斗，看到有人开仓也不逃跑。老百姓都没有吃食了，官仓老鼠却能日日饱食，运用比喻和对比手法，辛辣讥讽了那些监守自盗、贪污腐败的坏分子。同时也使人进一步思考，为什么这些人竟可以这样胆大妄为？可谓情理俱佳。

曹邺等人诗歌风格及内容的逐步形成，是与晚唐整个文坛风格及官场习气完全相冲突的，这也就从侧面展现了他们在诗词创作方面的勇气和魄力。当口语走入诗句，展现了诗词世界更宽广的天地。

知识小问答

汉字“郭”没有以下哪个含义？（　　）

A. 内城　　B. 姓氏　　C. 国名　　D. 外城

东方朔，西汉文学家，本姓张，字曼倩，后世多以智者面貌视之。

诫子诗

［汉］东方朔

明者处事，莫尚于中①。
优哉游哉，于道相从。
首阳为拙，柳惠为工。
饱食安步，在仕代农。
依隐玩世，诡时不逢。②
是故③才尽者身危，好名者得华；
有群者累生，孤贵者失和；
遗馀者不匮，自尽者无多。
圣人之道，一龙一蛇。
形见神藏，与物变化。
随时之宜，无有常家。

解读赏析
JIEDU SHANGXI

“父之爱子，常为指点方向。”

本诗是西汉文学家东方朔的一首诫子诗，通过对自己的孩子提出人生训诫，传达出作者自身自在从容、与物迁移的人生理念。

全诗共分为三部分。第一部分为前五句，说明明达之人为人处世的方式方法：聪明的人做事，没有比尊崇中道更合适的了。从容自在，自然就与中道相契合。饿死于首阳山的伯夷叔齐清高却固执，拙于处世；柳下惠不论治世乱世不改本色，是最高明的做法。饱餐闲步，以当官代替务农。身居庙堂而谦退隐忍如隐士，不做违背时宜的事就不会遭遇险境。第二部分为第六到八句，讲世人对这一原则的践行程度的不同及其各自的后果：才华显露无遗的那些人往往处于危境，拥有好的名声常常得到荣华；获得众人拥戴的劳碌繁忙，自命清高的与旁人相处不和；凡事留有余地便不会匮乏，凡事一旦穷尽则会衰竭。第三部分是最后三句，是对全诗内容的总结：圣人处世，如同龙蛇一般，行、藏、动、静因时制宜，能随所面对的事物、时机的变化，用最合宜的处世之道，而不是固定不变、拘泥不通。

全诗结构清晰合理，表意明确深刻，是汉代诗歌中的代表之作，也是“诫子”题材类诗歌的经典之作。

① 中：中庸之道。② 依隐：像隐者那样；诡时：不合时宜；不逢：不会遭遇险境。③ 是故：因此，所以。

诗词AB面
SHICI AB MIAN

持节守志首阳山

伯夷、叔齐与柳下惠都是先秦时期著名的贤人，但世人称颂他们，却是因为不同的行事及品德。伯夷、叔齐是商朝末年孤竹君的两个儿子，孤竹君去世时遗命叔齐即位，叔齐则坚守礼义谦让给自己的哥哥伯夷，伯夷也不愿违背父亲遗命，两人互相推辞，最后将君位交给另一个兄弟，自己投奔了周。后来周武王起兵伐纣，兄弟二人拦马劝阻臣子不能起兵反叛君王，周武王不听，二人隐居于首阳山采薇为食，不食周粟，最终饿死，是耿介谦逊、抱节守志的象征。

坐怀不乱柳下惠

柳下惠是春秋时期鲁国大夫。有一次他经过一片柳林，突遇瓢泼大雨，他赶紧进入林中避雨。这时有一名年轻女子也进入林中，与他相对而坐。到了晚上，女子因为实在寒冷，请求坐在柳下惠怀中。柳下惠当然不答应，女子告诉他家中还有母亲需要奉养，如果就这样死去，那就会失去两条性命。柳下惠无奈应允，但他整晚怀抱美女，耳中心中只有风声雨声，竟然纹丝不动。人们听说了他的事迹，都赞叹他能够固守道德要求的德行。

名人万花筒
MINGREN WANHUATONG

文学史上的谪仙们

“谪仙”是文学史上对于那些才智超群、风采飘逸的文人的称誉，意指他们本是天上的仙人，被贬谪到凡间来依旧风采如神仙。我国古代文学史上有许多人都被誉为谪仙，最著名的莫过于李白了。据说李白初次到京城，贺知章听说了就前去看望，问他有没有什么作品，李白出示了自己的《蜀道难》，贺知章大为赞叹，称之为谪仙。杜甫也写诗说过“昔年有狂客，号尔谪仙人”，由此可见，在当时，李白就以谪仙闻名了。但在李白眼里，东方朔也是谪仙，他写过一首《玉壶吟》，里面有一句：“世人不识东方朔，大隐金门是谪仙。”说起来，这两人的气质确实很相似呢。

东方朔是西汉时期的辞赋家，他诙谐幽默且机智非常，他经常通过风趣的语言讽谏武帝，提出自己的政治见解。汉武帝身边的其他人都认为东方朔是个疯汉，只有汉武帝知道，要是东方朔不做那些荒唐事，那么身边这些人都比不上他。东方朔经常在喝醉酒后席地而坐，唱歌曰：“陆沈于俗，避世金马门。宫殿中可以避世全身，何必深山之中，蒿庐之下。”意思就是说他的隐居避世不同于其他人避居于山林茅舍之中，而是避居于宫殿庙堂之上。

除了东方朔、李白之外，苏轼也会被人称之为谪仙，只不过更为少见而已。

知识小问答

以下哪位历史名人没有被称为“谪仙”？

A. 李白　B. 苏轼　C. 东方朔　D. 柳下惠

郑燮，清代文学家、书画家，字克柔，号理庵，又号板桥，人称板桥先生。

为二女适[①]袁氏者作

［清］郑　燮

官罢囊空两袖寒，
聊凭卖画佐朝餐，
最惭吴隐奁钱薄，
赠尔春风几笔兰。

解读赏析
JIEDU SHANGXI

“贫父嫁女，常惭妆奁单薄。”

本诗是一首题画诗，是作者为即将嫁去袁家的二女儿所作。全诗文字浅白，但情感真挚，体现了一位慈父对自己即将出嫁的女儿的关心和不舍。同时作为女儿出嫁的妆奁，这位父亲也因为只有这幅兰草图而感到惭愧，至今读来依旧让人感慨万千。

起句交代了作者自己的生活状况，辞官之后，钱袋空空，为官清廉的诗人当官的时候两袖清风，辞官之后更加清贫。第二句紧承上句，因为家境清寒，只能凭借卖画补贴餐费，以之为佐餐之用。第三句意境偏转，进入本诗主题：“我”就像晋朝的吴隐之一样，女儿出嫁，嫁妆实在单薄得令人羞愧。第四句合于上句：既然没有丰厚的嫁妆，那只好画一幅春风中的兰草相赠。

在本诗中，兰草具有丰富的含义。一方面，兰草自古被人们认为是高洁的象征，赠予女儿兰草图，是父亲对女儿不必羡慕富贵荣华，要保持自身清正的教导；另一方面，春风中的兰草生机勃勃，给予了父亲对女儿未来生活的美好祝愿。此外，兰草也是对诗人自身不慕繁华、清正廉洁的高尚品格的最好展现。

①适：出嫁。

卖画的郑板桥

郑板桥因为看不惯官场迂腐黑暗的风气，愤然辞官之后，就靠卖画过生活。他只画兰、竹、石，并自称“四时不谢之兰，百节长青之竹，万古不败之石，千秋不变之人”。这些画受到市场追捧，板桥明码标价：“大幅六两，中幅四两，小幅二两，条幅对联一两，扇子斗方五钱。凡送礼物食物，总不如白银为妙；公之所送，未必弟之所好也。送现银则心中喜乐，书画皆佳。礼物既属纠缠，赊欠尤为赖账。年老体倦，亦不能陪诸君作无益语言也。”坦然自在，足见他性格之率真可爱。

吴隐之的女儿嫁妆到底多么单薄

吴隐之，东晋到南朝刘宋时期的官员，其在史书中最为人称颂的品质就是清廉。据说他曾经到广州当官，广州地处蛮荒，但出产象牙珠宝，去那里做官的人往往都是为了发些横财，历任广州官吏没有不贪的。在广州有一口泉名为“贪泉”，据说喝了这口泉的泉水，任谁都会贪婪无比，人们借此讽刺那些贪腐的官员。吴隐之为了改变这种官场习气，亲自到贪泉这里舀水一饮而尽，后来他果然保持了清正廉洁之气，没有丝毫贪污腐败之举。他曾经担任东晋名臣谢石的主簿，女儿出嫁的时候，谢石知道他家里穷，让人带着操办喜事的东西前去帮忙，结果看到家里的婢女牵着一条老狗，准备卖了为女儿准备婚礼，由此可以想见其女嫁妆的单薄和吴隐之的清廉了。

名人万花筒
MINGREN WANHUATONG

“扬州八怪”产生的社会背景

清代从康熙到乾隆年间江南画坛出现了以郑燮、金农为代表的一支风格独特的书画流派，人们将他们称为“扬州八怪”。除郑燮、金农之外，剩下的六怪分别是汪士慎、黄慎、李鳝、李方膺、高翔、罗聘。扬州八怪的“怪”特指他们的画风独特，这八个人都在宋明以来文人画特别是晚明以来徐渭、朱耷的基础上，使用全新的绘画技巧，追步古人而自在挥洒，从而形成了完全不同于文人工笔细腻纤微之风的写意画法。

扬州八怪这一群体的出现是有其社会和历史背景的。清代康雍乾三朝，作为京杭大运河下游关键口岸的扬州成为财富汇聚之地，当地商人经手盐粮，积累了万贯家财，从而寻求更高级的精神享受。另外，封建官僚政治体制整体趋向没落，官僚集体的腐败问题越发严重，具有正义感的士人不见容于官场，他们手中的画笔成为抒发胸中愤懑的绝佳工具。只有在这样的土壤上，在封建社会传统与商业自由风气之间的强烈的碰撞、冲击造成的人们在生活习惯和思维方式上的缝隙中，才能孕育出扬州八怪这样的艺术奇葩。

知识小问答

郑板桥作画的时候不画下面哪种东西？（　）

A. 竹子　B. 牡丹　C. 石头　D. 兰花

《诗经》，又称《诗三百》，我国古代第一部诗歌总集，收录了西周至春秋305篇诗歌。

诗经·小雅·蓼莪

蓼蓼[1]者莪，匪莪伊蒿。哀哀父母，生我劬劳[2]。
蓼蓼者莪，匪莪伊蔚。哀哀父母，生我劳瘁。
瓶之罄矣，维罍[3]之耻。鲜民之生，不如死之久矣。
无父何怙[4]？无母何恃？出则衔恤，入则靡至。
父兮生我，母兮鞠[5]我。拊我畜我，长我育我，
顾我复我，出入腹我。欲报之德，昊天罔极！
南山烈烈，飘风发发。民莫不穀，我独何害！
南山律律，飘风弗弗。民莫不穀，我独不卒！

解读赏析

JIEDU SHANGXI

“人生最大的痛苦，莫过于子欲养而亲不待。”

本诗是《诗经·小雅》中的一首，被认为是祭祀之时所唱的祭歌，表现了诗人失去父母的巨大痛苦。

全诗六章，共分三层。首两章是第一层，写父母生养“我”辛苦劳累。前两句都以比引出，诗人见蒿与蔚，却错当莪，莪是孝顺的象征，而蒿与蔚皆不成材，诗人借以自责不成才又不能终养尽孝。后两句承此思言及父母养大自己不易，费心劳力，吃尽苦头。中间两章是第二层，写父母子女之间的深情厚谊。第三章头两句以瓶喻父母，以罍喻子。瓶本应从罍中汲水，瓶空则是因为罍无储水可汲，这里用来比喻子女没有赡养父母，没有尽到应有的孝道而感到羞耻。“鲜民”以下六句叙述失去父母后的孤身生活与感情折磨。诗人失去父母，没有了依恃，以至于有家好像无家。第四章前六句生、鞠、拊、畜、长、育、顾、复、腹九个动词都是父母养育“我”的现实体现，这里的连用增加了情感的强度。该章最后两句，诗人痛极而归咎于天，责备其夺去父母生命，致使“我”欲报恩而不能。后两章第三层正承此而来，头两句诗人以南山高危险峻、耳闻的狂风呼啸扑来起兴，越发显出作者心境的悲伤，后两句则只有无可奈何的怨嗟。

① 蓼蓼：长又大的样子。② 劬劳：与下文的“劳瘁”一样，都是辛劳的意思。③ 罍：一种装水的器皿。④ 怙：依靠。⑤ 鞠：养。

诗词AB面

SHICI AB MIAN

莪、蒿、蔚都有什么含义

莪、蒿、蔚本来都是普通的植物，在《蓼莪》诗中，诗人赋予了它们不同的含义，并以此途径更为形象具体地表达了自己的情感。但诗人这种艺术创造并非无凭无据，而是来源于生活经验。对于古人而言，莪可食用，味道鲜美，并且抱根丛生，就像孩子依偎着母亲一样，故又名“抱娘蒿”；而蒿与蔚，都四散而生，蒿枝叶粗恶无法食用，蔚既不能食用又不能结子，故称牡蒿。所以古人用莪比喻孝顺的孩子，而蒿和蔚则用以比喻那些不孝子。如此就可以理解诗人为什么在把蒿与蔚当作莪之后心绪低落痛苦了。

千古孝道，尽在《蓼莪》一诗

《蓼莪》是《诗经》中传达孝道的名篇，几千年来，被无数文人墨客征引称颂，对整个中华孝道文化产生了深远的影响。据《晋书·孝友传》记载：王裒因为父亲无罪处死，隐居教授，“及读《诗》至‘哀哀父母，生我劬劳’，未尝不三复流涕，门人受业者并废《蓼莪》之篇”；而《齐书·高逸传》也记载顾欢在天台山授徒，因“早孤，每读《诗》至‘哀哀父母’，辄执书恸泣，学者由是废《蓼莪》”。后世更是有无数诗人将《蓼莪》及由此生发的情感写进自己的诗歌之中，曹植的《灵芝赋》“蓼莪谁所兴，念之令人老”至今读来令人怅惘，而陆游则在多首诗文中用王裒、顾欢的典故表达自己没能尽孝于父母膝下的哀痛。

名人万花筒

MINGREN WANHUATONG

东方的比兴与西方的象征

在世界文学发展史上，就表达方式而言，东方文学的比兴和西方文学的象征在某种程度上表现出相似性，许多人干脆认为这两种手法就是一样的，这种认识是错误的。

东方的比兴其实包含比和兴两部分。比就是我们常说的比喻和比拟，例如，《诗经》中《硕鼠》一篇，用老鼠比喻不劳而获的剥削者。《柏舟》一篇说“日居月诸，胡迭而微？心之忧矣，如匪浣衣。静言思之，不能奋飞”，诗人在此处将自己比拟成飞鸟，以人拟物，都是非常典型的比的手法。兴通常指先讲其他事物，从而引起所要言说的内容。兴也分两种，一种是作者看到眼前景色一时有所感触，如《黍离》写禾黍离离就是如此；另一种也是借眼前景物起兴但有所比喻，《关雎》写水鸟求偶，与下文男女求偶形成比喻，称为“兴而比”。

西方的象征与比兴最大的不同在于，象征是写主观理念之物，而比兴依旧在写现实之物。波德莱尔的《忧郁病》中写道：“当雨水洒下无数线条，仿效着大监狱的铁栏的形状，一群哑默肮脏的蜘蛛，走来在我们的头脑里结网。”这些都不是现实中的存在，而是作者苦闷低沉的情感的理念象征。

比兴和象征两种文学手法的不同实际上是东西方两种文化态度的不同而引起的，东方重实际，西方重思考。近代以来，随着两种文化的交流加深，也体现在文学之中，日本作家夏目漱石用“今夜月色真美”代表“我爱你”，正是结合两种文学表现手法的典范。

知识小问答

古人认为下列哪种植物具有孝顺的德行？（　　）

A. 韭　　B. 蒿　　C. 莪　　D. 蔚

杜甫，字子美，唐代伟大现实主义诗人，世称“诗圣”，他的诗被称为“诗史”。

月 夜

［唐］杜 甫

今夜鄜州月，闺中只独看。
遥怜[①]小儿女，未解[②]忆长安。
香雾云鬟湿，清辉玉臂寒。
何时倚虚幌[③]，双照泪痕干。

解读赏析 JIEDU SHANGXI

“羁身不自愁，遥为妻儿忧。”

唐天宝十四年，安史之乱爆发，京都长安陷落。杜甫将家眷安置在鄜州羌村避难，只身北上投奔落难的朝廷，准备为国效力；哪料，途中被叛军俘虏，羁押到了长安。《月夜》就是诗人被囚于长安时所作的一首五言律诗。

读这首诗，单从字面上看，写的是忧思家事：诗人由眼前鄜州明亮的月光，想到了妻子在闺中泪眼独看凄凉月景，丈夫不在身边，望月思念自不待言；继而想到家中的孩子们由于天真幼稚，还不甚懂得大人“忆长安”的忧虑，亦不知国事衰微愁苦。面对月光，诗人继续想象，在羌村那雾气蒙蒙中，妻子的鬓发也许被沾湿了，肯定异常凄冷；在如霜的月光下，妻子的手臂被映得异常寒凉。我们这一大家人（天下百姓）什么时候才能团圆呢？多么希望，家人们能够倚靠在透明的窗帷下，共赏这美好明月，那时候的月光定会悄悄照干我们脸上的泪痕。

面对空中明月，诗人没有述说自己羁身之苦，而是遥想羌村家中妻儿的安危。——我们读过杜甫许多“现实主义”诗作，了解到诗人“忧国忧民”的博大胸襟，而这种“大情怀”正是 “羁身不自愁，遥为妻儿忧”这种关心家人的“小情怀”的升华。总览《月夜》诗，诗人借月抒怀，将羁绊之苦、离乱之痛、家国零落之忧融于一体，对月惆怅，虑家人，寄希望于杳杳“何时”，读来催人泪下。

①怜：想。②未解：尚不懂得。③虚幌：透明的窗帷。幌，帷幔。

诗词AB面
SHICI AB MIAN

“闺中”与“待字”

“闺中”，原指宫室之中。屈原在《离骚》中有这样的句子：“闺中既已邃远兮，哲王又不寤。”说的就是王之宫中。“闺中风暖，陌上草薰。”（江淹《别赋》）此诗句中的“闺中”，又特指女子所住的地方，也就是后来元杂剧中常说的女孩子“闺房”，在人们眼里那可是一个无比清雅幽洁隐秘的处所。

谈及“闺中”，这不由得让我们想起“待字闺中”这一成语。指的是女孩子到了出嫁年龄，而尚未出嫁，也就是我们所说的“女单”。在古代，女子也是有成年礼的，大致在十五岁时，古人称之为“笄礼”，表示女孩子已到成年可以出嫁了。但是，可以出嫁到真正出嫁还有一段时间，古人将这段时间称为“待字”。待，是等待之意；而“字”解释起来就有些烦琐。有人认为，女子未嫁，若男子成年“未起字”一样，故称为“待字”；也有人认为，“字”古文字的形象是上面一个房子，下面一个婴儿，意为孕也，所以待字有等待出嫁、生子之意，这样解释也真够形象的了。

名人万花筒
MINGREN WANHUATONG

杜甫落魄曾用“残羹冷炙”

人们也许不会想到，伟大的诗人杜甫也曾吃过“残羹冷炙”。唐天宝六年，玄宗下诏，为选拔人才开科取士。时年三十六岁的杜甫正好做客长安，听得此消息，喜不自禁。不料，考试完毕，当时主考官李林甫宣布无一人入选，其理由是“天下英才早被我们网罗光了，没漏掉一个”。玄宗听了很高兴。踌躇满志的杜甫做梦也没想到有这样的结果，极度失望。出于生计考虑，他不得不以“宾客”身份，穿梭于长安城达官贵人之间，过着寄人篱下的尴尬生活。汝阳王府、郑驸马府、韦丞相府都是杜甫经常游走的去处。这位名噪一时的大诗人时常陪着王公大臣们游山玩水，诗酒宴游。为博得达官贵人的高兴，他违心写诗奉迎；贵人们玩得不亦乐乎，他再写诗描绘一番。这样的生活，诗人持续了九年。他在《奉赠韦左丞丈二十二韵》诗中写道：“朝扣富儿门，暮随肥马尘。残杯与冷炙，到处潜悲辛。”意思是，每天一大早就去敲富人家的门，每天晚上跟着人家的高头大马，风尘仆仆地回来。得到的每一碗剩菜和剩饭，都饱含着悲凉和辛苦。成语“残羹冷炙”就出自这里。

知识小问答

下面不属于杜甫“三别”的一首诗是：（　　）

A.《新婚别》　　B.《无家别》　　C.《辞官别》

王建，字仲初，生于颍川，唐朝著名诗人，著作有《王建诗集》《王建诗》等。

短歌行

［唐］王　建

人初生，日初出。
上山迟，下山疾。
百年三万六千朝，夜里分将强半[1]日。
有歌有舞须[2]早为，昨日健于今日时。
人家见生男女好，不知男女催[3]人老。
短歌行，无乐声。

解读赏析
JIEDU SHANGXI

“人生苦短，切莫蹉跎。”

唐朝著名诗人王建，擅长选取生活中典型意义的事物，采用“汉乐府”旧题诗歌形式，运用通俗易懂的简洁语言，来抒发对人世的独特感受。他写的此类诗很多，《短歌行》就是其中一首。

诗人开篇把人的一生比作“日升日落”：开始的时候，太阳冉冉升起，显得异常艰难；而夕阳西下时，落山又是那样急速，令人无奈。然后，诗人用“列数字”来形容人生短暂：一百年也就是三万六千天，还让黑夜占去一大半。而后，诗人直抒胸臆发出告诫：自己想要做的事情要抓紧做呀！你难道不觉得我们的身体一天不如一天吗？人人都为“儿女长大成人”而欣慰，可哪里知道，儿女长大成人了，他们的父母已变得老迈苍苍。初读这首诗，让人感到“人生苦短”的悲凉，然而细细品来，饱含“奋发向上”“切莫蹉跎”的积极追求，还有对“父母操劳一生”的感恩。

在写法上，诗中以日升日落作比，用具体时间映衬，巧置“人家见生男女好”生动细节，寓理于事，寓情于景。该诗语言，平易而又凝练精悍，富有民歌民谣色彩，读来亲切感人。

① 强半：大半，过半。② 须：必得，应当。③ 催：使事物的产生、发展变化加快。

诗词AB面
SHICI AB MIAN

那些有名的“惜时”句

古人“惜时”诗，常常是劝导人们要珍惜时间，奋发勤勉。“子在川上曰：逝者如斯夫，不舍昼夜。”是两千多年前至圣先师孔子面对弟子们的“惜时”谆谆教诲。“三春花事好， 为学须及早。花开有落时，人生容易老。”这首《惜时》诗而今已找不到是何人所作，但“花开有落时，人生容易老”的告诫，着实振聋发聩，令人不敢浪费时日，懈怠学业。中学语文课本上的《长歌行》大家耳熟能详，其中“百川东到海，何时复西归”“少壮不努力，老大徒伤悲”激励了一代又一代人奋发向上。“三更灯火五更鸡，正是男儿读书时。黑发不知勤学早，白首方悔读诗迟。”颜真卿这首《劝学》诗已成为“劝学惜时”最有影响力的作品之一。

名人万花筒
MINGREN
WANHUATONG

“买椟还珠”的王仲初

王建，字仲初，中唐著名诗人，曾“从军走马十三年”，一生大部分时间过着“终日忧衣食”的窘迫生活，直到晚年“白发初为吏”，才登上仕途。然而，青年时代的王建有过“飞黄腾达”的绝佳机会。

中唐时期，宦官专权。当时，朝中有一个叫王守澄的大宦官，他三度参与皇帝废立，掌朝中权达十五年。王建和王守澄素有同宗之谊，且意趣相投，因而关系甚为密切。相传，平日闲暇，二人不是茶肆品茗，就是坊间赏乐，已到了无话不谈的地步。别人认为，王建“一步登天”只是时间问题，然而让人想不到的是，就是听不到“提拔王建”的消息。后来人们才知道，王建与王守澄相会时，交谈的全是些宫廷异闻，从不提自己“入仕途”的事儿；王守澄呢，等着王建提出请求，也好大帮这位“族兄”一把，可惜对方只字不提。从王守澄那里了解到大量宫中生活细节，王建便创作了百首《宫词》。这些诗，多采用白描手法，描绘了宫禁中种种琐事，犹如一幅幅风俗图画，是后来学者研究唐代宫廷生活的重要史料。

当时有人对此慨叹：遇此机会，不求官，反求诗，简直“买椟还珠”。然而，倘若从汲汲于富贵这个角度来看，这也许是个遗憾，但对中国文化而言，这又是一件特大幸事。

知识小问答

下面哪一项不是诗人王建擅长的诗歌内容及样式：（　　）

A. 民生疾苦的“乐府诗”　　B. 宫廷生活的“宫词”　　C. 借古讽今的“律诗”

李白，字太白，号青莲居士，唐代伟大浪漫主义诗人，世称“诗仙”。

寄东鲁二稚子（节选）

［唐］李　白

娇女字平阳，折花倚桃边。
折花不见我，泪下如流泉。
小儿名伯禽，与姊亦齐肩。
双行桃树下，抚背①复谁怜？
念此失次第②，肝肠日忧煎。
裂素写远意，因之③汶阳川。

解读赏析

JIEDU SHANGXI

“浪漫飘逸者，思子有柔情。”

原诗下注有“金陵作”字样，可知此诗作于金陵。天宝三载，在长安的诗人因受权贵排挤，抑郁出京都，客金陵，作此诗，时间为天宝七年至九年间。

上面所选诗句其实是《寄东鲁二稚子》的后半部分，前面还写了：桑碧、蚕过三眠时，客居吴地的“我”思念东鲁家人。想着家中田地无人耕作，内心一片茫然。酒楼那株临行所栽桃树已有三年，可我仍漂泊在外。

接下来，诗人围绕“二稚子”巧设感人细节，渲染思子浓浓深情。其一，唤作平阳的女儿，手折桃花却不见严父在前，泪如泉涌。其二，小儿伯禽，长得与姐姐一般高了，姐弟俩并肩行于桃树下，却无人抚背爱怜！两情节虽为诗人虚写，但诗人思亲人之切，爱子女之深，很好地表达了出来。诗的末尾，诗人直抒胸臆，挂念东鲁二稚子，肝肠甚若油煎，让素帛满载心怀，回东鲁家人身边。

“飞流直下三千尺，疑是银河落九天”让人们知道了诗仙的浪漫与豪迈，“中间小谢又清发”“俱怀逸兴壮思飞”又领略到了李白的飘逸与清新，而今读诗人《寄东鲁二稚子》一诗，忽又发现了诗仙思念亲人的柔情一面。

① 抚背：抚摩肩背；长辈对晚辈的抚爱举动。② 次第：次序，这里指常态。③ 之：到。

诗词AB面
SHICI AB MIAN

东鲁有楼曰“太白”

《寄东鲁二稚子》中有“南风吹归心，飞堕酒楼前”的句子，那酒楼就是今天山东济宁的“太白楼”。2018年5月央视中文国际频道《国宝档案》栏目播放了《天下明楼——千古风流太白楼》，里面就详细介绍了太白楼的悠久历史和李白诗歌文化在东鲁的传承与发展等内容。太白楼起初坐落在古任城的东门里，只因当年诗仙李白与友人常来宴饮，而闻名天下。唐开元二十四年某日，诗人李白携夫人许氏及一双儿女由湖北安陆移家至任城，居住在酒楼之前。诗人平日里“常在酒楼日与同志荒宴”，不醉不归。或许是东鲁友人的热情，也可能是东鲁文化的独特魅力，诗人一家在任城酒楼前共待了二十三年。李白仙逝百年时，吴兴人沈光过任城，为该楼篆“太白酒楼”匾额，从此，“太白酒楼”闻名于世。明洪武二十四年，济宁左卫指挥使狄崇重建酒楼，将“酒”字去掉，更名为“太白楼”，留传至今。当今太白楼坐北朝南，两层重檐歇山式建筑，青砖灰瓦，朱栏游廊环绕。楼上正厅北壁上方镶有“诗酒英豪”四个大字，字体丰硕，遒劲豪放；下嵌着“三公画像石”，李白居中，杜甫在左，贺知章在右，线条流畅，体态浪漫。

名人万花筒
MINGREN WANHUATONG

走进紫极宫的李太白

紫极宫，原本是唐都长安内的一家道教宫观，不承想，这里竟成了诗仙李白入仕途的福地。当年李白渡荆门游荆楚大地，后辗转入京都长安。初至京都的李白，人生地不熟，想跻身仕途却毫无门径。这时候，一个人的出现使他的人生得以柳暗花明，这个人便是当朝吏部侍郎、著名诗人贺知章。相传，这一天，李白游于紫极宫。可巧，贺知章陪着玉真公主（玄宗胞妹，道士）也在观内。李白对这位“状元诗人”慕名已久，今日有幸相见，忙上前躬身拜见，并呈上袖中的诗本。贺知章阅毕诗本，对其中的《蜀道难》颇为赞赏，惊异道：“莫非是天上太白金星下凡？”并戏称他为“谪仙”。玉真公主也是爱诗之人，读了李白诗也赞不绝口。而后，由于玉真公主和贺知章的交口称赞，李白诗赋就有幸传到玄宗那里。玄宗大加称道李白诗有高远意境，遂传旨召李白进宫。李白进宫朝见天子，玄宗竟降辇步迎，并设宴款待，“以七宝床赐食于前，亲手调羹”。君臣二人畅所欲言，李白凭半生饱学及社会体验，说与玄宗，天子大喜，即令李白供奉翰林院。

知识小问答

史载，李白和当时七位嗜酒学士，称“醉八仙”。下面属于“醉八仙”的一位是：（　　）

A. 杜甫　　B. 贺知章　　C. 孟浩然

宋凌云，女，字逸仙，吴地长洲人，清朝剧作家、诗人，著有《轩渠初集》。

忆父

［清］宋凌云

吴树燕云断尺书，
迢迢[1]两地恨何如？
梦魂不惮[2]长安远，
几度乘风问起居[3]。

解读赏析
JIEDU SHANGXI

“思父无相见，梦魂到堂前。”

这是一首非常有名的思念父亲的七言绝句，虽然诗人宋凌云生卒年不详，也无从知道该诗的写作背景，但诗中所表现的思父之切、忧父之深的浓浓孝女深情，读来感人至深。

通过诗的内容我们可以知道，诗人身处故乡吴地苏州，而自己的老父亲远在燕地京都（长安代指京都）做官。诗人开篇由身边的“吴树”和想象中的京都“燕云”写起，好像正是这些可见之物，阻碍了父亲的音信，使女儿无法得知父亲的境况。父女两地相隔，万里迢迢，这其间的思念之苦又能向谁诉说呢？诗人等不来远方父亲的音信，思念更加凝重，致使胸中发出了“迢迢两地恨何如”的思父最强音。接下来，作为一名柔弱女子，诗人无力跋山涉水去燕地京都寻父。然而，那颗思父之心久久不能泯灭，所以只好在梦中，让自己的魂魄借助这北去的南风，跨越千山万水，飞到父亲身旁，探问老父亲生活起居一切境况还好吧？诗人借“梦魂与父相见”的虚境抒发浓浓的思父之情，很像李白“我寄愁心与明月，随君直到夜郎西”的浪漫写法。总览全诗，写法上虚实结合，直抒胸臆与间接抒情相结合，语言平实易懂，却承载了浓浓的深情，的确为“思亲诗”中的上乘佳作。

① 迢迢：形容路途遥远。② 惮：畏惧，害怕。③ 起居：指（父亲）饮食寝兴等一切日常生活状况。

诗词AB面
SHICI AB MIAN

何为“起居有常”

所谓“起居有常”，是指人们日常生活中的起居要有一定规律。这里“起居”的具体内容比较多，主要有：作息时间、活动中节、劳逸适度及顺应天时中的多个环节。古代阴阳医药养生家普遍认为，春夏秋冬，昼夜不等，光热各异，在春夏两季应该养人体阳气，秋冬两季应该养人体阴气。经过漫长岁月的探索，他们总结出以下规律：春天到来，人们的起居应该早睡早起，免冠披发，松缓衣带，舒展形体，多在庭院中漫步，克服情志的倦怠，以助阳气生发，阴气收敛。到了夏季，人们适合晚入睡，早起床，以顺应自然界阳盛阴衰的变化；多注重午休，补充能量；同时，风寒湿邪易侵人体，应谨防阴气伤体。秋季的时候，天高气爽，应早入眠以顺应天地阳气收缩，早早起床使得肺气舒展；同时，暑热未尽，凉风时至，天气变化无常，应注意防寒保暖。到了冬季，要早睡早起，日出而作，以保证充足的睡眠，以利阳气潜藏，阴气积蓄。至于防寒保暖，也必须根据“无扰乎阳”的养藏原则，做到恰如其分。

名人万花筒
MINGREN WANHUATONG

吴地神童宋凌云

宋凌云，女，生卒年月不详，字逸仙，清代吴地长洲（今江苏苏州）人，清代著名诗人和剧作家。她出生于官宦世家，祖父宋南园先生曾任职于铨部（吏部），与当朝内阁大学士沈德潜为同乡世交好友。宋凌云的父亲很早就离开家乡苏州到京都做官，与家人过着两地分居的日子。

据宋南园先生在与友人书信中讲：家有一个特别聪慧的孙女，唤作凌云。凌云牙牙学语时，大人所教之言，入耳便能记住，从不遗忘。此孙女三岁识字，五岁便可阅览诗书，七岁就能模写古人诗文，其文采皆可圈可点，这让全家人着实惊奇不已。一天，南园老先生将一部《沈德潜诗文集》带回家中，凌云见到后爱不释手，手持诗选不停诵读；而后悄悄拿到自己闺中吟诵，几近废寝忘食。日后，南园先生在家中觅沈翁文集，凌云将书交给祖父，竟能倒背如流，惊得祖父大呼“神童”。成名后的宋凌云写了大量“思念亲人”的诗，全都收集在她的《轩渠初集》里，另著有戏曲剧本《瑶池宴》。

知识小问答

下面不是清朝中叶苏州戏曲作家群的是：（　　）

A. 宋凌云　　B. 袁栋　　C. 赵翼

陈师道，字无己，自号后山居士，宋代诗人，“江西诗派”的“三宗”之一。

示三子[1]

［宋］陈师道

时三子已归自外家

去远即相忘，归近不可忍。
儿女已在眼，眉目略不省[2]。
喜极不得语，泪尽方一哂[3]。
了知[4]不是梦，忽忽[5]心未稳。

解读赏析

JIEDU SHANGXI

“阔别重逢终团聚，恍然如梦喜极泣。”

这是一首记叙诗人与家人久别重逢时的诗歌，情真意切，感人至深。诗人早年穷困，只好将妻子儿女送回岳家，三年后诗人情况好转，就马上将家人接到身边，这首诗歌就是记录了诗人当时与家人见面时的欣喜感人场景。

首联抚今追昔，描写了诗人等待家人时的心情，阔别三年，诗人早已习惯，但是当家人归家时，诗人内心的激动已是“不可忍”。颔联描写诗人和儿女见面时的印象。儿女虽已近在眼前，诗人却认不出来，这吐露了诗人内心不能陪伴儿女成长的遗憾和离别太久的隐痛悲切。颈联展现的是诗人内心丰富的情感变化。相见不相识的心酸和团聚后的喜悦甜蜜一齐涌上诗人心头，化作泪珠夺眶而出，喜极而悲又悲尽复喜。尾联描写欢聚时诗人的内心状态。“忽忽”二字将诗人的心神恍惚细腻地刻画出来，诗人虽知道不是在做梦，却又怕是梦，方知非梦，才发出感叹。

全诗虽然语言平实，但胜在情深意切。这首诗不但描写了与家人重逢时的情景，也展现了诗人丰富的内心活动，情感的波动起伏及思绪的婉转曲折，让人体会到刻骨铭心的骨肉情深，动情感怀，潸然泪下。

① 示三子：写给三个孩子看。三子：诗人的一女二子。② 略不省（xǐng）：一点也认不出。③ 哂（shěn）：笑。④ 了知：清楚明白地知道。⑤ 忽忽：恍惚，心神不定的样子。

诗词AB面
SHICI AB MIAN

中国古代的父权家长制家庭

中国古代的家庭是家长制的家庭，确切地说，是父权家长制家庭。古代家庭分为家长、家属两个层级，家长是家庭的主宰，由祖父、父亲等父系担任。祖父在世自然为家长，父亲不能为家长；若是祖父去世，父亲为家长，祖母也不能当家长；只有在祖父、父亲都去世的情况下，祖母或母亲才能当家长，这些均是古代律法所规定的。在父权家长制的家庭中，除父系为家长之外，其余皆为家属，包括妻子、儿女、母系长辈等。

家长在家庭中拥有绝对的终身权力，掌握着家庭的财政权，可以支配家中财物，家属不经过家长的允许，不能擅动财物。对于子孙后代，家长掌握着他们的生存权、教育权、择业权、主婚权等，可以说子孙的一生都由家长主宰。尤其家长还掌握着子孙的惩罚权，若是不服从就要受到惩罚。家长在家庭中拥有权力的同时，也承担着义务。家长要负担着整个家庭，有赡养、保护家属的义务，使家庭和谐完整。家长还有使子孙成才的义务，为子孙完婚的义务，所以中国古代长期实行的是包办婚姻。

名人万花筒
MINGREN
WANHUATONG

一人不拜二师，拒入苏轼门下

宋朝诗人陈师道早年勤奋好学，是一位少年英才，他在十六岁时就拿着自己做的一篇文章去拜访请教曾巩。曾巩看了陈师道写的文章之后，觉得他颇有才干，将来必成大器，于是想留下他收入门下做学生。陈师道也就拜曾巩为师，跟随他学习。曾巩担任朝廷的史事主编一职，编撰整理史书。正值朝廷招募编写人员，曾巩就向朝廷举荐了陈师道，虽然朝廷因为陈师道没有官职在身并未任用他，但陈师道十分感恩老师的上心照顾。

入仕以后，陈师道被派到颍州（今安徽阜阳颍州区）做官，与苏轼共事。苏轼是当时的文坛领袖，享誉盛名，在诗词书画等各个方面都有很高的造诣，当时的读书人都希望能与苏轼见上一面，并拜他为师。苏轼却独独对陈师道十分欣赏看重，亲自邀请他去府上做客，给他安排单独的席位以示尊敬。酒过三巡，苏轼对陈师道提出了想让他加入自己的门下做学生的想法，但是苏轼没想到陈师道竟然拒绝了，且他回赠了“向来一瓣香，敬为曾南丰”这句诗给苏轼，表示自己已经是师父曾巩的学生，且只能做曾巩一个人的学生，不能再入其他人的门下。苏轼得知这个消息之后，觉得惋惜遗憾的同时，也十分钦佩陈师道的高尚操守。

知识小问答

“江西诗派三宗”是黄庭坚、陈师道及（　　）。

A. 陈与义　　B. 曾几　　C. 吕本中

《诗经》，又称《诗三百》，我国古代第一部诗歌总集，收录了西周至春秋 305 篇诗歌。

诗经·魏风·陟[1]岵[2]

陟彼岵兮，瞻望父兮。
父曰：嗟！予子行役[3]，夙夜[4]无已[5]。
上慎旃[6]哉，犹来！无止！

陟彼屺[7]兮，瞻望母兮。
母曰：嗟！予季行役，夙夜无寐。
上慎旃哉，犹来！无弃！

陟彼冈[8]兮，瞻望兄兮。
兄曰：嗟！予弟行役，夙夜必偕[9]。
上慎旃哉，犹来！无死！

解读赏析 JIEDU SHANGXI

“思亲情急登山顶，望乡高歌念家人。”

《陟岵》是一首征人思家的诗歌，诗人在外行役多年，不曾归乡，唯有登高望乡来抒发思念乡愁。全诗分为三段，分别追忆设想了父亲、母亲及兄长对自己的叮咛祝愿。

首段诗人登山遥望父亲，想象着父亲临行前对自己所说的话，父亲告诉了自己行役之苦，希望自己在外千万要当心，不要被敌人俘虏回不来了。在第二段中，诗人着重抒发了对母亲的思念，登上山头，遥望母亲，母亲对诗人说早日归家，不要抛弃生命和家人。最后一段是诗人对兄长的幻想回忆，兄长劝告自己在外当心，不要丢了性命。诗人一意三复，将内心思愁通过对父亲、母亲和兄长的怀念设想层层体现出来，离家在外，犹记叮嘱。

这首诗歌别具一格，情调深沉动人，采取家人思念自己的角度来书写，不写诗人如何思念家人，而写家人的牵肠挂肚和关心叮嘱，将想象和回忆融为一体，逼真生动，发人深思。全诗既表现了诗人归家的渴望和家人彼此之间的挂念关心，也反映了古代劳动人民的悲惨遭遇，是记叙古代人民苦难的代表作之一。

①陟 (zhì)：登，升。②岵 (hù)：有草木的山。③行役：服兵役。④夙 (sù) 夜：从早到晚。⑤无已：没有止境。⑥旃 (zhān)：语末助词，“之焉”的合音。⑦屺 (qǐ)：没有草木的山。⑧冈：山岗，山顶。⑨偕 (xié)：一样。

诗词AB面
SHICI AB MIAN

中国古代的兵役制度是怎样的

兵役制度在中国古代刚开始萌芽的时候，主要实行的是募兵制，但由于封建社会的建立，连年征战，需要大量的兵力，募兵制已经无法推行，世兵制就应运而生。世兵制形成于春秋三国时期，是一种强制部分百姓世代成为士兵的兵役制度。世兵制规定士兵的身份父死子继，兄终弟及。士兵全家编入军户，脱离农民的身份，除非有卓越的功绩，否则不可以改变户籍。士兵不能与平民通婚，如果士兵逃跑，家人就会受到严厉的惩罚。

之后，历朝历代基本上承袭了世兵制，并加以完善。北魏初年，军户若是想要脱离兵籍转为农户，必须要有皇帝诏书或专门机构的允许。明朝时期实行军户制，所有士兵的详细信息都要登记在册，分为正军和余丁，正军人数不够就由余丁继补。清朝，实行八旗、绿营兵制，兵籍统一管理。八旗兵由旗人世代充当，从族人男丁中抽取，抽中者为士兵，未中者为余丁。绿营兵全家编入兵籍，父亲在世，儿子就为余丁，父死由子替补。在1840年的鸦片战争之后，八旗、绿营兵制败废，转为以招募为主的雇佣兵役制，至此，在中国实行了几千年的世兵制终于走下历史舞台。

名人万花筒
MINGREN
WANHUATONG

《诗经》中的十五国在哪儿

《诗经》中的十五国分别是王城、周南、召南、邶国、鄘国、卫国、郑国、齐国、魏国、唐国、秦国、陈国、郐国、曹国和豳国，那么这十五个地区究竟位于哪里呢？我们知道，《诗经》主要产生于以黄河流域为主的中原地带，包括今天的陕西、山西、山东、河南、河北、湖北的大部分地区。所以，十五个地区主要位于今天的这些地区。

在这十五个地区中，位于今天河南地区的最多，有王城、邶国、鄘国、卫国、郐国和陈国。王城是西周时的都城，在今天的河南洛阳。邶国位于汤阴，鄘国位于新乡，卫国位于淇县，郐国位于新密，陈国位于淮阳。

国土主要位于陕西地区的有郑国、秦国、豳国。郑国在渭南，是周宣王给弟弟姬友的封地。秦国的国土包括陕西中部和甘肃东南部。豳国是周朝在迁都以前的都城，位于今陕西旬邑。而周南、召南，古代合称二南，周南位于今天的陕西、河南之间，召南位于今河南、湖北之间。

其余的魏国、唐国分别位于山西芮城县和翼城县。曹国和齐国位于山东，曹国在今天的山东定陶，齐国位于山东省北部。由此，我们理解了这十五国的大致位置，就知道《诗经》中的国风是描写哪个地区的民风民俗了。

知识小问答

下列哪一首不是《诗经》中最早产生的诗篇？（　　）

A.《豳风·东山》　B.《豳风·七月》　C.《豳风·破斧》

施肩吾，字希圣，号东斋，唐代诗人、道学家。

幼女[1]词

［唐］施肩吾

幼女才六岁，
未知巧与拙。
向夜[2]在堂前，
学人拜新月[3]。

解读赏析 JIEDU SHANGXI

“纯真可爱如幼女，乞巧拜月在堂前。”

《幼女词》是诗人施肩吾为自己年仅六岁的小女儿宗英所作的一首诗，记叙了女儿宗英在七夕节学大人乞巧的事情，描写了女儿天真可爱的模样，全诗妙含风趣，令人忍俊不禁。

首句诗人介绍了自己六岁的小女儿宗英，用“才”字来言其女儿年纪还小，蕴含着对女儿的宠溺爱护之情。诗人运用了“巧与拙”来一语双关，既表现了女儿小还不明事理，有弄巧成拙之意，又将其与七夕节乞巧的风俗联系在一起，可谓极妙。末尾两句，诗人着重描写了女儿在堂前拜月的情景。暮夜时分，小女儿宗英在堂前学着大人的模样乞巧拜月，诗人觉得女儿的行为十分有趣，用“学人”二字将小女孩动作的可爱稚拙生动地刻画出来，一幅幽默滑稽的情景跃然纸上，令人忍不住去联想小女孩拜月的情景画面。

这首诗歌没有过多复杂的情节，诗人集中笔墨着重描写女儿乞巧这件事情，来体现女儿的纯真活泼和行为的滑稽。全诗语言简洁，感情真挚，意蕴深远，妙趣横生，体现了小女孩纯真无邪、活泼可爱的一面，也蕴含了诗人对女儿的关心疼宠。

① 幼女：指诗人的女儿宗英。② 向夜：入夜时分。③ 拜新月：七夕节的习俗。

细说“七夕”那些有趣的小名

作为中国传统节日，七夕节历史悠久，有着许多有趣的小名。在古代，农历七月因为各种兰花争相开放，所以被称为“兰月”，而“七夕”就有“兰夜”这么一个风雅别致的小名。七夕还被称为“星期”，这和我们现在所说的“星期”不同。这是因为牛郎星和织女星分别位于银河的两端，一年才相遇一次，所以这一天就被称为“星期”或“双星节”。织女在相会的这一天，精心打扮，抹上香脂水粉，香味扑鼻，所以七夕又叫作“香日”，也因为牛郎织女在鹊桥上相会，叫作“香桥会”。

在七夕节，少女们要进行拜仙、穿针、乞巧、赛巧等活动，所以又有“巧夕节”“巧节会”之称，显得别致轻快，还可直截了当地称为“穿针节”。七夕节是古代专属于女性的节日，参加活动的主要是女性，所以七夕又叫作“女节”“少女节”“女儿节”。七夕节发展到后来连幼女童子也会参加乞巧活动，也被叫作“小儿节”，七夕就充当了古代儿童节的角色。如今，七夕节已经演变成了“中国情人节”，依旧焕发生机。2006年5月20日，国务院将七夕节列入了首批国家非物质文化遗产名录，它是中华民族的文化瑰宝。

名人万花筒
MINGREN WANHUATONG

开发建设澎湖的先驱——施肩吾

正值时局动荡，战火连连，有一天，施肩吾在家中信手翻阅到《史记》中记载的徐福事迹，就萌发了带着家族离开这个战乱之地的念头。于是，他说服并带领族人来到泉州，在当地的船厂里定制海船，又精心规划航线，备办物资，准备妥当后，便出发了，但是航行并不顺利。第一次在海上漂泊了三个月之后又返回了泉州，有两人在途中去世。但施肩吾并没有放弃，回到泉州后的几天再次准备踏上航程，这一次在海上漂泊了整整三天三夜后，他们终于登陆澎湖。

施肩吾在登陆澎湖之后，就挨家走访了岛上的居民，并把带来的食物都分给了他们，向他们转达了定居并建设澎湖的想法。居民们表示十分欢迎，于是他们就在这里生活下来。施肩吾发现当地居民多用茅竹来建屋，但容易起火、被台风刮倒，于是就亲自设计式样，教渔民们用石头来建房子。施肩吾还为居民们作了一首《澎湖歌》，供他们哼唱。在施肩吾的用心经营之下，澎湖被建设得很好，居民们都亲切地称呼施肩吾为“神首”。看到日益发展的澎湖，施肩吾也深感欣慰。施肩吾将当时先进的技术文化带到了澎湖，为当地的开发建设做出了巨大贡献，是开发和建设澎湖的第一人。

知识小问答

“为诗奇丽，冠于当时，才情富瞻，轻巧之极。”是后世（　　）对施肩吾的评价？

A. 谷应泰　　B. 杨杰　　C. 何光远

梅尧臣，字圣俞，宣城人，世称宛陵先生，北宋著名现实主义诗人。

戊子[1]三月二十一日殇[2]小女称称[3]三首（其一）

［宋］梅尧臣

生汝父母喜，死汝父母伤。
我行岂有亏，汝命何不长。
鸦雏春满窠[4]，蜂子夏满房。
毒螫与恶噪，所生遂飞扬。
理固不可诘[5]，泣泪向苍苍。

解读赏析 JIEDU SHANGXI

“今亲女早夭，上苍与我同罪。”

未及半岁的女儿夭亡，向来主张“无神论”的诗人失了方寸，痛斥上苍不公神明不佑，仿佛与命运据理力争就能让女儿回来一般，悼亡词字字锥心，诉尽一个父亲的痛与痴。

梅尧臣爱极了称称，曾专门为她的降生写了《宋中道快我生女》，可距离这首诗完成尚不足半年，得女的喜悦还未退去，失女的悲痛已然狠狠拍过来。“生汝父母喜，死汝父母伤”，昨日喜今日痛两相比对，痛更甚。

古时常有用“因果轮回”来解读一切无常与冤屈的习惯，梅尧臣向来是“现实主义”的代表，于迷信一说看得很淡。如今称称不到半岁早夭，所有现实都变得脆弱不堪，知识无法宽慰一个失去女儿的父亲，他被命运逼到了“迷信”的角落，大声质问着并不存在的神明：是不是我德行有亏，才害了我的女儿呢？还是因为家中有寓意不祥的乌鸦、蜂子，鸦鸣不吉利呀，那些蜜蜂也蜇伤过称称，是它们害了称称吗？问完自然是没有回应的，他不可能从不存在的“凶手”那里得到一点宽慰。

“理固不可诘，泣泪向苍苍”，迷信也好，怪罪于外物也罢，这些理由都是假的。唯一真的，是称称到底回不来了。可梅尧臣仍旧在追问，为何会回不来？问得痴，痴得痛，痛也要问下去，可面对生命的无常，到底无人回答。

① 戊子：宋仁宗庆历八年（1048 年）。② 殇：未成年而死叫“殇”。③ 称称：作者幼女的名字。④ 窠：昆虫、鸟兽的巢穴。⑤ 诘：追问，质问。

诗词AB面
SHICI AB MIAN

“欧梅”慧眼识“东坡”

梅尧臣一生与欧阳修交好，并称为“欧梅”。有一年进士考试，曾巩与苏轼同考，欧阳修为主考官，梅尧臣辅考，阅卷时苏轼写的“刑赏忠厚之至论”同时惊艳了两位考官。因为当时考卷都是糊名的，欧阳修便以为如此才学极有可能是自己的学生曾巩，为了避嫌而将试卷判为第二，另择佳作取为第一。

待拆封，取了第一名的，恰恰是曾巩。

名人万花筒
MINGREN WANHUATONG

梅尧臣怪癖：以“诅咒”好友生女儿为乐

宋时“重男轻女”仍旧是主流观念，梅尧臣在自己生女之前，更是这股主流中的中坚力量，常常给生了女儿的友人写贺词。

他写给友人的《戏寄师厚生女》中，“生男众所喜，生女众所丑。生男走四邻，生女各张口。男大守诗书，女大逐鸡狗。何时某氏郎，堂上拜媪叟”。明明白白地在比对男孩女孩的不同，男儿可以诗书传家，游历四方有所建树；女儿就只能嫁作他人妇，操持家务。所以生个男孩人人喜欢，生个女孩就人人不乐意了。

直到梅尧臣自己也生了个女儿，好友宋中道也给他写了一首“贺词”，梅尧臣收到贺词后，忽然就体会到一种“一报还一报”的感觉，这从他回的《宋中道快我生女》一诗中就可以窥见。

“尔尝喜诅予，生女竟勿怪。今遂如尔口，是宜为尔快。亦既以言酬，固且殊眦睚。慰情何必男，兹语当自戒。”

可见宋中道平日里常常“诅咒”梅尧臣生个女儿，到底是好友，调侃都是如出一辙。现在好了，被他说中了，不过生女儿这件事并没有什么奇怪的。只是忽然反省到自己往日的调侃实在不妥，“慰情何必男”这种用来安慰别人的话，以后自己也可以用了。

无论生子生女，作为父亲的喜悦都是真实的。而这个女儿便是“称称”，他在此时一味喜悦，尚不知，这份欢愉仅半载，痛却累了半生。

知识小问答

姜夔的“暗香”“疏影”两词牌是取自于谁的诗句：（　　）

A. 王安石　　B. 林逋　　C. 梅尧臣

杨万里，字廷秀，号诚斋。与陆游、尤袤、范成大并称“南宋四大家”。

舟过安仁①

［宋］杨万里

一叶渔船两小童，
收篙②停棹③坐船中。
怪生④无雨都张伞，
不是遮头是使风⑤。

解读赏析
JIEDU SHANGXI

“诚斋擅写生，捕捉两小童。”

本诗写的是诗人路过安仁县所见的一桩趣事，主人公是一叶渔船上的两个小童，他们虽坐在船中，却没有划船，反而收起了撑船的篙，停了划水的船桨，这就有些不寻常。短短两句，十分自然地在情境中融入疑惑，引发思考。

两个举止不寻常的小童不只不划船，还在大晴天撑开了伞，这更加奇妙。诗人没有平铺直叙地去写两人撑伞的详细经过，而是思绪跳跃，直接写出了结论“不是遮头是使风”，原来是两个娃娃的别出心裁，他们并非不去划船，而是要以伞做帆，借得清风帮忙，做出一个全自动的渔船装置，这就十分像个小发明，也确实是饱含好奇心的孩童的奇思妙想。这番结论，或许是诗人细细观察过后自己得出，又或者诗人怀着好奇心没能忍住，亲自上前询问了一番。诗人闲适，孩童可爱，落笔细节丰盈，仿佛能看见鬓间染霜的成年人朝着两个孩童招手，一问一答之间，成年人也染上了孩童的笑容。

杨万里写童趣，宛如写生，一帧一帧都细细拓写下来，读之文字，竟有昨日重现的生动感。

① 安仁：县名。在湖南省东南部，宋时设县。② 篙：撑船用的竹竿或木杆。③ 棹：船桨。④ 怪生：怪不得。⑤ 使风：诗中指两个小孩用伞当帆，让风来帮忙，促使渔船向前行驶。

诗词AB面
SHICI AB MIAN

童趣背后是退居二线的沉默

此诗写于宋光宗绍熙三年（1192年），当时的杨万里已经六十六岁，彼时正是他从朝堂退居二线的途中，这要从此前一年的“江南诸郡施行铁钱会子”政令说起。

“铁钱”指的是当时（南宋）发行的铁质钱币，“会子”是一种汇兑的凭据，“铁钱会子”类似于后世的纸币，是朝廷搜刮民间聚敛财政的一种措施。杨万里极力反对，连连上书，得罪宰臣最终遭贬，杨万里不去赴任，而是自请闲职退居二线，自此不再担任实职。

花甲之年，以这种方式远离朝堂，杨万里也只能沉默待之。

名人万花筒
MINGREN WANHUATONG

茶鬼杨万里：喝茶喝到重病

杨万里向来豁达，在人活七十古来稀的年代，登顶八十高寿。即便生在离乱的南宋，颠沛漂泊之际仍旧能心无旁骛地记录生活，一生作诗两万多首，“茶”应该有姓名，毕竟诚斋先生有个绰号——“茶鬼”。

嗜茶如命的他，喝起茶来经常日夜不休，尤其是喜欢夜里饮茶，这样就容易失眠，而失眠了他就更喜欢坐起来喝茶，如此陷入死循环。他自己却不愿意说失眠是喝茶导致的，专门写诗来说“夜永无眠非为茶，无风灯影自横斜”，夜间饮茶不是为了喝茶，而是找寻心外的宁静。

茶性寒凉，过量饮用，很容易染病，何况他这样夜以继日不停歇地喝。杨万里茶喝多了，直喝到骨瘦如柴，他在诗里交代道：“旧赐龙团新作祟，频啜得中寒。瘦骨如柴痛又酸，儿信问平安。”分明达到了对身体不管不顾的地步。这并没有冤枉他，他自己也在序里欣然承认：“老夫茗饮小过，遂得气疾。”老夫茶饮得过量了，得了点病。如今病得浑身酸痛，就该忌口了，他却不愿意，“老夫七碗病未能，一啜犹堪坐秋夕”，少喝一点可以，但绝不能罢饮。不明就里的人会以为这话说的是戒酒。

照他的逻辑，夜间饮茶是求眠，病中饮茶是求安，而寒冬日更要饮茶来求暖了。

冬日自江西老家乘舟回京，路过秀山佳水的兰溪，写下《晓泊兰溪》，结句道：“急闭篛篷拥炉去，竹叶梨花十分注。”竹叶指的是一种竹叶茶，梨花即梨花酿。冬月寒气难当，茶酒相和，人间苦寒便退了。

知识小问答

下列哪部著作的成书时间最长？ （　　）

A.《徐霞客游记》　　B.《说文解字》　　C.《天工开物》　　D.《梦溪笔谈》

元好问，字裕之，号遗山，世称遗山先生。推崇“自然天成”。

清平乐·嘲儿子阿宁

［金］元好问

娇莺娅姹[①]。解说三生[②]话。
试看青衫骑竹马。若个张萱[③]许画。
西家撞透烟楼[④]。东家谈笑封侯。
莫道元郎小小，明年部曲[⑤]黄牛。

解读赏析
JIEDU SHANGXI

“慈父笑侃小儿，难得神形并观。”

宋词多有写幼儿的贺词，多形容刻板，难有生气。元遗山这首词词题曰嘲，以戏谑的语气来写幼儿情态和做父亲的心境，可谓活泼非常了。

上片主要描绘阿宁的憨态。先用娇莺脆鸣形容阿宁的咿呀学语，是以童音婉转。随即以“三生话”来形容童言无忌，这份胡说劲儿正是不谙世事的孩子才有的天然。延续着这份直接描述，又写到幼子去玩竹马戏，青衫翻飞，恍惚像是画上才会出现的景象。觉得自家孩子可爱得可以入画，慈爱老父亲的形象就缓缓脱出了。

下片前两句化用杜少陵句，撞倒烟囱谈笑封侯，都是一种戏谑，尾句终于点明，仍旧是老父亲笑嘻嘻道一句：莫看我元家小阿宁如今小，很快就能成家立业了。此处“明年”是虚指，指的是快速飞掠的光阴。

有语言有动作，动静相兼，孩童的无邪形象呼之欲出，父辈的喜爱之情更是遮挡不住。父亲看孩子玩乐，寥寥数语写出了父子间的天伦之乐，亦庄亦谐，清新可爱。

元遗山中年方得子，字句都透露着对幼子的喜爱，他的词作向来旷达清新，也能毫不做作地说出几乎每个父亲都有的心境：希望儿辈能胜过自己。

① 娅姹：象声词，形容小儿的说话声犹如娇莺般清脆悦耳。② 三生：指前生、今生、来生。此处是夸张说法，指代小儿信口开河。③张萱：唐京兆人物，善画人物。④撞透烟楼：撞倒烟囱。⑤部曲：古时军队的编制单位，此处为指挥的意思。

诗词AB面
SHICI AB MIAN

“张萱许画”中的张萱是谁

词的上片写幼儿阿宁着青衫玩竹马戏，美好得像是画中人。是谁的画呢？唐朝著名画家张萱，说起来大家都认得，他的代表作就是尽人皆知的《捣练图》。

此处元好问偏要写张萱的画，不只是因为他的名气，而是张萱不只善绘贵族仕女、宫苑鞍马，其画的婴儿既得童稚形貌，又有活泼神采，也不是俗作。

所以此处“若个张萱许画”句，是借“张萱”来夸赞阿宁稚儿形态的活泼灵动。

学老杜戏说小儿：谈笑封侯

“谈笑封侯”一词最早形容古时候获得功名很容易，本词中“西家撞透烟楼。东家谈笑封侯”句为戏谑句，表示孩子能在谈笑间就取得功名。是化用了杜甫《复愁十二首》之六中的“闾阎听小子，谈笑觅封侯”，希望孩子将来能成大器，因为用的是自嘲语气，所以一扫杜诗沉闷，读来清新自然。

名人万花筒
MINGREN WANHUATONG

元好问：我最看不上的就是美男潘安

元好问有作品《论诗三十首》，其中主要是品评一些历史名人的诗作，包括阮籍、陶渊明等名流都在他的品评之列。既然是品评，必然有褒有贬，而到了潘岳，就只剩下贬了，明确表示：我看不上你。

而元好问最看不上的，便是西晋文坛代表人物潘岳，那个有着“千古美男”之称的潘安。他在《论诗三十首》其六中写道：“心画心声总失真，文章宁复见为人。高情千古闲居赋，争信安仁拜路尘！”

这首绝句的意思是在讽刺潘岳在诗里说假话，他在平时的诗文中给自己树立了一个淡泊名利的高洁形象，读到他诗作的人，就下意识地将他看作情志高洁的文人雅士。可实际上的潘岳是趋炎附势、谄媚权贵的小人，可以说是文品和人品严重背离。因此元好问才说出“心画心声总失真”，以文品来鉴定人品是不可靠的。

主张写诗从真情出发、不弄虚作假的元好问，自然是看不上潘岳的，写了一首诗出言讥讽还不够，在《论诗三十首》中的第九首评论陆机的诗中，也忍不住踩踏了一番潘岳。

他是如何批评陆机的呢？直接就说“斗靡夸多费览观，陆文犹恨冗于潘”，什么意思呢？是说陆机重于形式，把诗词写得冗长拖沓，比潘岳的还烦人。

知识小问答

王实甫在《西厢记》中写“淋漓襟袖啼红泪，比司马青衫更湿”，其中“司马青衫”指的是：（　　）

A. 司马相如　　B. 崔莺莺　　C. 白居易　　D. 杜甫

本章知识小问答答案

第 037 页　正确答案：B. 崔珏

第 039 页　正确答案：A. 李白

第 041 页　正确答案：A. 内城

第 043 页　正确答案：D. 柳下惠

第 045 页　正确答案：B. 牡丹

第 047 页　正确答案：C. 莪

第 049 页　正确答案：C.《辞官别》

第 051 页　正确答案：C. 借古讽今的“律诗”

第 053 页　正确答案：B. 贺知章

第 055 页　正确答案：C. 赵翼

第 057 页　正确答案：A. 陈与义

第 059 页　正确答案：B.《豳风 · 七月》

第 061 页　正确答案：C. 何光远

第 063 页　正确答案：B. 林逋

第 065 页　正确答案：A.《徐霞客游记》

第 067 页　正确答案：C. 白居易

手足篇

有一种爱叫作手足情深。王维有『遥知兄弟登高处，遍插茱萸少一人』，杜甫也道『有弟皆分散，无家问死生』，而『但愿人长久，千里共婵娟』，这情深意笃的词，是苏轼写给弟弟苏辙的。

苏轼，字子瞻，“唐宋八大家”之一，豪放派主要代表，“宋四家”之一。

狱中寄子由[①]（其一）

［宋］苏　轼

圣主如天万物春，小臣愚暗[②]自忘[③]身。
百年未满先偿债，十口无归更累人。
是处青山可埋骨，他年夜雨独伤神。
与君世世为兄弟，更[④]结人间未了因。

解读赏析
JIEDU SHANGXI

“东坡绝笔，真爱子由也。”

乌台诗案苏轼身陷囹圄，自知命不久矣，写下“绝命诗”，临终寄言给唯一的胞弟苏辙。

开篇直呼圣上圣明，自贬愚昧，这话自然是假的，当时的苏轼若不是因为一肚子不合时宜，也不会被卷入案件中。此时说出违心之说不过是为了送出绝笔书信，不得已为之了。

而后进入正题，唤着弟弟的名讳，自言要先行一步，留下一家老小都要靠弟弟照看了，这种交代后事的话听着已经很难受，下句“是处青山可埋骨”更加闹心，仿佛听见苏轼扯着苏辙商量，我死后埋在哪里呢？这里处处青山，景色甚好，就在这里吧。分明是绝境，他仍能展现出“东坡披蓑式从容”洒脱一把。可惜下一句心态就崩了，自己一死，只能留下弟弟一个人“夜雨独伤神”了。

东坡豪放是出了名的，死于他而言倒没什么，只是想到要抛下亲人，他才受不住了。

“与君世世为兄弟，更结人间未了因。”不仅是对弟弟苏辙许下来世今生之约，更是宽慰家人，若是自己死了，也莫太难过，还有来生呢。

这厢苏轼送出绝命诗，已然决定怀着洒脱赴死。那厢苏辙际遇同样艰难，一边照顾着兄长一家老小，一边拼命向宋神宗连连上表，自愿解官替兄赎罪。最终入狱一百零三日后，苏轼平安归来。

东坡真爱子由，子由从未辜负。

① 子由：苏轼胞弟苏辙，字子由。② 愚暗：愚钝而不明事理。③ 忘：一作“亡”。④ 更：一作“又”。

诗词AB面
SHICI AB MIAN

吃鱼吃出“绝命诗”

古时入狱，是不提供牢饭的，要家属自力更生，亲自送饭。因乌台诗案入狱的苏轼一样不能幸免，彼时他的儿子苏过身在京城，便担起了送饭的任务。

父子二人私下商议，以牢饭为标记，若是外头风向有变，牢饭就从普通的菜改成送鱼。

不过月余，粮食吃尽了。苏过四处设法筹粮，牢饭便交代京城中的亲人代送，却忘记叮嘱“鱼”的约定，结果苏轼当天收到饭菜，赫然是“酢鱼”，自忖命不久矣，于是开始着手料理后事，写下两篇绝命诗。

名人万花筒
MINGREN WANHUATONG

二苏：未能完成的二十六岁之约

若是在《苏轼集》中搜“子由”二字，近三百首诗词尽数浮现，写作地点几乎覆盖了苏轼平生去过的所有地方，创作时间横跨四十余年。毫不夸张地说，苏轼的一生都在念着弟弟苏辙。

连《宋史》都评价其二人：“辙与兄友爱弥笃，无少怨尤，近古罕见。”

苏轼与唯一的胞弟苏辙自幼生长在一处，读书也在一处，两人曾共阅韦应物的《示全真元常》，对“宁知风雪夜，复此对床眠”句深有感慨，相约他朝早日退官，兄弟俩闲居山林对床听雨，共享晚年。

这个约定第一次出现在大众视野时，苏轼刚满二十六岁，时值嘉祐六年（1061年），苏轼出任签书凤翔府判官，其弟苏辙闲居东京侍奉父亲苏洵。这是苏轼首次离家，当即写了首诗给苏辙，“寒灯相对记畴昔，夜雨何时听萧瑟”，感慨一个人对着寒灯，不免思索何时才能实现兄弟二人对床听雨之约呢?

后《满江红 · 怀子由作》中也有“当年辜负林下意，对床夜雨听萧瑟”句，再到绝命诗中“他年夜雨独伤神”句，都是在怀想这个“对床听雨”之约。

可惜，自从二十六岁一别，兄弟二人命途坎坷，相继被贬，再无长久相聚。

靖国元年，二人垂垂老矣仍分散两地，六十六岁的苏轼在回京途中仙去，临终寄书信给胞弟苏辙，却没有再提这个约定，只让其为自己撰写墓志铭。六十三岁的苏辙闻听噩耗，“号乎不闻，泣血至地”，喊出“小子忍铭吾兄！”

“兄长要我写的，是他的墓志铭，我如何做得到！”

苏轼的“他年夜雨独伤神”一语成谶，留下苏辙独坐遗老斋十二年，至七十四岁方离世，原拟葬辙于眉州祖茔，但不知何故，最后还是葬在了苏轼墓旁。

或许于二苏来说，生前未能团聚，死后魂归一处也是好的。

知识小问答

王维《九月九日忆山东兄弟》的“山东”指的是哪里?　（　　）

A. 华山以东　　B. 太行山以东　　C. 泰山以东

曹植，字子建，与曹操、曹丕合称为“三曹”。

七步诗

［魏］曹　植

煮豆燃豆萁①，
豆在釜②中泣。
本③是同根生，
相煎④何太急？

解读赏析

JIEDU SHANGXI

“煮豆燃萁，是为名利，还是人性使然？”

若说二苏之情是千古罕见的好，那二曹之情便是千古罕见的坏。尤其是《七步诗》成，“兄弟阋墙，自相残杀”的帽子更是摘不掉了。

诗作短小，采用比兴的修辞，以“煮豆”喻兄弟残害，用语巧妙生动，整体通俗易懂，无须多加阐释，这也是它会流传如此之广的原因。从前两句看，大可不必去分辨此处“豆”指的是谁，“萁”指的又是谁，重要的是“煮豆”的行为，指代的就是一种迫害，按此诗论，是曹丕对曹植的迫害。“本是同根生，相煎何太急”句更不必说，都是兄弟，何至于此啊？早已成了规劝人们要兄友弟恭的警句。

曹植受害者的形象跃然纸上，而曹丕就成了压榨者，且不论史实，只论此诗，声援曹植者向来占据多数。也有少数人对此表示理解，此兄弟二人并非寻常百姓，而是搅在名利场中。纵观历史，一旦涉及名利，兄弟阋墙之事不在少数。名利面前，情分显得弱不禁风，早已是人身上根植了千年的劣根。

从真实性来讲，《七步诗》向来争议颇多，郭沫若曾言，“过细考察起来，恐怕附会的成分要占多数。多因后人同情曹植而不满意曹丕，故造为这种小说。”大意是曹丕若真心想杀曹植，不会以要曹植作诗为借口，可知曹植在当时可是才名远扬，在后世有“仙才”之称。曹丕如此做，未免太过相悖。

① 豆萁：豆类植物脱粒后剩下的茎。② 釜：锅。③ 本：原本，本来。④ 煎：煎熬，这里指迫害。

诗词AB面
SHICI AB MIAN

“兄弟阋墙”原意是要劝兄弟团结

“兄弟阋墙”的字面意思是两兄弟隔着门争吵，多用于形容兄弟相残。

例如，本诗中所写的曹氏兄弟，西汉的七王之乱，清康熙年间的九子夺嫡，都是历史上有名的“兄弟阋墙”事件。此词其实还有下半句，真正的重点也是下半句：兄弟阋于墙，外御其侮。意思是兄弟即便是在家中有分歧，却能一致对抗外人的欺侮。也是为了劝慰兄弟之间要以团结为主。比起“兄弟齐心，其利断金”这句，更有警句意味。

驴鸣送葬：曹丕学驴叫

东汉文学家王粲的葬礼上，当时的曹丕还是世子，亲率众人送葬，一时悲情难抑，想起王粲生前最爱驴鸣声，于是提议王粲的好友们共同学驴叫，“呜啊呜啊”为其送行。

学驴叫，听来十分滑稽，放在葬礼上就更是搞怪，却比哭声更令人动容。曹丕是如何说的呢？他说，仲宣生平最爱听驴叫，虽然没能见到他最后一面，但至少我们学一学驴叫，许能让他高兴高兴。在葬礼上说让死者开心一下，不知是不羁还是率真，只是这话一出口，曹丕已经和史书上的不一样了，生动多了。

王粲离世，不只曹丕驴鸣送葬，葬礼后，曹植也为其作《王仲宣诔》悼念。

曹丕曹植兄弟关系是否曾经亲厚，我们不得而知，至少此刻他们共同敬佩着同一个人，或是最亲近的时刻了。

名人万花筒
MINGREN WANHUATONG

曹植：人生是做不完的求生欲测试题

关于曹氏兄弟，受小说及影视剧的影响，魏文帝曹丕几乎被盖章是个小人，而曹植有《七步诗》《洛神赋》等加成，再添上后半生的苦闷，在大众视野中成了怀才不遇、深受压迫的悲情正面角色。但若要计较起来，角色并没有小人不小人、正面反面一说，只是一场权力之争导致的必然结果。

曹丕为嫡长子，本就是第一继承人。再论才学之争，曹植虽才学过人，曹丕却也不差，但曹植生性偏文人，行事重情多任性。相对来说，务实内敛的曹丕，就在政治才能上略胜一筹。所以，曹植落败是意料之中的，并非有什么不公。

只是皇权之争一旦落败，没有失败者能被豁免。

曹丕称帝后，以防范猜忌曹植为日常，曹植的求生欲测试就开始了，这些在他的诗文中一一展现。作《七步诗》，喊出“本是同根生，相煎何太急”，是以“兄弟”的身份求生；作《鹞雀赋》，写“鹞欲取雀”，雀与之生死相搏，充满挣扎、欲望还有悲怆，是求生；再有《君子行》中“瓜田不纳履，李下不正冠”，自言要处事谨慎，以免被他人误解。

这种求生欲测试，在曹丕逝世后都未停止。曹叡登基后，谨记“防范曹植”的父训，致使曹植给自己侄子的上书都卑微不已，大多话都说得让人脸红，求生欲更上一层楼。

知识小问答

“美芹”和“悲黍”都是忧国忧民、悲国家之颠覆的代名词。写作《美芹十论》的人是谁？（　　）

A. 王安石　　B. 辛弃疾　　C. 陆游

李益，唐代诗人，以边塞诗作名世，擅长绝句，尤其工于七绝。

喜见外弟[1]又言别[2]

［唐］李　益

十年离乱[3]后，长大一[4]相逢。
问姓惊初见，称名忆旧容。
别来沧海事，语罢[5]暮天钟[6]。
明日巴陵[7]道，秋山又几重？

解读赏析 JIEDU SHANGXI

“情重路长，易散难聚，乃人生大仓皇。”

十年阔别，其间生死未卜，书信不达，一朝重聚，对面不相识，还以为是梦中。以边塞诗见长的李益刚经历了一场戏剧重逢，聚还未来得及有实感，就已经要分散。一时意难平，挥笔写下“别弟词”，看上去只写了眼前一场分别，实际上是对人生所有聚散的盘点，语调温厚，却难掩哀伤本质。

前六句诗人执笔写了个朴素的小作文，起因发展经过层层递进，交代着重逢的过程。先是写下“十年离乱”“长大相逢”交代背景，幼时因社会动乱而分散，隔了十年忽而偶遇，二人相比幼年早已面貌大改，以为是“初见”。诗人上前“问姓”“称名”，一问一答，才惊觉眼前人竟是幼时玩耍的表弟。“问”“称”“惊”“忆”层次分明，遣词甚妙，将这份久别重逢描绘得生动无限。笔锋从此处转向侧面描写，写两人对坐叙旧，忘却了时间，钟鸣惊扰才意识到天色灭尽。说不尽的不是“沧海事”，而是欢聚的感慨。

欢聚之后，该散了。诗人却不愿说离别场面，而是在尾联做起了未来画家，画上明日表弟登程远去的场景，巴陵道远，秋山重重，画的也不是路和秋山，而是秋梦难绝。诗人在此处虚写，仿佛不会面对离别。但心里也明白，此方才为真，那方终归为幻，而幻终将成真，即便不提离别字，也无暖意。

“秋山几重”问的不是路，而是询问命运，微末众生的聚散还有几回。命运也有答案：不过是送走一个，再一个。

①外弟：表弟。②言别：话别。③离乱：一作“乱离”。④一：副词。可作“竟然”或“忽而”解。⑤语罢：谈话停止。⑥暮天钟：黄昏寺院的鸣钟。⑦巴陵：即岳州（治今湖南省岳阳市），即诗中外弟将去的地方。

诗词AB面

SHICI AB MIAN

“沧海”是什么海

沧海在古代是东海的别称，如曹操句“东临碣石，以观沧海”，指的便是东海。但大多时候，词都指代大海，如元稹《离思》中“曾经沧海难为水”，以及李商隐句“沧海月明珠有泪”，都是波澜壮阔的大海的意思。

后常与“桑田”相组，成“沧海桑田”典故，最早出自葛洪的《神仙传·麻姑》中，汉桓帝时期，神仙麻姑在凡人蔡经家饮酒做客，说了一句话：“接待以来，已见东海三为桑田。”意指光阴流转，世事变迁。本诗中的“别来沧海事”中的“沧海”便是沧海桑田的简化，代指诗人与外弟二人分别十年间的经历，变化之大，遭遇之多说不尽，竟从白日直说到晚钟响起。

名人万花筒

MINGREN WANHUATONG

李益——晚唐第一冤大头

唐时明月光，除了掬满一捧浪漫的李太白，还得分出一捧给李益。

李益是一个经历复杂的诗人，因仕途不顺而游荡在西北边陲整整十年，写下无数传世名篇，月的意象闪耀整个大唐。《夜上受降城闻笛》中“回乐峰前沙似雪，受降城外月如霜”，再到《听晓角》中“边霜昨夜堕关榆，吹角当城汉月孤”，边塞的寒沙冷月，色如霜雪，还原了最完美的边塞景象。

可惜诗名远扬的同时，他也“臭名”远扬了。不是被质疑才学，而是因为“风月事”翻车，这一切都是拜蒋防的《霍小玉传》所赐，李益作为戏文男主角，树立了一个抛弃霍小玉的“负心汉”、婚后多疑的“变态狂”形象。

因为《霍小玉传》太有名了，李益自己都不知道，后人再看见他都想当然地下定义：李益，渣男，一个文品和人品截然相反的人，可是《霍小玉传》就真的完全可以相信吗？

实际情况是，据后世流传下的史料来看，《霍小玉传》应该是杜撰的，首先时间节点是相悖的，例如，《霍小玉传》中说李益与卢氏成婚时为二十二岁，但根据出土的李益墓志铭来看，真正与卢氏的成婚年龄是四十九岁。再说“唐代安嘉和”人设，实际上李益对发妻卢氏，不仅不是猜疑，反而有情有义。不排除蒋防为了创作而丑化了李益的可能。

对于晚唐诗人李益，应试着抛却风月传闻，单看其诗作，尤其是独树一帜的边塞诗。“碛里征人三十万，一时回首月中看”，李益面上略带迟疑，在一片月色中回头望乡，他的笔如此澄澈温柔，只道：月傻向着人间，人归老在他乡。

知识小问答

下面三句诗中的“君王”二字，哪一句与其他两句中的“君王”不是同一个人？（　　）

A. 试借君王玉马鞭　　B. 长得君王带笑看　　C. 从此君王不早朝

杜甫，字子美，自号少陵野老，现实主义诗人，有“诗圣”之名，诗被称为“诗史”。

月夜忆舍弟

［唐］杜　甫

戍鼓断人行[①]，边秋[②]一雁声。
露从今夜白，月是故乡明。
有弟皆分散，无家问死生。
寄书长[③]不达[④]，况乃[⑤]未休兵[⑥]。

解读赏析
JIEDU SHANGXI

“家国残破无所寄，痛似陆游句。”

羁旅感怀，最宜五律，家愁国难娓娓道来，将生活的苦难一字一字掰扯清楚。环视大唐，杜甫更是五律代表，有“千古以还，一人而已”的美评。

首联从边塞秋色入手，戍鼓声声，秋雁孤鸣，正逢安史之乱国人颠沛，因而路断行人。灰色调铺开，构成极富电影感的镜头，缓缓推进到颔联的一轮明月上，点题。便是白露当晚，如此月夜，战乱未休，使子美感物伤怀，起了思念之情。

“露从今夜白，月是故乡明。”每每读来都令人为之动容。此句最大的魅力在于并非写实，而是从主观入手以幻写实，天下分明共用一片月，我偏生觉得故乡那轮最亮。正如世间冷暖难测，仅故乡可慰平生，这种主观分外动情。

后四句从月夜写景转入抒情，终于从天上物说到人间事，可这事又实在苦涩难当，兄弟生死未卜，家残破不堪，写了信也不知寄往何处，因而才“寄书长不达”，而这份愁苦还要延续很久，因“未休兵”。此句又与首句相承接，“未休兵”致使“断人行”。首尾照应，结构严谨，字句间饱含无限深情。

家国残破的苦楚今人难以体会，而那句“月是故乡明”仍旧能够戳到当代人的痛点，成为传唱的名句。

诗人笔下的战乱虽已遥远，可因战乱带来的生离死别仍旧真实。生死自古便是无人可逃之悲苦，隔着千年的月光，打破历史壁垒，少陵野老全都传达了。

①断人行：指鼓声响起后，就开始宵禁。②边秋：一作“秋边”，秋天的边地，边塞的秋天。③长：一直，老是。④达：到。⑤况乃：何况是。⑥未休兵：战争还没有结束。

诗词AB面

SHICI AB MIAN

古人过白露节的浪漫秘密

白露节有两件雅事：吟白露诗，饮白露茶。

白露，残荷落败，露水渐生，古人秋梦难绝，“白露诗”便应运而生。

一如“蒹葭苍苍，白露为霜”句，描绘相见不可相守的凄婉爱情；再有本诗中“露从今夜白”之句，呼应着颓然月夜的秋意凉，承载着命运沉甸甸的悲凉无奈。

吟诵白露诗，虽得以遣怀片刻，但伤痛仍在。不若饮白露茶清口，美名曰：品白露味。

每逢白露时节，古人喜晨起收集露水，以茶叶煎之，为白露茶。

《本草纲目》上说，露水“煎如饴，令人延年不饥”。白露采茶叶为晚秋茶，相比春茶更加浓郁醇厚，取露水煎煮，更是一绝。

苏轼诗言“休对故人思故国，且将新火试新茶”，白露茶入喉，可慰平生。

名人万花筒

MINGREN WANHUATONG

“少陵野老”自曝是个哭包？

不同于大唐其他诗人的风流无双，杜甫一生都是强自宽，后半段人生更是“哭”过来的，也是这“哭包”形象，让他成了诗圣。

他自号“少陵野老”，“少陵”是地名，而“野老”二字则是指年龄大了却一事无成，孤苦无依。这也构成了大多数人对杜甫的印象——颠沛流离的狼狈老人形象。

而真正的杜甫到底是怎样的呢？画像不一而足，溜肩矮小的官员，荷锄归来的老农，甚至是武行外形的老大爷。而流传甚广的倚石而望的杜甫画像，是现代画家蒋兆和比对着自己的脸创作的。外形如何，终是无可考的。

而循着杜甫的诗作去看，也有个自画像。

杜甫一生坎坷，四十四岁才被授予了一个看守兵器库的小官职，上任不久，“入门闻号咷，幼子饥已卒！”家中幼子却饿死了。四十五岁之后的他陆陆续续写下，“白头搔更短，浑欲不胜簪”，白头；“不见夔子之国杜陵翁，牙齿半落左耳聋”，耳聋落牙；“此身漂泊苦西东，右臂偏枯半耳聋”，右臂也抬不起来了；“春水船如天上坐，老年花似雾中看”，写到此处，杜甫已经五十八岁，双目也花了，这也是他在世的最后一年。

四十五岁到五十八岁，这十三年来，正是安史之乱民不聊生，杜甫做得最多的事情，就是哭。

“少陵野老吞声哭”也好，“日暮东临大江哭”也罢，与妻“双照泪痕干”，哭得都不是自身，而是大时代的挫败与幻灭，流泪也只是让自己轻松一些，仿佛这世界也能轻松一些。一直到他去世当年，他落笔处也是一个“哭”字，“途穷那免哭，身老不禁愁”。

哭者形象的杜甫，是与民同哭，才是真实的他。

知识小问答

杜甫名篇《赠卫八处士》中，有“夜雨翦春韭，新炊间黄粱”句。“粱”是今天哪种主食？（　　）

A. 玉米　　B. 小麦　　C. 小米

王维，字摩诘，创造了水墨山水画派，有“诗佛”之称。

九月九日[①]忆[②]山东[③]兄弟

［唐］王　维

独在异乡为异客，
每逢佳节倍思亲。
遥知兄弟登高处，
遍插茱萸[④]少一人。

解读赏析
JIEDU SHANGXI

“你我都是佳节的‘局外人’。”

唐时，逢九九重阳，必归乡祭祖，所有亲人相携一同登高。诗人王维独自漂泊在洛阳，逢此佳节难掩怀乡思人之情，故作此诗。

开篇直抒思乡之情，“独”字开篇，紧接着连用两个“异”字，刻画出一个漂泊游子独对着异乡异景，时时思念亲朋的形象。随即一个“倍”字巧妙过渡情感转变，点出这份思乡情在“每逢佳节”时更是一发不可收拾。热闹是他们的，我什么都没有。这是每个离家之人的深切感受。

后两句一跃写到远方的亲友，他们随旧俗重阳登高时，定然也在思念着未能参与其中的自己吧。没有延续前两句的独在异乡的孤凄，而着重在未能与兄弟团聚的缺憾上，仿佛自己的处境并不值得诉说，陡然的转折出乎常情，情感看似平静，实则更加深厚。

自古多少游子为求功名身赴异乡，奋斗多载，却仍前程迷茫，思乡不得归。不仅仅是孤独，更多的是对前途的迷惘、失意，还有对亲人的无法弥补的缺憾，这种微妙情感，才是千百年来戳痛每个异乡人的力量所在。

① 九月九日：即重阳节。② 忆：想念。③ 山东：蒲县，在华山以东。④ 茱萸：一种香草，即草决明。古时人们认为重阳节插戴茱萸可以避灾克邪。

诗词AB面
SHICI AB MIAN

重阳旧俗“茱萸佩”被谁替代了

古时民间过重阳，主要的节日意义是避疫消灾，茱萸佩的风俗便应运而生，类似于清明节家家户户门前挂柳的习俗。重阳日当天，采摘茱萸枝叶，连同果实一同缝进香囊佩戴于手臂，女子佩于发间，是为茱萸佩，也是重阳节特有的辟邪物件，雅号“辟邪翁”。

而宋元之后，佩戴茱萸的习俗渐渐淡去，“赏菊”取而代之。与茱萸辟邪的标志不同，菊花代表着长生与延寿。据分析，这是由于重阳节俗的重心转变而出现的景象。社会安定、民众主诉求的迁移，都让重阳节主题从“避疫消灾”成了“祈求安康”，而菊花的延年益寿形象便一跃而代替了茱萸的“辟邪翁”形象。

名人万花筒
MINGREN WANHUATONG

“遍插茱萸少一人”时，王维在何处

《九月九日忆山东兄弟》写于重阳，年仅十七岁的王维独对着异乡异景慨然落笔。而关于写诗的地点却有两种说法。

一是长安。依据王维生平，十五岁入长安谋取仕途，两年过去前途仍困窘无依。转眼到了亲人团聚的重阳佳节，帝都处处繁华，却都与他无关，不禁怀乡思人，写下此诗。而长安，便是写诗之地。这个说法一直为众人所采纳。

二是云台山茱萸峰。云台山已成为河南著名景区，古时其上多茱萸，曾是药王孙思邈采药的地方。相传王维曾登上此峰，望见漫山茱萸，有感而发，写下此诗。而此山峰也因此得名“茱萸峰”。

可根据史实，若是王维来此地旅游，从长安一路到河南云台山并不算近，走路少说要半个月。十七岁少年离开帝都长途跋涉，专门来到这么个名不见经传的地方旅游，还要在此怀念自己的兄弟，写下一首主题为思乡的诗，未免不合情理。通篇看全诗，也没有半点出来旅游的意思。

由此推断，大抵又是山水俱佳的旅游胜地为自己谋的一点儿噱头罢了。

而这首重阳怀亲之作，怎么看都是写于长安更有道理。

当然，“遍插茱萸少一人”的地点真的有两处地点是确定的，一在故乡，二在游子心上。

知识小问答

“别时容易见时难”“相见时难别亦难”分别是谁的诗句？（　　）

A. 李煜、柳永　B. 柳永、李清照　C. 李煜、李商隐　D. 李璟、李商隐

卢照邻，字升之，自号幽忧子，幽州范阳（治今河北省定兴县）人，初唐诗人。

送二兄入蜀[1]

［唐］卢照邻

关山[2]客子路，
花柳帝王城[3]。
此中一分手，
相顾怜无声。

解读赏析 JIEDU SHANGXI

“于无声处，渐与骨肉远。”

手足分离，在“寄书何处达”的古代，滔滔伤痛非今人能感同身受，手足之情便在此时被放大，一来诗作本就是为了承载不能言说的情意，二来衷情此刻不诉，往后可能就再无机会。卢照邻自长安送二兄入蜀，偏偏是最沉默的一个。

首句以“关山”喻险山连绵路途坎坷，这份凶险李太白在《蜀道难》中详细说过，一字一字破开说蜀道多艰，卢照邻只寥寥一句，立即转了笔锋去写“花柳帝王城”，表面上是写两人分别的地点在长安，偏用“花柳”做修饰语，与“关山”形成鲜明对比，一个繁华一个坎坷，离别的沉痛尽在不言中。

后两句与“执手相看泪眼，竟无语凝噎”有异曲同工之妙，但相比柳永的情思绵长，诗人显得克制得多，只是轻轻“相顾”，只是一个对视便再不多言。唯有一个“怜”字有了点难以抑制的情绪，不知道是怜自己还是怜二兄，就沉默地分开了。

卢照邻这一首小诗可谓极尽质朴简洁，寥寥数语，不同于其他抒写骨肉亲情的送别诗那般极尽不舍之意，感情节制到了轻描淡写的地步，带着不易察觉的压抑。同卢照邻本人颇像，他一生经历复杂，看过许多不愿看的事，痛都是默默的。离别也是，即便不愿意，也不发一言，仿佛能有目送的福气已经很好了。

① 蜀：蜀地，指四川省。② 关山：指代遥远的路途。③ 帝王城：长安城。

诗词AB面
SHICI AB MIAN

古人送别为何总要过“关山”

“关山”是古诗尤其是送别诗中常出现的一个别离意象，一般泛指关塞山川。例如《木兰诗》中“万里赴戎机，关山度若飞”。后来“关山”的意象在诗作中演变延伸，也借指遥远的地方，多与思乡、念人有关，例如王勃《滕王阁序》中“关山难越，谁悲失路之人？”这份思乡怀人又多表现征戍离别之情，如柳中庸《凉州曲二首》：“关山万里远征人，一望关山泪满巾。”

卢照邻拜师神医孙思邈

公元674年，卢照邻罹患风疾，也就是现在所说的麻风病，这在当时是不治之症。彼时卢照邻才名远扬，在文坛上极负盛名，经友人介绍去往药王孙思邈处求医，卢照邻心如死灰，只问了一句“高医愈疾，奈何”，孙思邈怜惜其才，劝慰他安心住在自己家，会尽力为他治疗。在治疗过程中，卢照邻豁然开朗，病情也渐有起色，提出要拜孙思邈为师，药王欣然应允。

可惜后来唐高宗到甘泉避暑，命孙思邈同行，治疗被迫中断，卢照邻也回到了四川，师徒两人一别，再无相见，仅有书信往来。卢照邻病情加重，更是后话。

名人万花筒
MINGREN WANHUATONG

“不得好死”的卢照邻

初唐四杰，共同点除了才名远播，还有一点是个个都结局惨淡。

杨炯仕途失意，死在了任上。王勃二十七岁渡海溺亡，骆宾王谋反被杀。一个比一个惨，尤其是卢照邻，因为太过痛苦而投水自尽。

卢照邻出身望族，自小便是神童，后获得邓王赏识，成为邓王府典签，这其实是他人生中最后的顺途，后来他在邓王府一待就是十年，大好青春全葬送却毫无作为。

邓王爱惜他的才能，多次向朝廷举荐，可惜都无果。直到邓王去世，临终前安排他到益州（今成都）新都做了个县尉。结果刚到蜀地就遭小人陷害下了大狱，险些死在里面，得友人相助才死里逃生。

卢照邻的人生就是无限走下坡路的过程，一惨之后还有更惨，牢狱之灾后，不久就患了不治之症——风疾，药王孙思邈都束手无策，而这个病不仅治不好，还十分折磨人。他在《释疾文·序》中写“寸步千里，咫尺山河”，将将中年，就已经大半身子不能动了，走路需要爬行。而生病之后的面貌呢，就更加凄惨，《五悲·悲穷通》中写“形枯槁以崎嶬，足聊蜷以缁厘”，如此病痛折磨下，他病急乱投医，服丹药反而加重了病情，最终自投颍水而死。

知识小问答

下列哪个不是北京的别称？（　　）

A. 大都　　B. 中都　　C. 上都　　D. 南京

手足篇

李清照，号易安居士，宋代女词人，婉约词派代表，有“千古第一才女”之称。

蝶恋花·晚止昌乐[①]馆寄姊妹

［宋］李清照

泪湿罗衣脂粉满，四叠阳关[②]，唱到千千遍。
人道山长水又断，萧萧[③]微雨闻孤馆。
惜别伤离方寸乱，忘了临行，酒盏深和浅。
好把音书凭[④]过雁，东莱[⑤]不似蓬莱远。

解读赏析 JIEDU SHANGXI

“歌酒呈颓态，仍是缱绻美。”

这首词写于李清照自青州赴莱州的旅途上，刚与家乡姊妹别离，独坐旅馆起了相思情，偏生支窗瞧见漫天微雨，孤独与凄清猝然相撞，一时眼泪竟不能止。

开篇就写送别之时，姊妹两人皆泪染了妆，这是诗人行至“山长水断”处，孤身一人时不可避免会无限回想的场景，当时象征送别的《阳关曲》唱了似乎“千千遍”，这里是夸张的写法，离歌千遍是不肯停歇，离别就更显悲凉。如今旅馆中的雨声声声扰人心绪，又或许是那份别离情太过伤人心，竟想不起来妹妹亲手递过来的送别酒是什么模样，自己又喝了多少。

“方寸乱”后，尾联却奔着劝慰去了，告知姊妹虽然分别无可更改，但仍然可以书信联系。还有确切地方可以寄出书信，所有的思念与感怀都能落到实处。

李清照向来擅长“迟疑”，无论是悲是喜，都不是强硬地去拉扯，而是用从容舒缓的动词相衔接，接出自己的一亩三分缱绻来。她宽慰姊妹的时候，也是在宽慰自己，所有苦痛皆有办法，这世间总归是不叫人全然绝望的。

① 昌乐：宋县名。② 四叠阳关：王维《送元二使安西》诗和乐后成为送别名曲，反复演唱谓之《阳关三叠》。流传至宋，每句皆叠，故此言“四叠”。③ 萧萧：一作“潇潇”。④ 凭：请求，托付的意思。⑤东莱：即莱州，时为明城为官之地，今山东莱州市，曾名掖县。

诗词AB面
SHICI AB MIAN

四叠阳关

《阳关曲》，又名《渭城曲》，即是唐代诗人王维“劝君更进一杯酒，西出阳关无故人”诗作，后入乐府，专做送别曲。苏轼在《论三叠歌法》中注解：旧传为阳关三叠，按古本唱法即首句不叠，后三句句句叠唱。此词作中“四叠阳关”推论之，应是指首句也叠唱。

“愿得一心人，白首不相离”梦破

宣和三年（公元1121年）春，赵明诚奉诏出任莱州，李清照独自留在丈夫老家青州。在此之前，李清照、赵明诚夫妻二人刚在青州度过了幸福美满的十三年。

赵明诚赴任后，接连数月音信全无，李清照舟车劳顿三百里，远赴莱州前去找寻。中途她没有给丈夫写书信，反而只给送别自己的姊妹寄去诗作，便是这一首《晚止昌乐馆寄姊妹》，从夫妻二人的恩爱程度来看，这有些不寻常，即将见到日思夜想之人，不该是这般反应，故后世普遍有个说法，赵明诚后期纳了妾，而纳妾的时机便是出任莱州之时。

几个月来得不到丈夫的联系，李清照隐约猜到了些许，所以才在诗中写道：“好把音书凭过雁，东莱不似蓬莱远。”而当她风尘仆仆地赶到莱州，瞧见的正是丈夫与别的女子相携而笑的场面。

名人万花筒
MINGREN
WANHUATONG

李清照：大宋休夫第一人

大宋朝有个法律：妻告夫，虽属实，仍须徒刑二年。即女子状告自己的丈夫，无论对错，都要坐牢两年。第一个实践的便是词人李清照，而她状告的是第二任丈夫——张汝舟。

赵明诚因病离世后五年，李清照下嫁于张汝舟，在当时的社会，官宦人家的女子再嫁，是要受尽非议的，尤其是李清照“宰相儿媳，郡守妻子”的名头更是引发了社会舆论的一边倒抨击。当时李清照已经五十岁，又经历了战乱愁苦的多重磨难，越发漂泊无依，而张汝舟出现得恰到好处，他戴上假面哄骗她，装出翩翩君子的模样，叫她觉得或许可以得到后半生的安稳，而他实际上只是为了侵占她的金石文物。在遭到李清照的反抗之后，张汝舟开始对其拳脚相加。

李清照不堪受辱，最终走到一条鱼死网破的路上——休夫。

张汝舟曾在李清照面前炫耀科考是通过作弊过关的，她便以“欺君罪”状告了张汝舟。最终判定张汝舟发配柳州，而李清照也要按照律例坐牢两年。其间，友人劝慰过她，她回诗表明态度：“猥以桑榆之晚景，配兹驵侩之下材。”她的刚烈，不允许她同这样的小人共处一室。

前段婚姻极尽美满，后段极尽糟糕，却成全了一个敢爱敢恨、不墨守成规的李清照，敢于翻给历史一记白眼，选择自己人生的生动词人，甚是可爱。

知识小问答

下列哪首诗中代表颜色的文字最多：（　　）

A. 苏轼《赠刘景文》　　B. 高适《别董大》　　C. 张志和《渔歌子》

黄庭坚，北宋著名文学家、书法家。江西诗派开山之祖，生前与苏轼齐名，世称“苏黄”。

谒金门·示知命[1]弟

［宋］黄庭坚

山又水，行尽吴头楚尾[2]。
兄弟灯前家万里，相看如梦寐[3]。
君似成蹊桃李[4]，入我草堂松桂[5]。
莫厌岁寒无气味，余生今已矣。

解读赏析
JIEDU SHANGXI

“借他人之典，哀余生之多艰。”

黄庭坚向来卓然自立，写诗重律，填词妙脱蹊径，此词中更是带有明显的“黄庭坚词”特色，放笔直抒，遒劲笔法融于词作，顿生扑面而来的质朴与沧桑感。

词作开篇甚是感人，黄庭坚孤身谪于黔州，对前途万念俱灰，亲弟知命不远万里，携了黄的家眷前来，正是一家团聚的好光景。古时他乡遇故知已经是人生一大喜，遑论亲友相聚。“梦寐”句化用杜工部句“夜阑更秉烛，相对如梦寐”，兄弟相聚的喜悦溢于言表。后“君似”连用两典，“成蹊桃李”为《史记·李将军列传》中“桃李不言，下自成蹊”句，是为称赞其弟知命人生路仍艳若桃李。“草堂松桂”化用孔稚珪《北山移文》中词句，是诗人自比为寒冬松桂。“成蹊桃李”“草堂松桂”对仗工整，艺术化手法十分巧妙。

到最后两句，“岁寒”一出，“而松柏后凋也”，越发凸显出诗人对自身的调侃意味，五十二岁的黄庭坚即便是凋零松柏，也是旷达的松柏，他迎着隆冬寒意大喝一声：我这人生，当真是没有指望了呀！黄庭坚向来想到什么说什么，直来直去不加掩饰，反而扎得人更疼，他不屑感怀，只爱讲大实话。

① 知命：名叔达，知命为其字，黄庭坚弟。② 吴头楚尾：指如今的江西省北部，其地在春秋时为吴、楚两国交界处。③ 梦寐：借指兄弟团聚。④ 成蹊桃李：谓实至名归，无须凭借官职地位而得到人们的尊重。⑤ 草堂松桂：代指隐居。

诗词AB面

SHICI AB MIAN

草堂松桂，原是讥讽人用的

“草堂松桂”一词出自孔稚珪《北山移文》“钟山之英，草堂之灵”及“诱我松桂，欺我云壑”之语。文中的草堂为周颙所居住。古时候隐士多为表达自己不仕，而周颙在隐居了一段时间又出来继续做官去了，孔稚珪便做文章来讥讽他。

这首词中词人只是化用了其词句，并未引用其中寓意，古人用典颇多讲究，多是灵活运用，不拘泥求之，此处化用为一妙笔。

黄庭坚：皮诗人就是我

黄庭坚、张耒、晁补之、秦观四人并称为“苏门四学士”，师承苏轼门下，其中黄庭坚受苏轼影响最大，性子也被熏染得最乐观旷达，还有个和东坡如出一辙的恶趣味，就是爱整人，最有名的一件便是恶搞翰林学士顾子敦。

两人共事的时候，顾子敦身材偏胖，入夏每每袒胸露腹午睡，黄庭坚便暗中潜伏好，趁他睡着后奔上前冲着人家肚皮奋笔疾书，直接用人家肚子做字帖用。顾子敦没法，便趴着睡，结果醒过来发现这回肚皮上是没有字了，背上又被写满了。

名人万花筒

MINGREN WANHUATONG

“苏黄”师生情：文化人幼稚互怼

黄庭坚是苏轼的大弟子，二人仅相差八岁，名气相仿，虽是师徒，但年岁相当，苏轼又为人随性，并不以师父自居。黄庭坚也只私下里做个本分弟子，家中堂前挂着苏轼的画像不说，还每日早晚对其整衣理冠、焚香施礼。而师徒俩明面上的交往，最喜开对方玩笑。

说起两人相识，要得益于黄庭坚岳父孙觉的牵线。孙觉也是有名的北宋文学家，同苏轼、曾巩、王安石俱是好友，拿着女婿的诗给苏轼看，苏轼惊为天人，萌生了要收他为徒的念头。到了元丰元年，两人开始书信往来，黄庭坚正式成为苏轼的门生。

后来两人常坐在一处谈论诗书，做得最多的事情就是互相“讥讽”。

东坡说黄九的字，“好是好，但有的字笔势偏瘦，像树梢挂蛇。”

黄九听了，也拿出东坡的字说：“老师的字全天下都说好，我不敢胡说，就只觉得有的字偏浅，像石压蛤蟆。”

互怼完书法还不完，又互怼诗文。还是东坡说了，“黄九诗文如蝤蛑江珧柱，格韵高绝，盘餐尽废，然而不可多食，多食则发风动气。”黄九“哦”了一声回怼：“老师文章精妙，可惜也有些句子不如古人。”

“苏黄”师徒，恰似唐时“李杜”，黄庭坚佩服苏轼天才，而黄庭坚在江西诗派的地位，东坡又远远不及。

知识小问答

“玲珑骰子安红豆，入骨相思知不知”的作者是：（　　）

A. 李商隐　　B. 杜牧　　C. 温庭筠

岑参，唐代边塞诗人，风格与高适相近，后人多并称“高岑”。

还高冠潭口留别舍弟①

［唐］岑　参

昨日山有信，只今②耕种时。
遥传杜陵叟③，怪④我还山迟。
独向潭上酌，无人林下期⑤。
东谿⑥忆汝处，闲卧对鸬鹚⑦。

解读赏析
JIEDU SHANGXI

“愁寄‘诗家语’，尽在不言中。”

岑参这首五言诗，历来有个说法：该诗叙述跳跃，中间多有省略，平直去理解，只能体会到一些不明所以的语病，若想真的品出妙处，需用“诗家语”体会之。

开篇点明背景，当时岑参隐居在终南山，平日来长安谋职，忽而收到山中来信，说农忙时期到了。照常来讲，下两句应是信上借“农忙”来催促诗人回山耕种，却横空出世一个“杜陵叟”嫌诗人还不回山，看“遥传”二字可见诗人和杜陵叟住得还挺远，乍看上去是逻辑忽然断层，其实不然。住得远的“杜陵叟”都催了，更何况住得近的山中亲友呢？是以明面不写催，而是用杜陵叟来写“暗催”，催了就没有不回去的道理，诗人便不得不与弟别。

“杜陵叟”很会给自己加戏，诗作的后四句全是他的主场。先是说诗人不在山中，他只好“独向潭上酌，无人林下期”，寂寞非常。所以就不得不“忆汝”，还举例子给自己佐证这份思念的深度：一个人在东溪饮酒，难免想你一同来喝，想你想得难过，致使酒也喝不下了，到后来竟什么都干不了只能和溪边的鸬鹚鸟呆视，可不是想念到了极点？

此诗写“别弟”，却仿佛只是甩给“弟”一封“山中信”，再无多言。可通篇品读就能想到，诗人能将“杜陵叟”思人写得如斯生动，无非是因为诗人早有体会，这根本就是他思念弟弟的情态罢了。与弟分别，非他本意，但思念之情，他也不愿赘言，只借“杜陵叟”宣之于口。诗家语的妙处便在此，不按常理直接抒情，而更注重语句凝练，最终又能完整地将情写得层次分明。

①舍弟：本家弟。舍，对自己卑幼亲属的谦称。②只今：如今。③杜陵叟：这里指与岑参一同隐居的人。④怪：责怪，埋怨。⑤期：约会。⑥东谿：谿，同“溪”。指南冠谷中的溪水，代指诗人隐居之处。⑦鸬鹚（lú cí）：鱼鹰，渔人用以捕鱼的鸟。

诗词AB面

SHICI AB MIAN

岑参的“终南捷径”

“终南捷径”一词说的是以求官为目的而隐居终南山的行为，唐时书生卢藏自封隐士，假意隐居在距离长安较近的终南山，传到朝中，得了贤才美名获得重用。

唐时官府分外关注“隐居”之举，朝廷以“重用隐士”的举动来表明对人才的重视。终南山隐居迅速在士人中流行起来，早期的李白、杜甫都走过“终南捷径”。

二十九岁的岑参奔走京洛毛遂自荐近十年，仍未得到起用，再加上科举不顺，也走上了终南山隐居之路。不过此番隐居终南山倒没有直接给他一个通往官场的捷径，而是给了他好运，在三十岁当年终于进士及第，踏进官场半只脚去。

唐朝独有的名利观：功名只向马上取

唐统治者对边功极为重视，“十年寒窗无人问”的进阶式求功名方式渐渐被摒弃，如杨炯在《从军行》中写的“宁为百夫长，胜作一书生”。从军塞外建功立业成为唐朝独有的名利观，大批文人为了得到朝廷重用，纷纷弃笔从戎，形成了“功名只向马上取”的大唐风貌。

岑参便是其中一位，他一生追求功名，通过“科举制”，三十岁才进士及第，仅得了个九品的看守兵器的官职，这远远无法盛放他的凌云壮志。继而两次出塞，渴望建功立业，可惜来回蹉跎六年，终无所得。

名人万花筒

MINGREN WANHUATONG

岑参两“失”杜甫

杜岑之间的友谊，始于岑参两次出塞再度回朝之时，两人遇于长安，相见恨晚，结为好友。当时杜甫任左拾遗，与裴休等人共同举荐岑参做了右补阙。两人同为谏官，公立朝堂。可耿介如岑参，经常仗义执言，不仅得罪了同僚，连皇帝都被他怼得下不来台，到了乾元二年，岑参就遭贬了。

不久后，杜甫也离开朝廷，开始四处漂泊。二人一别就是十余年。

直到永泰元年（765年）五月，岑参在嘉州做刺史，杜甫恰巧路过，不知道岑参在便没有登岸，虽然近在咫尺，却因音信不通生生错过一次老友团聚的机会。直到当年九月，杜甫才晓得岑参在嘉州的消息，当即写了一首诗寄过去，“不见故人十年余，不道故人无素书”，自此才重新开始书信联络，免得再有如此错过。

可总是怕什么来什么。

两年后，岑参自嘉州辞官，沿着当年杜甫行过的路线乘舟而下，盼着能在杜甫所在的夔门一聚，结果他去的时候是七月，杜甫在正月就已经离开了。两人再次错过。

岑参仍旧是倒霉的头，此行还赶上发大水，只能临时改道北上，磕磕绊绊到了成都，待了不过一年多，不幸染病，最终客死成都。

他两“失”杜甫，终究也没有时间可补救。

知识小问答

下列哪一项不是杜甫写给李白的：（　　）

A. 红颜弃轩冕，白首卧松云。　B. 冠盖满京华，斯人独憔悴。　C. 故人入我梦，明我长相忆。

李煜，五代十国时南唐国君，诗文均有造诣，被称为“千古词帝”。

渡中江望石城泣下

［五代］李　煜

江南江北旧家乡，三十年来梦一场。
吴苑[①]宫闱今冷落，广陵台殿已荒凉。
云笼远岫[②]愁千片，雨打归舟泪万行。
兄弟四人三百口，不堪闲坐细思量。

解读赏析

JIEDU SHANGXI

“家国两失，思量之，堪忍之。”

李后主痛泣家国两失的情态，不能用普通人类比之。他是一国之主，国破了，他不能说家破了，家还在，只是他再也回不去了。由于身份的特殊，他在诗词中抒发的多半是自省自怜，若是他当初能雄才伟略一把，断不会沦落到成为任人宰割的俘虏，他自责悔恨，却也深知一切不可挽回，那份绝望也是沉了底的。

李煜的诗文如同深雾挑月灯，反射弧比雾中透光还要慢，照不亮的字句都透着更深露重。绝望的皇室四兄弟闲坐于庭，虽确认过眼神，是成了俘虏的人，不过这天上地下的转换，一时间很难有实感，如梦一般。直到谁给了他一扇任意门，径直将他透过门丢到现实里，梦一夕就醒透了。门的那边是曾经的家国，江南江北尽归王土，宫宇殿堂冷清得不忍沾身。而他站在门这边，任冷风吹透，木木瞧着终于领悟，哭出声来。

颈联写的是渡江时诗人的真实情态，“云笼”“雨打”，连苍天都忍不住哀愁落泪，人就更是“愁千片，泪万行”了，情景交融，更添凄苦。他也得以在雨中看清现实，有了尾联的“细思量”。于李煜来说，一切都已来不及，他能做的也只有思量了。思量他的去向，是就此去死，还是活？能在别人家里活下去，岂不是后半生只能是无尽的“堪忍”？

①吴苑：宫阙名。②岫：峰峦。

诗词AB面
SHICI AB MIAN

“兄弟四人三百口”中的兄弟四人

李煜排行第六，本有兄弟八人，其中二哥、三哥、四哥、五哥早夭，未能留下子息，大哥李弘冀已死，但留有眷属多人，属于“三百口”成员。因此“兄弟四人三百口”中的兄弟四人，分别指的是大哥李弘冀、七弟从善、八弟从益和李煜自己，四兄弟家人共约三百口。

李煜治国：曾派人监视大臣

李煜监视的这个人，是韩熙载。不只史书上有记载，故宫博物馆还挂着物证——《韩熙载夜宴图》。

关于这幅画的绘制，历史上有两种说法。一种是说李煜爱惜韩熙载的才能，想要重用他，却听闻他夜夜歌舞升平，于是私下派顾闳中前去赴宴，绘制下韩熙载夜宴的每幅画面，以此警醒韩熙载收敛。而真实情况是，当时韩熙载是觉得南唐不行了，不想被重用，所以以“声色晦之”，其实都是演给李煜看，叫这个皇帝对自己失望。

还有一种说法，是李煜猜忌韩熙载，韩熙载为了避祸，假意装作醉生梦死的样子来骗李煜。事实上，李煜看到了顾闳中的画，也确实放过了韩熙载。

名人万花筒
MINGREN WANHUATONG

李煜：登上王位是个意外

李煜的继位过程有些复杂。

南唐皇帝李璟原本指定的是“兄终弟及”继承制，就是他驾崩之后，由弟弟李景遂继位。这位皇太弟志不在此，自行辞去储君之位。李璟便将目光转向自己的儿子，长子李弘冀善战，立下赫赫战功，便改立李弘冀为太子。

而“兄终弟及”一事一直横亘在李弘冀心头，最终千方百计地将亲叔叔李景遂毒杀。本以为可以顺利继位，李弘冀却在三个月后暴毙，太子之位又空了下来。

照常理说，李煜排行第六，太子之位不会轮到他。可二三四五子相继早夭，在李璟现有的子息中李煜理所应当成了长子。

大臣钟谟评价其德才不足、性情懦弱，非帝王之才。结果，钟谟被赶出了皇城。

李煜就这么躺着坐上了皇帝之位。

可事实证明，钟谟的评价十分中肯，坐上帝位的李煜政治才能十分平庸，或许是性子优柔寡断，容易被蒙蔽而做出错误的决定：杀了抵御宋军的名将林仁肇，对淮南战事中弃城逃跑的冯延鲁反而施行仁德。

客观来说，李煜接管南唐时，南唐就已经难以补救，它的灭亡不能全怪罪于李煜。而李煜的所作所为，确实是加速南唐这匹骆驼被压死的一根稻草。

知识小问答

南唐后主李煜是被谁赐死的：（　　）

A. 宋太祖赵匡胤　　B. 宋太宗赵光义　　C. 宋真宗赵恒

陆游，字务观，号放翁，南宋文学家、史学家、爱国诗人。

渔家傲·寄仲高[①]

［宋］陆　游

东望山阴[②]何处是？往来一万三千里。
写得家书空满纸。流清泪，书回已是明年事。
寄语红桥[③]桥下水，扁舟何日寻兄弟？
行遍天涯真老矣。愁无寐，鬓丝几缕茶烟里。

解读赏析 JIEDU SHANGXI

“‘命运’寄来的无限难堪。”

陆放翁写给堂兄的这封家书，带有明显的“陆词”特色，结构不输人，调性常凄婉，揣着对不堪现状的不满和委屈，一定要说给久别的兄弟听。

上片自问自答，先说所处的蜀地与故乡相距万里，这是全词感情的发端。思乡情起时，家书写满纸页，而自己独身在此，各种心酸也更无处说，家书中也不一定会写出来，写信也是徒劳。“满纸”是真，加上“空”字，就又多了一层道不出的委屈与辛苦。随后一句“书回已是明年事”才是致命一击，结构上与前两句写距离遥远相呼应，就连这样一封徒劳的书信，都要一年才能收到回信，这是何等难堪的境地，而把人惹哭的多半是人生给人的无限难堪。

下片点题，由思乡转向思仲高，“寄语”是借流水捎信儿，相约去以往同游的红桥再会，这都是设想，问了“何日”就叫人心脏紧缩了，证明见面什么都是不定期的，是见不着的。归乡不得，怀亲思乡之后，诗人终于肯说一下自己了。仍旧是放翁的语气，他此时已年届五十，这些年来漂泊无依，所以实话实说一句“行遍天涯真老矣”。这句消极得很，可正面消极不是他的本意，他便搬出了杜牧《题禅院》里的话，前篇所有得意难平都是在叹“老大无成”，而这些最后都躲在了茶烟的闲适里，不甘消极，不愿颓废。

① 仲高：陆升之（1113—1174），字仲高，陆游的堂兄。② 山阴：今浙江省绍兴市，陆游的家乡。③ 红桥：又名虹桥，在山阴近郊。

诗词AB面
SHICI AB MIAN

杜牧的“十年青春”与陆游的“鬓丝几缕”

词作尾句“愁无寐，鬓丝几缕茶烟里”，是化用杜牧《题禅院》诗句，“觥船一棹百分空。十岁青春不负公，今日鬓丝禅榻畔，茶烟轻飏落花风。”

陆游接得十分自然，几乎看不出用典的痕迹，主要在于杜牧与陆游二人经历接近，两首诗词所表达的感情也是异曲同工。杜牧早年自负，纵情豪饮，陆游同之。后来老无所成，独对茶烟，也是一样的。

身世有同感，虽是借了杜牧口，但与自我剖白无异。

寄语红桥桥下水

此句中的红桥就在陆游的故乡，山阴县西七里迎恩门外，过去两人同进同出，游于红桥。此处“寄语”桥下水，由“水”到“舟”，其实是倒着写，理解的时候也是倒着去顺，应该是舟踩着水寄去相思，是诗人想乘舟去往红桥与兄弟相聚。凄楚之情力透纸背，可是诗人在此处期盼重聚，仲高已然仙去。加上这重背景，更加悲伤了。

名人万花筒
MINGREN WANHUATONG

陆游：一封错乱时空的家书

据考，放翁于淳熙二年（1175年）的春天写下这首给兄长仲高的词，而仲高早在淳熙元年（1174年）六月就故去，也就是当时仲高已经去世了半年，但由于距离遥远，陆游并不知情。

陆升之，字仲高，是陆游的亲堂兄，两人相差十二岁，都有“词翰俱妙”的才名，互引为知己。后期失和缘于两人对秦桧的不同态度。

秦桧与李光互为政敌，陆升之是李光的侄婿，却站在了秦桧一方，并借着这层关系告了李光，因此获得了高官厚禄。陆游听闻之后，深为不齿，在陆升之升官赴任之时专程写诗《送仲高兄宫学秩满赴行在》讽刺，其中有一句“道义无今古，功名有是非”，是说他不择手段。陆升之大怒，后来在陆游上任的时候也寄去了这首诗进行嘲讽。

两人自此不再往来。

后来秦桧倒台，陆升之被牵连，远徙雷州七年。七年后二人返乡重遇，夜半对床夜话，回首往事，时局已变，心态也大改，尽释前嫌。

后来仲高一直留在山阴老家，陆游深入蜀地，二人一直通信不断。

写这首《渔家傲》的前年，仲高刚寄信过来没多久。等到陆游寄信回去，收信人已然不在人世。这首词中的“扁舟何日寻兄弟”，词人期盼重聚的那个人，早已到了另一个时空。

据记载，陆游是在仲高去世第二年才得知消息，写下《闻仲高从兄讣》，“寄书墨未干，玉立在我目”，无法接受，而一时悲号不断。

知识小问答

“天子呼来不上船，自称臣是酒中仙”出自谁的笔下：（　　）

A. 李白　　B. 杜甫　　C. 贺知章

陶渊明，字元亮，又名潜，田园诗派创始人，文学史上第一个大量写饮酒诗的诗人。

杂　诗

［晋］陶渊明

人生无根蒂，飘如陌[①]上尘。
分散逐风转，此已非常身[②]。
落地[③]为兄弟，何必骨肉亲！
得欢当作乐，斗[④]酒聚比邻[⑤]。
盛年[⑥]不重来，一日难再晨。
及时[⑦]当勉励，岁月不待人。

解读赏析
JIEDU SHANGXI

“世道无常岁不待人，当及时行乐。”

《杂诗》统共十二首，留下不少脍炙人口的警句。此为第一首，彼时陶渊明五十岁，辞官归隐八年有余，半生坎坷不吐不快，提笔写杂诗，便是记录杂感。

此诗如同小论文，开篇四句先抛论点，以“无根木无蒂花”“陌上尘”喻人，以“风”来比喻“命运无常”，风一来，人便只能沉浮不定，再也无法回到原地，也自然不是原先的自己了。简单的比喻，颇有禅意，虽然命运总是折磨人的，但这种认知总是叫人掌握了一些主动权。

而后四句，诗人便手把手教给我们，如何获取人生的主动权。既然注定都会被命运变成其他模样，那为何还要在意命运一开始的安排呢？所谓亲友，不一定要靠亲情作为纽带，温暖的友人之爱、邻里之亲也全然可以，“落地为兄弟，何必骨肉亲”，这种质朴的人际关系才是真正的人生大快乐。

最后四句向来是引得后世传颂的警句，以此来勉励少年奋发向上。结合诗人前文，他或许并不是要表现一种自我鞭策，而是一种劝慰，命途坎坷，世道无常，快乐又少得可怜，就不要逼迫自己了吧。若是有幸有机会遇见快乐，一定要及时抓住。不要局限于命运提前规划的条条框框，学会享受人生。

①陌：东西的路，这里泛指路。②此：指此身。非常身：不是经久不变的身，即不再是盛年壮年之身。③落地：刚生下来。④斗：酒器。⑤比邻：近邻。⑥盛年：壮年。　⑦及时：趁盛年之时。

诗词AB面
SHICI AB MIAN

陶渊明式快乐："斗酒聚比邻"

诗人在给快乐举例子的时候用了个"斗酒聚比邻"，意思是有美酒的时候，要叫上邻居一同饮用，这是一种泛爱的共享式生活态度。

这种分享式的快乐是陶渊明的标志性快乐，在其诗作中多次提及，例如，《移居》中的"过门更相呼，有酒斟酌之"，又如《癸卯岁始春怀古田舍》中的"日入相与归，壶浆劳近邻"，经历过战乱的陶渊明对人生悲剧有一种更加深刻的认知，精神上的欢乐才是最珍贵的，这种家庭合欢式的快乐平淡冲和、明净淳朴，永不会叫人失望。

"不为五斗米折腰"的"五斗米"别有深意

义熙元年，四十二岁的陶渊明开启了人生中最后一场为官之旅，出任彭泽令。郡里派督邮来视察，要求陶渊明"束带拜见"。陶渊明不屑于官场中的"阿谀上官"不成文条例，写下"不为五斗米折腰"以明志。

此处五斗米是虚指，代指物质生活，而非后人附会的"彭泽令俸禄"，若日俸仅五斗米，一年下来仅仅一百八十斛。据考，当时县令的俸米为每年四百斛左右，数目上有出入。故此完全可以敲定，"五斗米"不能理解成官俸，而是对物质生活的指代。

名人万花筒
MINGREN WANHUATONG

陶渊明：最不会种田的田园诗人

陶渊明的第一次退隐在三十九岁，夫妻二人"开荒南野际"，度过了一段悠闲的田园时光。

可惜这份快乐十分短暂，他很快就发现自己种田不行，养不活家人。他在《归去来兮辞》中自述："家贫，耕植不足以自给。"生活艰辛，他只得外出求官，最终经历了"彭泽令不为五斗米折腰"，彻底对官宦生涯失望，再次隐居，时年四十一岁。

归隐初期，陶渊明作《归田园居》，一边赞叹"暧暧远人村，依依墟里烟。狗吠深巷中，鸡鸣桑树颠"的田园乐趣，一边写自己的躬耕经历，满怀憧憬地开篇"种豆南山下"，日日"晨兴理荒秽，带月荷锄归"，天还未亮就下田耕作，直到夜深月亮升起才肯回家。勤奋充实，等到豆苗长出来后，陶渊明自己都笑了——"草盛豆苗稀"，那大豆的收成也基本不会好了。

陶渊明种田技术实在太菜，虽说田地宽裕，也没能过上衣食无忧的日子，但这种闲适仍是陶渊明大爱。可惜在他四十四岁那年忽地遭遇一场横祸，他归隐后的"方宅十余亩，草屋八九间"被大火烧光，全家人只能寄居在船上，靠人接济生存。

即便生活已近绝境，他仍留存着自己的傲骨，五十六岁那年更名为"潜"以明志，取"潜龙勿用"之意。陶渊明已是陶潜，到元嘉四年，于六十三岁淡然离世。

知识小问答

周敦颐在《爱莲说》中把菊花形容为：（　　）

A. 花之君子者　　B. 花之隐逸者

孟浩然，唐代山水田园诗人，与王维并称为“王孟”。

洗然①弟竹亭

［唐］孟浩然

吾与二三子②，平生结交深。
俱怀鸿鹄志，昔有鹡鸰心③。
逸气④假毫翰⑤，清风在竹林。
达⑥是酒中趣，琴上偶然音。

解读赏析

JIEDU SHANGXI

“竹亭述志，尽显孟诗妙悟高韵。”

孟浩然诗如其人，向来以灵气当先，常常有脱俗之作。这首五律也是如此，只运用白描、用典的惯常写作手法，便将一场兄弟间赋诗饮酒的普通集会，描绘成颇具“太平逸气”的展望未来盛宴。

开篇前四句平铺直叙，借论语“二三子”句写兄弟聚集，又以“鸿鹄志”“鹡鸰心”作比，还原共怀远大志向的“兄友弟恭”现场。到了颈联“清风在竹林”正切诗题中的“竹亭”，此处不可不提孟浩然的高超夸人技能，不仅能自夸，还能夸一圈。最简洁明了的夸人就是寻个好的参照物来作比，孟浩然只拈了个“竹”字，就请来了“竹林七贤”给兄弟作衬，竹亭共聚摇身就成了魏晋风流名士共谱诗情，挥洒笔墨畅谈理想，豪情逸气非常人能及。尾联进一步借力，赋诗饮酒弹琴将名士扮了个够，喜悦几乎涌出画面，喜从何来？是兄弟间共怀志向同为知己的喜，是即将远赴梦想的喜，是少年人才有的壮志待酬之喜。

本诗处理的最巧妙处，是将隐逸清幽的“竹”与代表功名繁华的“鸿鹄志”放在了一处相衬，原本怎么看都是全然矛盾的两者，经过孟浩然的手，竟然也会变得无比契合。

清风翠竹中从来都是隐士的地盘，忽地昂然飞出惊鸿好似也不错，怕是只有孟诗敢这么写了。

①洗然：即孟浩然之弟孟洗然。②二三子：指几个兄弟，语出《论语·述而》：“二三子以我为隐乎？”③昔：一作“共”。鹡（jí）鸰（líng）心：兄弟互相关切的心意。④逸气：超脱世俗的气概、气度。⑤假：借助。毫翰：指毛笔。亦借指文字、文章。⑥达：旷达。一作“远”。

诗词AB面

SHICI AB MIAN

文人偏爱的鸟：鸿鹄与鹡鸰

“鸿鹄”即大雁和天鹅，因《史记 · 陈涉世家》“燕雀安知鸿鹄之志”句，后成为“有远大志向的人”的代名词。因而，古诗文中凡涉及雄心壮志，都喜爱用“鸿鹄”的意象。

相比之下，“鹡鸰”就不那么常见了，鹡鸰是一种长脚长尾的小鸟，生活习性很出挑：但凡有一只离群，其余的都会鸣叫起来。《诗经 · 小雅 · 常棣》中描绘了这种习性：“脊令在原，兄弟急难。”用来写漂泊异地的兄弟急待救援。此后，“鹡鸰”一词便常常出现在文学作品中，用来以喻同心兄弟。

名人万花筒

MINGREN WANHUATONG

老孟太“风流”，曾被传和李白是一对基友

孟浩然的风流不是风月上的风流，而是想得开。文人追名逐利的年代他终身不仕，倒霉无比还乐呵呵大喊：这人间值得。

他的风流是一步步修炼来的，早期他还是个一心求功名的俗人，满怀抱负地去科考，落榜了。不放弃，立即假扮“隐士”隐居终南山，冒充高人，等皇帝来请，因为这个契机认识了同样隐居过的王维。

王维替他引荐却闹了大乌龙，老孟见到皇帝紧张得钻到床底不说，还极神经大条地念了句“不才明主弃”。皇帝恼了，谁弃你了？你都没求功名，何来被我弃啊？那你别做官了。孟浩然不仅没有捞到功名，还被一道圣旨给送回了老家襄阳城。这还不算倒霉，隔了五年，老孟终于迎来了第二个入仕的机会，襄州刺史韩朝宗十分欣赏他，专程摆宴邀请，打算向朝廷举荐他。孟浩然答应之后，回家和朋友喝酒庆祝，喝得太开心直接错过了聚会时间。这种事一多，难免惹得旁人怜惜他仕途太过倒霉，孟浩然却不这么觉得，他最爱说：“我自己已经高兴了，管别的做什么？”他根本就不在意后果，甚至游历四方惯了，竟真的不想做官了。

后来他隐居，成了盛唐“山水诗派”第一人，同时期的李太白佩服得了不得，直接写诗表白，“吾爱孟夫子，风流天下闻”。这一声“爱”与“风流”太扎眼，让荷兰汉学家高罗佩一直误以为两人是一对公开基友。

知识小问答

“坐观垂钓者，徒有羡鱼情”是孟浩然《望洞庭湖赠张丞相》的名句。诗中“张丞相”指的是？（　　）

A. 张若虚　　B. 张九龄　　C. 张说

柳宗元，字子厚，唐宋八大家之一，与刘禹锡并称“刘柳”。

别舍弟宗一[①]

［唐］柳宗元

零落残魂倍黯然，双[②]垂别泪越江边。
一身去国[③]六千里，万死投荒十二年。
桂岭[④]瘴来云似墨，洞庭春尽水如天。
欲知此后相思梦，长在荆门郢树烟[⑤]。

解读赏析 JIEDU SHANGXI

“南柯梦乍醒，难逃穷途路。”

永贞革新失败后，柳宗元被贬永州十年，其间老母卢氏、爱妻杨氏、娇女和娘等相继弃世。后再贬柳州，从弟柳宗直、柳宗一二人随他一同前往，结果宗直初到柳州便病逝。半年后，唯一的从弟宗一也要离开，于此穷途末路，诗人写了此诗送别。

生活给柳宗元带来双重打击，“去国六千里”“投荒十二年”的贬谪之路，最后只让他落得亲友零落的下场，本想保留最后一点儿体面，如今最后的亲人也要离开了，能做的竟也只剩下相对垂泪。这些一股脑砸到柳宗元的“零落残魂”上，仿佛就是叫他知道人生惨淡的最终模样。前四句调子平缓话语娓娓，既有贬谪之不平，又有惜别之痛，两相应和，惨淡异常。

后四句是主观情感上的虚写，用比兴的修辞对应分别后的情景，自己所处的柳州瘴气弥漫，乌云横野，明说自己处境艰难。而宗一所去之地暮春水暖，与柳州全然不同。对仗工整，两相比较天壤之别，暗喻两人相隔的距离之远。尾联对这份距离幽幽叹息，今后我见你的法子，只有靠着梦魂在荆门郢都一带凝望了，盼着命运可怜我，叫我梦中望过去，恰赶上你路过。

无论是现实，还是梦境，都将柳宗元逼到了绝境，他将赠别之痛写出了层次，叫人不忍细想。

① 宗一：柳宗元从弟，生平事迹不详。② 双：指宗元和宗一。③ 去国：离开国都长安。④ 桂岭：五岭之一，山多桂树，故名。此处泛指柳州附近的山岭。⑤ 荆郢：古楚都，今湖北江陵西北。

诗词AB面
SHICI AB MIAN

“荆门郢树烟”暗含悲剧

《百家注柳集》引孙汝听曰：“荆、郢，宗一将游之处。”柳宗元在诗的尾联写道：“欲知此后相思梦，长在荆门郢树烟。”此处的“荆郢”指的是柳宗一即将去往的地方。

相思不得见，便借梦去跨越时空，让残魂脱离肉身，去到现实去不了的远方望一望弟弟。听着虽然心酸，可终归也能假意宽慰一番，但此句偏偏落笔处是个“烟”字，是诗人不肯放过自己了。树怎么能是“烟”呢？烟虚无缥缈如何能长在？但正是这份虚无缥缈实实在在印证了只能是南柯一梦。《韩非子》中有一典故：张敏高慧二人为友，每每相思不得相见，张敏便去梦中找寻高慧。但每次走到半路上就迷失了，终归还是见不到。此处柳宗元便是化用此典。

名人万花筒
MINGREN WANHUATONG

愿“以柳易播”，换刘禹锡安乐

柳宗元与刘禹锡自同登进士起便互为知己，风雨同济整整二十六载，堪称当世楷模。

永贞革新失败后，两人一同被贬，柳宗元向刘禹锡发出“晚岁当为邻舍翁”的邀请，许下老来同住的约定，就此分别。

元和十年春，两人分别从贬谪地被召回长安，十年离散，一朝重聚。这份喜悦不过持续两个月，朝廷的政令就下来了，二人仍是外派，只是换了个地方。柳宗元被改派为柳州刺史，刘禹锡为播州刺史。播州即当今的贵州遵义，相对于柳州来说，地势更偏僻，环境也险恶得多，刘禹锡此番上任还要带着八十多岁的母亲，其母恐怕是凶多吉少。

柳宗元得知后，竟然冒着顶撞朝廷的罪名，自请用条件稍好些的柳州换刘禹锡的播州。他做出这个决定全然是因为他曾经的遭遇，十年前柳宗元初次遭贬，其母年迈随之前往，结果因为环境恶劣水土不服，第二年便去世了。推己及人，柳宗元不愿自己的友人和自己有同样的遭遇，便提出了“以柳易播”。

最终在当朝宰相裴度的帮助下，刘禹锡得以改判到连州。

宦海沉浮，经历多年人情冷暖，柳宗元仍能舍己为友，是情深使然，亦是品性使然。

知识小问答

下列不属于词牌的是：（　　）

A.《忆江南》　B.《凉州词》　C.《虞美人》　D.《沁园春》

白居易，唐代三大诗人之一。与元稹共同倡导新乐府运动，世称“元白”。

望月有感

［唐］白居易

自河南经乱，关内阻饥，兄弟离散，各在一处。因望月有感，聊书所怀，寄上浮梁大兄、於潜七兄、乌江十五兄[1]，兼示符离及下邽弟妹。

时难年荒[2]世业空，弟兄羁旅各西东。
田园寥落干戈后，骨肉流离道路中。
吊影[3]分为千里雁，辞根散作九秋蓬。
共看明月应垂泪，一夜乡心五处[4]同。

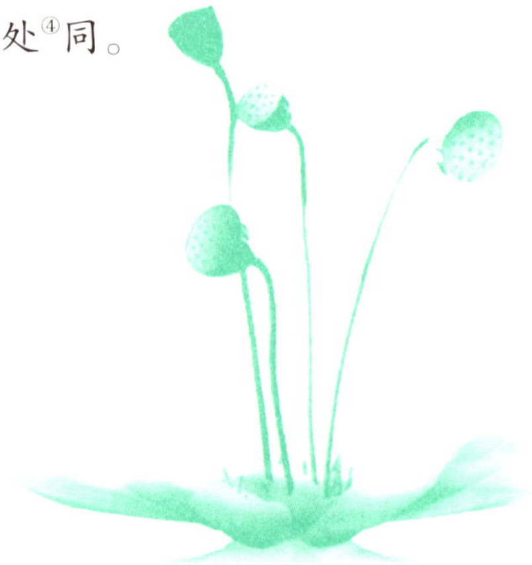

解读赏析
JIEDU SHANGXI

“漂泊分五地，愁却生一处。”

诗人不是在写诗，是借诗句来倾诉自身的离乱之苦。

乱世，秋月夜，思念分隔各地的兄弟姊妹。白居易出生于河南郑州新政县东郭宅，诗题言河南经乱，正是故乡遭难，前四句便是平直叙述，因得这场战乱，兄弟姊妹不得不抛家弃业踏上漂泊之路。如今徒留个破败家园，家人都在奔波流离的路上，家也不能称之为家了。

这份奔波还不够具体，诗人又以“千里雁”“九秋蓬”来自比，千里雁可不就是兄弟分离的景象吗？一别千里落得吊影自怜。九秋蓬是经历了离乱的兄弟们的处境，如同无根蓬草入了秋便只能随风飘散，无处可依。这是饱受战乱所苦的人的写照。

心里头该有多苦，可这份苦该如何抒发呢？诗人抬头望天，自古便象征乡愁的月偏偏来招惹他，圆圆满满地挂在天边。远方的亲友们抬头望见的也是这一轮月吧，算不算共赏呢？满天明月光能照亮这暗夜，也能照见黑暗中好不容易藏起来的人身茕茕和人心空空。

全诗不用典故，不事藻绘，只是用平常话缓慢地唠叨着，告诉你，我这一路如何乱如何惨如何孤。白居易这回望月感怀，写出了常人都懂但都不能道出的真情实感。

① 浮梁大兄：白居易的长兄白幼文。於潜七兄：白居易叔父白季康的长子。乌江十五兄：白居易的从兄白逸。
② 时难年荒：指遭受战乱和灾荒。荒，一作“饥”。③ 吊影：孤身独处，形影相伴。④ 五处：即诗题所言五处。

诗词AB面
SHICI AB MIAN

长安米贵，居大不易

白居易十六岁入长安，携带诗文去拜访顾况，以期得到赏识。顾况当时在朝中任著作郎，为宰相李泌的挚友，诗也极负盛名。

学识地位皆不一般的顾况难免高傲，见白居易不过是个初出茅庐的无名小子，就有些瞧不起，还拿他的名字调侃了两句："居易？米价方贵，居亦弗易？"长安米贵，居大不易，你籍籍无名怎么敢叫居易呢？而当他看到白居易呈上来的诗文时，又改口了："得道个语，居亦易矣。"这首诗即《赋得古原草送别》，首篇"离离原上草"。因为顾况的赞誉，白居易得以在长安名声大噪。

名人万花筒
MINGREN WANHUATONG

白居易：长安确实居不易

在来长安求取功名之前，白居易已经在江浙一带独自漂泊了数年。好在才学斐然，十六岁便得到顾况的赞赏，年少成名，同时期写下《咏王昭君》诗二首，引得争相传抄。彼时长安入夏，炎热难当，冰块极贵，白居易却因为名气可以免费取用。

可毕竟是长安城，即便诗名大噪，并不能真的让他飞黄腾达，依旧要自己努力走上仕宦之路。事实上白居易出身寒门，想做官只能依靠苦读，生活艰苦不说，常常不眠不休，竟累出一场大病，险些丧命，当时他才刚满十八岁，偶然照镜子已经发现了皱纹和白发，怆然写下"年少已多病，此身岂堪老"，同时段又收到父亲来信，由于物价飞涨，家里生活日益拮据。年少的白居易这才体会到何谓"长安居大不易"，也是在那时，他确定了要通过科举考取功名的志向。

随后自长安归乡，日日在家苦读，文章有了长足的进步。在这期间偏偏祸不单行，他的小弟白幼美病死了，不久，父亲又病逝，家中的经济来源因父亲离世跟着断了，负担陡然加重，一时之间饭都吃不饱。万般苦痛下，白居易写下的这首《望月有感》，便是他家中的真实写照。后他又为了生计与前途，四处奔波投靠。

直到贞元十五年，白居易赢得乡试，再次进京得以进士及第。

这一路他走得不易，由于废寝忘食地苦读，他的身体也已未老先衰了，这在他写给元稹的《与元九书》中可以窥见。"二十已来，昼课赋，夜课书，间又课诗，不遑寝息矣。以至于口舌成疮，手肘成胝。既壮而肤革不丰盈，未老而齿发早衰白；瞥瞥然如飞蝇垂珠在眸子中者，动以万数，盖以苦学力文之所致，又自悲。"

知识小问答

西湖白堤的得名与哪位诗人有关？ （　　）

A. 白居易　　B. 李白

鲍溶，字德源，唐朝诗人。

春日言怀

［唐］鲍　溶

湛湛[①]琴前酒，期自赏青春。
胡为缄[②]笑语，深念不思身。
寂寂花舞多，嘤嘤[③]鸟言频。
心悲兄弟远，愿见相似人。
江界田土卑[④]，竞来东作勤。
岁寒虚尽力，家外无强亲。
杳窅[⑤]青云望，无途同苦辛。

解读赏析

JIEDU SHANGXI

“人生不易，也要足够相信。”

《春日言怀》是诗人鲍溶感怀所作，记叙了自己在春日独自饮酒、思念远方兄弟的事情，描写了自己在田间劳作的场景，从而抒发了诗人的感怀身世之痛、悲切愁苦之感、深念思亲之情，情真意切，令人动容。

首两句展现了诗人独自观赏春景、饮酒弹琴的情景，“自”字体现了诗人的孤寂独处。可是就连鲜花也是抱团锦簇，鸟儿更是相互唱和，“多”和“频”则是从反面衬托出了诗人的孤身一人。这鸟语花香的春日丽景诗人都无暇欣赏，只是缄默深思，从而引出下文。

下两句直抒胸臆，和家中的兄弟相隔甚远，诗人心悲，宁愿见到一个和兄弟相貌相似的人，以此缓解相思之苦，这体现了诗人想见到兄弟的迫切之心。为何如此迫切？因为家中除了兄弟已经没有别的亲人了。诗人继而描写自己在田间辛勤劳作的场面，天气寒冷的时候也要费尽力气，这体现了诗人生活之艰辛。

诗人年华逝去，远离兄弟，农田耕作，别无亲人，这一切不幸的境遇使他作诗述怀。全诗感情真挚深沉，自然流露出诗人内心的孤寂，蕴含了凄凉之感，抒发了思念之情。

① 湛湛：清明澄澈的样子。② 缄：收敛。③ 嘤嘤：鸟叫声。④ 卑：贫瘠。⑤ 杳窅（yǎo yǎo）：幽深高远的样子。

诗词AB面 SHICI AB MIAN

古人的农业智慧——因土制宜

“江界田土卑，竞来东作勤。”既然农田的土壤贫瘠，那为何还要辛勤劳作呢？原来，古人们早就对土壤和肥料有了认识，不仅把土壤分类，还提出“土宜”，什么土壤种什么作物都是有讲究的。例如黄土、白土宜种禾，黑土适合种黍和麦，赤土最好种豆。

古人不仅把土壤按颜色分类，也按性质将土壤分为强土和弱土、重土和轻土、肥土和瘠土、燥土和湿土、生土和熟土，等等。假如栽种作物的土壤不合用，古人也有办法来改良土壤的性质，使它适合庄稼作物的生长。

强土是过于坚硬的土，在开春的时候先犁再耙，等到土上长满草的时候，再翻一遍，下过雨之后再犁一遍，直到土中不见硬块为止，这可以使强土弱化。而弱土想要变成硬土，就在杏树刚开花的时候犁一遍，等到花落再犁一遍，每犁完一遍就压一遍，等到长草之后，再犁再压如此反复，若是极其松散的弱土，还可以让牛羊牲畜在土上践踏，可以使土质变得更坚硬一些。

总之，古人们总是仔细研究土壤的性质，加以改良让它符合生产的要求，经过几千年世世代代的努力，全国许多不宜耕种的土地都变成了肥沃的农田。

名人万花筒 MINGREN WANHUATONG

鲍溶：入世还是避世，这是一个问题

诗人鲍溶家境贫寒，曾经苦苦追求功名，虽然考取了进士，仕途却是一片坎坷。身世的不幸、命运的不顺和家国的动乱使他看破世事，最后抛下名利游历四方。安史之乱以后，大唐国力日益衰微，文人士子们都沉迷于求仙问道来寻求依托。鲍溶四处游历，拜访过不少古刹道观，也结识了一些僧道名家，鲍溶在他们的熏陶教导下，对求仙问道有了一些独特的见解和感悟。他所求的不是羽化登仙，而是心灵上的寄托。

他在入世和避世之间矛盾挣扎，一方面他羡慕僧道们那种不理俗世的静逸生活，常常借仙人事迹作诗来表达对世事的不满厌弃。另一方面鲍溶常年游历，深入底层，他看到了百姓生活的艰苦，忧心至深，常幻想以仙术解救百姓，又或是有一处世外桃源让百姓安居乐业。鲍溶对安逸的生活是十分向往的，可是国家战乱的现实又将他从幻想中拽出来，而仕途的坎坷又在他的心中埋下黑暗的种子，让他举棋不定。晚年的他病卧床榻也依旧关心国家大事，听闻好友李益出任淮南节度使的消息欣喜若狂，流露的都是对祖国未来的期待。

知识小问答

晚唐诗人、诗论家张为著《诗人主客图》，尊鲍溶为（　　）。

A. 清奇雅正主　　B. 广大教化主　　C. 博解宏拔主

本章知识小问答答案

第 071 页　正确答案：A. 华山以东

第 073 页　正确答案：B. 辛弃疾

第 075 页　正确答案：A. 试借君王玉马鞭

第 077 页　正确答案：C. 小米

第 079 页　正确答案：C. 李煜、李商隐

第 081 页　正确答案：C. 上都

第 083 页　正确答案：A. 苏轼《赠刘景文》

第 085 页　正确答案：C. 温庭筠

第 087 页　正确答案：A. 红颜弃轩冕，白首卧松云。

第 089 页　正确答案：B. 宋太宗赵光义

第 091 页　正确答案：B. 杜甫

第 093 页　正确答案：B. 花之隐逸者

第 095 页　正确答案：B. 张九龄

第 097 页　正确答案：B.《凉州词》

第 099 页　正确答案：A. 白居易

第 101 页　正确答案：C. 博解宏拔主

思念篇

拿什么思念你，我的亲人们，是一轮明月，还是一封家书？我有所念人，我有所感事，而你所在之处，即是我不得不思念的天涯海角。

张籍，唐代诗人，为韩愈大弟子，其乐府诗与王建齐名，并称“张王乐府”。

秋　思

［唐］张　籍

洛阳城里见秋风，
欲作家书意万重[①]。
复恐[②]匆匆说不尽，
行人[③]临发[④]又开封[⑤]。

解读赏析

JIEDU SHANGXI

“何处合成愁，离人心上秋。”

乡愁诗总爱以“秋”起兴，秋风一起，总能吹动宦游在外的游子襟怀，张籍同样也是被秋风撩拨了，怀着满腹乡愁提笔作家书。通篇不诉离愁只叙事，每一处细节都丰盈可见，天下游子瞧了他写的这宗事，都觉得自己是被张籍监视了。

叙事必先有三要素，时间地点人物，前两句张籍都给到了，洛阳起了秋风，诗人心思一时难以平复，只得写封家书以寄相思。结构中该有的起因也有了，全赖着秋风乍起。“见”秋风，便有了“欲”，但此刻“意万重”，该如何在书信中表达呢？诗人却弃笔不言书信内容，直接就转到了书信已成，递给捎信人的场景。

“匆匆”二字承接前因，本就是乡愁乍起而写的家书，说是匆匆也不足为奇，况且那时候一封家书的分量可比如今视频通话珍重得多，生怕一句话没说明白就起了误会，更怕有些重要的话忘记添了进去，毕竟前面说的“意万重”实在是“说不尽”，于是又从捎信人那里取回来打开再检查一遍。

见秋风起万重乡愁，匆匆落笔难以诉尽，反复查看还不行，临近书信寄走还要打开验视一番。试问，哪个离家的人没有过这样的纠结呢？这种琐碎平淡的愁苦，总是掩盖在人生更大的愁苦背后，虽“此恨人人有”，最终只张籍写了出来。

① 意万重：极言心思之多。② 复恐：又恐怕。③ 行人：指捎信的人。④ 临发：将出发。⑤ 开封：拆开已经封好的家书。

诗词AB面
SHICI AB MIAN

“秋风句”与“鲈鱼莼菜”的妙缘

首句“洛阳城里见秋风”起乡愁，是化用了晋人张翰的典故。《晋书·张翰传》中曾言：“因见秋风起，乃思吴中菰菜、莼羹、鲈鱼脍，曰：‘人生贵得适志，何能羁宦数千里以要名爵乎！’遂命驾而归。”从字面上看，是张翰说因为起了秋风，忍不住开始想念家乡的几样时令菜，随即放弃了仕途前程，匆忙归乡。张翰为美食而弃官归乡一事成为美谈，常为文人咏叹。除却本诗中“见秋风”说，元白也曾笑眯眯地写过类似诗句。

元稹道：“莼菜银丝嫩，鲈鱼雪片肥。”白居易也写：“犹有鲈鱼莼菜兴，来春或拟往江东。”

贫苦张籍：付不起药钱而害眼三年

张籍家贫，后拜师于韩愈，好容易考上进士，却因性子耿直不善逢迎，候官三年都没有职位，偏逢家中母亲病逝，又回乡居丧。其间贫困到吃不起饭，韩愈专程写信嘱托诗人贾岛救济一番。

当时张籍的诗写的都是“家贫常畏客”这样的句子，吃不起饭，更怕招待客人。后来张籍罹患眼疾，“长安多病无生计，药铺医人乱索钱”，困窘到出不起药钱，快要成了瞎子，最终仍是韩愈出手相助，写信给时任浙东观察使李逊，说服其为张籍出了医药费，眼疾生生拖了三年，终于治好。

名人万花筒
MINGREN WANHUATONG

张籍：吃了杜甫的诗就能变强

文章与吃喝牵扯到一处，在古代文人交际圈里并不少见。宋代诗人苏舜钦就有用《汉书》下酒的美谈。相比之下，“张籍吃诗”是一桩痴谈，起因竟然是他实在是太崇拜杜甫了，恨不得脱胎重生，想通过肚肠消化杜诗来让自己重生。

某日天朗气清，张籍的好友登门拜访，刚一进门就发现张籍正捧着个海碗在烧纸，碗是空的，纸并非空白，而是写满了杜甫的诗。等纸烧完拢了灰搁在空碗里，用蜂蜜卖力搅拌起来。友人正好奇这是哪一出，却见张籍已经大口大口吃了下去。张籍也并非穷到吃不起饭啊，怎么会在这里吃蜂蜜拌灰呢？张籍吃完才想起友人还在一边瞧着，只得解释了一番。

“吃了杜诗，我便能写出和他一样好的诗了。”

友人：“……”

够痴，够绝，痴绝得令人咋舌。

后来《秋思》中“复恐匆匆说不尽，行人临发又开封”句，与杜诗“烽火连三月，家书抵万金”同为千古名句流传至今。不知道是不是这几捧纸灰起了作用，张籍的诗才得以可与杜诗一较奇崛，单论《秋思》，七绝叙事，他观察入微，细腻柔情，同样是家书，一个是张籍式温情脉脉，一个是杜甫式苍凉悲壮，各有千秋。

知识小问答

元曲在元代被称作？（　　）

A. 新诗　　B. 新词　　C. 新曲　　D. 新乐府

岑参，盛唐时期边塞诗人，与高适并称“高岑”。

逢入京使①

［唐］岑 参

故园②东望路漫漫③，
双袖龙钟④泪不干。
马上相逢无纸笔，
凭君传语⑤报平安。

解读赏析
JIEDU SHANGXI

“偶遇入京使，愿君传平安。”

唐玄宗八年（749年），岑参远赴安西（今新疆库车县）上任，在途中偶遇信使，因此写下此诗。《逢入京使》不仅记述了诗人与信使的马上偶遇，更是抒发了自身的离愁别绪和对亲人的牵肠挂肚。

诗人久居长安，此次西去赴职，长路漫漫，只能东望故园，依依惜别。一想起家中亲人，泪如雨下，沾湿了双袖，“泪不干”更是将诗人的悲恸哀痛推向极致，给人留下刻骨印象。诗歌前两句描写了诗人在赴任途中回望家乡感到忧伤悲痛而黯然泪下的样子，这奠定了全诗的感情基调，为下文做铺垫。

就在诗人潸然落泪之际，他巧遇了可以向家人带去消息的入京信使，这又是一件多么值得欢呼雀跃的事情啊！可是短暂的马上相逢却没有纸笔来书写思念，没有时间来详说近况，只能拜托信使捎去简单的口信。诗歌后两句记叙了诗人和信使相逢，让信使给家人捎口信报平安的事情，从侧面烘托出诗人对家人的挂念，也表达了诗人的欣慰之感。

全诗的文笔简洁洗练，情感细腻曲折，将相思和眷恋通过东望故园、泪湿双袖和信使传信流露出来，刻画了一个深入人心的思乡游子形象。

① 入京使：地方军政机关派去京城办事的信使。② 故园：故乡，指长安。③ 漫漫：漫长遥远的样子。④ 龙钟：沾湿淋漓的样子。⑤ 传语：捎口信。

诗词AB面
SHICI AB MIAN

中国古代的信使——邮驿

自上古时期，我国就有了邮驿制度，主要以步行、乘车或骑马来传递消息，又称驿传，这是我国历朝历代设立的官方通信形式，以传递文书信件为主。在汉武帝前后时期的文献中正式出现了“驿”，之后的各个朝代对邮驿的重视无以复加，且律法严明，制度完备，发展至水陆皆通，保证信息传递的迅速、准确和安全。

唐朝时大修驿道，建立驿馆。驿馆分为陆驿和水驿两种，每个陆驿有八到七十四不等的马，每个水驿有二到四只不等的船，按照规模的不同，大的叫作驿，小的叫作馆。驿馆每三十里便有一处，根据地形的不同也会稍加变通。在当时，全国设驿一千六百多处，陆驿有一千两百多处，水驿有两百六十多处，水陆兼办的八十多处，且每座城的驿道都从城中辐射至郊外四周，再各自连接起来，这就形成了一个庞大的通讯网络。

奔走停留在各个驿馆，传递消息的人就是驿使，他们不能无故地滞留驿馆，这是为了确保消息的快速传递。诗人岑参也在《初过陇山途中呈宇文判官》中描写了唐朝时的邮驿，“一驿过一驿，驿骑如星流；平明发咸阳，暮及陇山头。”当时的邮驿盛况皆浮现眼前。

名人万花筒
MINGREN WANHUATONG

岑参：历经千辛万苦也要赴安西

岑参不愿在朝廷担任一个默默无闻的小官，反而向往边塞奇异风光。在三十六岁这一年，他决心从军赴边。经过半月余的准备，岑参告别妻子儿女、同事好友，带着简单的行李和建功立业的壮志，踏上了西去的漫长道路。

在征途中的一天，接近晌午的时候，岑参在不毛之地遇见了一人一马，两人虽不相识却也倍感亲切，便交谈起来，那人竟是回京办事的幕府书记。岑参把自己在长安的家庭地址告诉了他，请他把自己平安的消息带给家人，幕府书记也应承了。为了不耽误行程，两人只能匆忙告别，临行前，岑参吟《逢入京使》一诗送给了他。

“走马西来欲到天，辞家见月两回圆。”（《碛中作》）离家两个月还仍未到达目的地安西，岑参心中不免着急，却也只能一程又一程地奔波。当他到达安西的时候接近日暮，被当地人告知他所要去的营地还要往西走一段路程，岑参心中无限感慨：“为言地尽天还尽，行到安西更向西。”（《过碛》）随行小吏听见这首诗也为之动容，对岑参十分殷切，让他在西行道路上，冰天雪地里感到了一丝温暖。

知识小问答

辛弃疾词“千金纵买相如赋，脉脉此情谁诉”与哪位历史人物有关：（ ）

A. 班婕妤　B. 陈阿娇　C. 梅妃

王维，字摩诘，唐代诗人，在诗歌、绘画、音乐等方面均有天赋，有“诗佛”之称。

杂诗三首·其二

［唐］王　维

君自故乡来，应知故乡事。

来日绮窗①前，寒梅著花②未？

解读赏析

JIEDU SHANGXI

“寒梅开花，是我归期。”

本诗是王维拟用江南乐府之格所作的三首杂诗中的第二首。记叙了客游之人遇到故乡来人，询问故乡之事的场景。一方面表现了游子对故乡的思念，另一方面则体现了诗人对于梅花的喜爱。

前两句交代本诗写作大的背景和情境——客游在外的游子在他乡遇到了故乡的来人，内心自然是无比激动，于是赶忙询问故乡的事情。就一般而言，游子在外，遇到故乡的亲旧，肯定要问问家里那些琐碎，最起码也要问问亲人的身体状况，家事是否顺利，等等。但王维并没有这样，他别出心裁地在第三、四句提出：“您来的时候，我家绮窗前的梅花开放了没有？”这株梅花只是一棵普通植物，但如果对这株普通植物都如此上心，遑论其他呢？这里诗人的心思不仅仅是现实中故乡家里窗前生长的那株梅花，更可以被认为是对家里亲人及其他一切事物的关怀和思念。以小见大，以寒梅为故乡象征和自身情感的寄托，既体现了诗人写作技术的高超，又可以看出诗人内心情感的浓重。

本诗只是一首简短的五言绝句，语言简练质朴，没有雕琢的痕迹，在情感表达中却呈现出起落曲折的艺术效果，进一步引发读者的共鸣，达到了很高的艺术水准。

① 绮窗：雕花窗户。② 著花：开花。

诗词AB面
SHICI AB MIAN

《杂诗三首》中的其他两首

“来日绮窗前，寒梅著花未？”是王维《杂诗三首》中的第二首，语言最为精到，流传也最为广泛，甚至在一定程度上掩盖了这组诗中其他两首的光辉。但既为组诗，必须相互联系起来看，才更有味道。杂诗第一首：“家住孟津河，门对孟津口。常有江南船，寄书家中否？”可谓三首诗的缘起，交代了组诗写作的背景。作为一个久居异乡的游子，寄居于渡口之旁，看到从故乡江南而来的船只，自然要想想，不知船上有没有从家里寄来的书信。由此引出第二首，见到故乡来人，欲问家事的情景。此后第三首：“已见寒梅发，复闻啼鸟声。心心视春草，畏向玉阶生。”寒梅花已经开过，春鸟鸣叫逐渐声起，但春草层层，又向台阶边生长开来。时间越推越晚，回家却遥遥无期，从而形成对整组诗的收束。三首诗结合起来，正是一个异乡羁旅人完整的心路历程。

名人万花筒
MINGREN
WANHUATONG

才子王维的发迹史

王维是一个才子，而且是少年才子，年未弱冠，即以文章成名。他十五岁就前往京城参加科举考试，一举登第。关于他的登第，还有许多秘闻可说呢。

王维来到长安之后，在诸位显贵之间凭借才艺获得名声，尤其是得到了岐王李范的赏识。当时张九皋得到九公主赏识，九公主专门为张九皋写下帖子交给负责科举考试的考官，要提拔他当状元。这个时候王维也要参加考试，岐王便想办法让王维也获得九公主的欣赏。岐王让王维穿上华美的衣服，怀里装着他那些清秀脱俗的诗篇，提前准备好弹奏一首哀怨感人的琵琶曲，然后一同去参加九公主的宴会。

到了宴会上，王维弹奏《郁轮袍》一曲，得到了九公主的注意。岐王在一旁说：“这个年轻人不只善于音律，诗歌方面的造诣也没人能超过他。”王维将怀里的试卷拿了出来，公主读后十分震惊，说：“我以前读到这些诗句，以为是古人的佳作，没想到是你写的！”岐王又在一旁说：“这个年轻人也要参加科举，要是不当第一真的太可惜了，可惜你已经推荐张九皋了。”公主听了这话又对王维说：“你要是有意，我一定让你如愿。”后来王维就在当年的考试中获得头名状元。归根结底，才子发迹的最根本原因还是因为才华呀。

知识小问答

王维的《杂诗三首》中没有提到哪个意象？（　　）

A. 梅花　　B. 春草　　C. 行船　　D. 大雁

李商隐，字义山，号玉溪生，晚唐诗人，与杜牧齐名，并称“小李杜”。

端　居[1]

［唐］李商隐

远书归梦两悠悠，
只有空床敌素秋[2]。
阶下青苔与红树，
雨中寥落月中愁。

解读赏析 JIEDU SHANGXI

“一个人的秋天，孤单寂寞冷。”

唐宣宗大中元年（847年），李商隐入桂管经观察使郑亚幕中，随即南下，离开了妻子和刚出生的女儿。那个秋天，李商隐独自身处南方，与家人有千里之隔，写下此诗抒发寂寥忧愁和心中思念，聊以慰藉。

前两句描写了诗人的悲惨境遇。“远书”和“归梦”是游子思念亲人的心灵寄托，诗人远书无回音，归梦却不得，心中何其惆怅伤感。一个人离家千里，陪伴他的“只有空床”，也“敌”不过秋风萧瑟，他的心头缠绕着千思万绪，弥漫着孤伤悲寂。短短两句就将游子生活刻画得细致妥帖，令人深感凄凉。

屋外台阶下的青苔和红树触动了诗人的思乡情怀，他不禁回忆起了与家人相伴的日子，但是此景非彼，物是人非，雨中看景只是寥落，月夜时分更是愁苦。这两句直抒胸臆，进一步渲染了凄清悲愁的氛围。

这首诗歌的语言虽然简洁质朴，但流露出来的情感真挚深切。客居他乡、秋夜难眠，归梦不成，青苔红树，雨夜寂寥，描写了诗人常年游历在外的生活场景，表达了诗人内心的空虚寂寞和思归之情，放眼全篇，皆是对家人的深情思念。

① 端居：静居，闲居。② 素秋：秋天。古代五行之说，以金配秋，其色白，故称“素秋”。

诗词AB面
SHICI AB MIAN

五行和四季怎么搭

“五行之说”是我国古代重要的思想理论学说，影响深远。战国时期的阴阳学家们就把这种理论用于解释世间万物的变化更迭。“五行”分别是金、木、水、火、土，它们之间相生相克，与东、西、南、北、中五方，青、赤、黄、白、黑五色，春、夏、秋、冬四季相配，因此四季有了许多别称异名。

春季是四季之首，五行中属木，色青，位于东，所以春天又被称作“青春”“春阳”“东陆”“东节”等，春风也叫作“东风”。夏季位于春季之后，木生火，所以夏季在五行中属火，五方中属南，五色中属赤，赤色也是朱色，因此“炎夏”“炎天”“炎节”“火序”“南陆”“朱夏”皆是夏季别称。然五行和四季在数目上并不匹配，于是古人就将夏季的最后一个月单独划出，称作“长夏”，属土。土又生金，位于夏季之后的秋季于是就属金，色白，位西，亦称为“金秋”“金天”“素秋”“西陆”。诗人李商隐在秋季思念家人时也感叹“只有空床敌素秋”。冬季因金生水便属水，水色黑，也是玄色，位北，也是朔位，因此冬季也叫“玄冬”“朔冬”“北序”“北陆”等。

名人万花筒
MINGREN
WANHUATONG

“抛妻弃子”的诗人——李商隐

武宗会昌年间，牛、李两党相争倾轧已久，朝局动荡不安。诗人李商隐早年丧父，受到牛党令狐楚的恩惠和教导，令狐楚劝他归入牛党，可李商隐不愿卷入党派之争，结果不欢而散。可世人都将他视为牛党之人，因此他处境尴尬，仕途坎坷。

武宗逝世后宣宗即位，他十分嫌恶李德裕，李党因此失势，党中之人多遭贬谪。李商隐的荥阳同乡郑亚是李德裕的门生，从京中给事中贬至桂管防御观察使。郑亚与李商隐交好，知道李商隐在朝堂之中的不如意，也曾向自己透露另谋出路的想法，于是郑亚便诚恳地邀请他入幕。李商隐虽不涉党争，但了解局势，他认为李党比起牛党的政绩更佳，武宗去世，李德裕罢相，让他生出兔死狐悲之感。且此时，李商隐的女儿刚刚出生，家中更是入不敷出，所以和妻子商量过后，他决定随郑亚南下。

还没出发，李商隐便受到了昔日恩师的儿子令狐绹的来信，令狐绹在信中指责李商隐背信弃义，另投他党，且言语讥诮。李商隐念在往日情分，便回给令狐绹一首《酬令狐郎中见寄》，委婉地告诉令狐绹是因为自己家贫如洗才弃家别离，更何况自己若是投入李党，何必追随被贬的郑亚呢？第二日，李商隐告别了妻子女儿，和郑亚一同踏上了南下的旅途。

知识小问答

李商隐、（　　）、温庭筠三人的诗歌风格相近，且都在家族中排行十六，因此并称“三十六体”。

A. 段成式　　B. 杜牧　　C. 陈陶

史达祖，字邦卿，号梅溪，南宋著名词人。

寿楼春·寻春服感念

［宋］史达祖

裁春衫寻芳。记金刀[1]素手[2]，同在晴窗。
几度因风残絮，照花斜阳。谁念我，今无裳？
自少年、消磨疏狂。但听雨挑灯，攲[3]床病酒，多梦睡时妆。
飞花去，良宵长。有丝阑旧曲，金谱[4]新腔。
最恨湘云人散，楚兰[5]魂伤。身是客、愁为乡。
算玉箫、犹逢韦郎。近寒食人家，相思未忘蘋藻香[6]。

解读赏析
JIEDU SHANGXI

“你不在的日子，我以思念为食。”

词人史达祖和妻子的感情深厚，琴瑟和谐，妻子却不幸早逝。妻子去世后，史达祖悲恸欲绝，写下《寿楼春》一词悼念亡妻，词牌名也是词人首创。这首词写下了往昔回忆，倾诉了相思衷肠，表达了哀悼怀念。

上阕，词人回忆过往，描写了妻子为自己做春服时的场景。妻子不论晴雨、不分昼夜都在为词人赶制春衣，把爱意都随着一针一线缝进了衣裳里头。然而，现在妻子已逝，物是人非，不会再为词人缝制春衫了。词人忆起昔日，悲伤愁苦，只好依靠在床边借酒消愁。

下阕，词人直抒胸臆，抒发了对亡妻的念念不忘、哀悼痛绝以及身处异乡的哀怨愁思。时光虽然易逝，词人对妻子的爱却没有随之渐弱。临近寒食，词人对妻子的思念越发浓厚，把乡愁也压下去几分。那年婚礼，词人总是铭记于心，相思未忘。

词人从小处着笔，描写了妻子做春服时的含辛茹苦。整首词充满凄凉缠绵的基调，抒发了深切真挚的悼念之情。民国俞陛云曾在《宋词选释》中云：“此词因寻春服悼逝而作，情与文一气旋转，忘其为声调所拘，转觉助其凄韵，自是名手。”此词影响深远，后世所作悼亡词大都以此为典范。

① 金刀：剪刀。② 素手：洁白的手。③ 攲：侧向一边。④ 金谱：乐谱。⑤ 楚兰：楚地香草，代指亡妻。⑥ 蘋藻香：指婚礼。

诗词AB面 SHICI AB MIAN

清明节的姊妹——寒食节

寒食节是我国古时的传统节日，在朝代更替、时间变迁中早已与清明融为一体。寒食节原本是为了纪念春秋时期晋国介子推而断灶台炊火，是在冬至后一百零五天，清明节的前三日。宋人又将寒食节称作“百五节”“一百五”。

在宋朝，寒食节要禁火三日，当天为大寒食，前后两天为小寒食。寒食节由于禁火，宋人只能吃熟食，因此便绞尽脑汁将吃食做出许多花样来，《岁时广记》中就记载了“作麦粥”“卖稠汤”“染青饭”“蒸糯米”等多种寒食。宋朝时，还有“子推燕”这种别具特色的吃食，这是一种做成燕子模样的面食，可以用柳条穿起挂在门楣上。宋人将聪明智慧都灌注到吃食当中，寒食丰美多样，竟还出现了“馋妇思寒食”的情况。

寒食节除了禁火、蒸团、插柳，还有上冢、登山、春游、蒲博、斗百草等活动，所以寒食节也是闺中妙龄女子最开心的时候。古代礼教森严，女子不得随意出门，等到寒食节的时候，举家出门祭拜，女子才可以随之出游踏青。宋人十分注重寒食，将其与冬至、元旦并为三大节日。

名人万花筒 MINGREN WANHUATONG

纸短情长，道不尽相思

史达祖的妻子是荆楚歌姬，本为侍妾后为继室。在古代，门第等级观念根深蒂固，将一位身份卑微低下的侍妾扶为继室正妻，在当时是不合礼法的。妻子去世以后，史达祖为妻子陆陆续续地写下了十一首悼亡词，令人叹为观止。这是因为在古时男尊女卑的意识何其强烈，女子向来都只是男子的依附而已。历史上著名的悼亡诗词屈指可数，诗有潘岳的《悼亡》三首、元稹的《遣悲怀》三首、陆游的《沈园》二首等，词有苏轼《江城子·乙卯正月二十日夜记梦》、贺铸的《鹧鸪天·重过阊门万事非》等，然而史达祖一个人便写下了十一首之多，可见史达祖对妻子的爱深情长。

妻子的一颦一笑、一举一动都烙印在了史达祖的心上脑中，史达祖每每念怀妻子便写下词作，以表思念。《忆瑶姬·骑省之悼也》是史达祖专门为亡妻所写的悼亡词，《一剪梅·追感》是妻子逝世后一年的词作。春天，词人回忆妻子为他做春裳，写下《寿楼春·寻春服感念》；在街道上偶然听到卖花声想起妻子，写下《夜行船·正月十八闻卖杏花有感》。秋天，词人日思夜梦，作《玉簟凉》以纪念梦见妻子临窗梳洗的模样，因听见寒蛩声写《过龙门》怀念妻子。史达祖每每忆起妻子都作词纪念，他对妻子的深情忆念也令人感怀。

知识小问答

史达祖的《梅溪词》以“奇秀清逸”闻名于词坛，（　　）赞誉他的词“有李长吉之韵”。

A. 杨万里　　B. 姜夔　　C. 辛弃疾

李煜，字重光，号钟隐、莲峰居士，五代时期南唐的亡国之君，具有较高的艺术成就。

清平乐·别来春半

［五代］李　煜

别来春半，触目柔肠断。
砌下[①]落梅如雪乱，拂了一身还满。
雁来音信无凭，路遥归梦难成。
离恨恰如春草，更行更远还生。

解读赏析 JIEDU SHANGXI

“春草生而不绝，离恨亦难断灭。”

本词是李煜之弟从善去北宋进贡反被扣留之后，李煜思念弟弟而写的。全词语言柔美婉转，情感细腻浓厚，情景交融而浑然一体，具有强烈的李煜词作风格。

上阕最开始便直抒胸臆，表达兄弟二人别离之后的愁苦心绪：离别以来，春天已经过去一半，触目所见，诸般景色都使柔肠寸断。后二句则紧接于此，写眼中所见诸般景色：台阶下飘落的梅花花瓣如雪花一般乱舞，就算拂去，仍旧落得满身都是。在这里，作者直抒胸臆，心中的离愁别恨是静物，而眼见梅花飞舞，拂去还满则是动写，动静结合，以动写静，可以理解为作者思念兄弟之深，竟至于梅花落了满身都不拂去，更见情思之深。

下阕前两句则写兄弟二人别后再见之难：天空中大雁飞过却没有带来离人的书信，相隔路途太远以至于梦中都难重逢。后两句则将这种情绪进一步扩大加深：离恨就如同春草一般，越行越远，却更加繁盛。这里将离恨比作春草，随着距离越远，离恨越浓越深，而春草越来越繁盛，形象贴切，意味不断加深。

本词在情感上是层层递进加深的，作者从一开始提出“别”字，之后整首词的展开都是围绕别后愁苦的情绪，以至于眼见诸景、心中所思无不浸染着浓重的离愁别恨。通过作者的层层渲染铺垫，这首词具有深切的艺术感染力。

① 砌下：台阶下。

诗词AB面
SHICI AB MIAN

春草和离恨的关系

春草是春天勃勃生机的象征，只要春风一吹，便疯了似的一通乱长，不几天就密密麻麻为各地增添了春意。李煜《清平乐》词用春草形容离恨，意为随着离去的人越行越远，心中的别情却越来越浓，就如同春草一般，没有歇脚的时候。与此句表意相同的应是唐朝诗人白居易的《赋得古草原送别》“野火烧不尽，春风吹又生”之句，不仅是说野草生命力顽强，更意味着送别之情经久不息，萦绕在人心头。此外，用春草来寄托思念的还有唐人张旭、唐彦谦等，都具有很强的感染力。

帝王之家的兄弟情

李煜是帝王，更是充满情分的帝王。自古帝王多薄情，身在政治场中，心中充满政治权谋，于是便抛舍了亲情、友情、爱情，只剩下权术、利益、斗争。唐代太宗李世民为争夺皇帝之位，在玄武门外杀死长兄李建成、三弟李元吉。宋初太宗赵光义为了登上帝位，烛影斧声，亲手杀死长兄太祖赵匡胤，被两宋的文人一遍遍提起。明代英宗朱祁镇和代宗朱祁钰之间的权力斗争更是影响了整个明代官场风气，为后世留下巨大的政治隐患。这样比较而言，李煜固然是亡国之主，却更加温情可亲。不过换句话说，他的温情可亲，和南唐的灭亡，也未必没有联系。

名人万花筒
MINGREN WANHUATONG

那些充满艺术气息的帝王

当皇帝在中国古代可从来都不是一个轻松的活儿，皇帝每天很早就要起来召见朝臣，还要批阅奏折，经年累月，没有休息的时候。所以帝王的生活奢华富贵，却被各种礼仪规矩牢牢缚住，并不一定有趣。能够正儿八经开展艺术创造的帝王，可谓凤毛麟角。

除过五代南唐时期的李璟李煜父子之外，以文学创作著称的帝王还有曹丕，曹丕和他的父亲曹操、弟弟曹植在文学史上共称“三曹”，他们的作品代表了汉魏文学，特别是诗歌发展的方向和潮流，具有十分重要的意义。

北宋末年的宋徽宗则在书法绘画艺术史上留下鼎鼎大名。他自创的“瘦金体”独步书坛，挺拔而秀丽，飘逸又犀利，受到无数书法名家及书法爱好者的追捧和模仿。他一方面自己创作了《柳鸭图》《池塘晚春图》等绘画作品，另一方面扩充政府画院，形成了影响中国绘画艺术发展的画院派风格，同时直接影响和促发了如王希孟《千里江山图》、张择端《清明上河图》等名作的出世。

但必须要说明的是，在封建社会，帝王一身系百姓存亡，过分沉湎于艺术创作势必会影响整个国家的发展进步，宋徽宗就是北宋靖康之变最主要的责任人。一方面我们不能忽视他们的艺术贡献，另一方面不能因为这些贡献而忽视其背后百姓的苦难和国家的兴亡。

知识小问答

以下哪一位帝王更加温情？（　　）

A. 赵光义　　B. 李世民　　C. 李煜　　D. 朱祁钰

白居易，字乐天，晚年自号香山居士，传世有《白氏长庆集》。

邯郸冬至夜思家

［唐］白居易

邯郸驿[①]里逢冬至，
抱膝灯前影伴身。
想得家中夜深坐，
还应说着远行人。

解读赏析
JIEDU SHANGXI

“思念总是互相的。”

本诗记述了诗人冬至之日，客游在外，寄居于邯郸驿站之中，眼见灯影憧憧，即生出形单影只之感，兴起万里思家之情，遥想家中亲人团聚，或许正在思念自己这个孤独游子吧。全诗语言质朴自然，但其情感浓烈真挚，表达了一个游子身在异乡的孤苦和对家乡亲人浓重的思念。

首句交代了本诗写作的时间和地点等背景，冬至本来应该是亲人团聚的日子，诗人现在却飘零在外，寄居于驿站之中。第二句则紧接于此，将首句所传达出来的离乡之愁加以点明和加深：在驿站之中，我一个人抱膝而坐，灯下只有身影为伴。后两句则与前两句写眼前实景不同，开始运用想象手法，描写所未见到的虚景：今天是冬至之日，合家团圆，想得家中众人夜深团坐，也还在说着我这远行的人吧。因为自己的远游，使得全家人的佳节过得也不舒心，通过描写对家人节日行为动作的想象，特别是这些与自己还切身相关，更能体现出作者对亲人的思念。

整首诗将眼前所见与心中所想有机融合，采用虚实结合的叙事手法，不用一个“思”字，却充分表达了作者所要传达的思念，语浅而情深，实现了情境交融的艺术效果。

① 驿：驿站。

诗词AB面
SHICI AB MIAN

冬至日也是团圆日？

今天的人们提起冬至，只能想到这一天要吃水饺汤圆，却不知道，在古代，冬至日也是重要的家庭团圆之日。冬至是二十四节气之一，而且是最重要的节气之一。地理学意义上，冬至日太阳光直射南回归线，北半球日照时间全年最短。所以古人认为，在冬至这一天，阴气最盛，但这也意味着从这一天开始，阳气逐渐兴起，因此这一天是大吉之日，被认为是新一年的开端。现在，还有很多地方依旧将冬至日称作“小年”，这一天人们要祭祖、团聚，成为很重要的节日风俗。

历史名城——邯郸

邯郸是中国古代最著名的城池之一，只就成语而言，邯郸就诞生出“邯郸学步”“完璧归赵”“纸上谈兵”“黄粱美梦”等著名成语，邯郸也被称为“成语之乡”，而这也与邯郸自身悠久的历史有关。邯郸在先秦时期是赵国的首都，繁华富庶，具有很高的政治地位。正是在这一段时间内，邯郸牵动了天下人的眼光，随着赵武灵王、蔺相如、廉颇、李牧等英雄人物的轮番登场，随着战国秦赵烽火的逐步点燃，共同为邯郸增添了别样的历史和人文魅力。直到今日，在邯郸漫步，随处都可以找到历史的痕迹。

名人万花筒
MINGREN WANHUATONG

白居易的家族秘史

白居易是大诗人、文学家，也是心系百姓的好官。他的名声，早在唐代就朝野皆知，甚至远播海外，备受敬仰。不过人们在研究白居易的生平时，往往关注白居易的个人成就，忽视了对白居易家族史的研究。殊不知，白居易的家族史，也是世间独一无二的传奇。

白居易的父亲名叫季庚，母亲陈氏，是白季庚的第二位妻子。很多历史学家根据白居易家族的墓志铭推断出，这位陈氏夫人既是白季庚的妻子，又是他妹妹的女儿。舅甥之间结为连理，是十分有违伦理的婚姻关系。而这样的婚姻关系之所以能够达成，历史学家则给出了他们的解释：白居易家族有胡人血统，而这些胡人受唐朝时期波斯拜火教的影响，并不忌讳近亲结婚，即使法律明令禁止，近亲结婚依旧得以实行。

白居易的母亲据说患有精神疾病，最后在看花的时候失足跌入井中去世。陈氏的两个亲生儿子——白居易和白行简，都是当时很有名气的才子。白居易擅长诗歌，白行简则擅长传奇，他所写作的《李娃传》体现了中国唐代传奇艺术发展的高峰，为后世小说的出现奠定了基础。除这两个儿子之外，白季庚的前妻也留下了一个儿子——白幼文，白季庚本人早逝，全靠长子幼文扶持弟弟们成长，白幼文去世的时候，白居易专门写了祭文悼念，说自己听到长兄逝世，“心骨俱碎”，可见兄弟之间情感之深。

知识小问答

陆游给前妻唐琬的《钗头凤》写在哪里：（　　）

A. 墙壁上　　B. 手帕上　　C. 信笺上

杨万里，字廷秀，号诚斋，南宋杰出爱国诗人。

寒食上冢

［南宋］杨万里

迳直夫何细！桥危可免扶？
远山枫外淡，破屋麦边孤。
宿草春风又，新阡[1]去岁无。
梨花自寒食，时节只愁予。

解读赏析
JIEDU SHANGXI

“梨花快要开放，我还是忘不了你。”

本诗是南宋诗人杨万里的一首五言律诗，描写了自己在寒食那天去墓地祭奠故人路上的所见，流露出对故人的些许思念、淡淡闲愁。全诗风格清新雅致，语言流畅自然，是宋人五律的代表性作品。

诗歌前三联都写去墓地途中所见到的景致。小路长且细直，沟渠间桥梁支得很高，晃晃悠悠，好像等着人扶。远处山间的枫树，叶色浅淡朦胧。麦田边的小屋，残破而且孤单。春天到来，一夜春风吹拂，野草萌发新芽。今年走的这条新路，去年走的时候还没有。在描写这些景物的时候，诗人采用了远近结合的手法，状物细致，恍然如在眼前。通过这些描写可以看出，诗人是独自前去扫墓的，而且墓中的故人离开人世已经不止一年。故人葬在山野之间，或许与扫墓的诗人和麦田边的破屋一样，也会觉得孤独。而颈联所写路的变化其实暗含更深层的哀愁，人死之后，世事变迁，现世的变化更无由向故人诉说，这种孤独感是难以言说的。只是临近寒食，梨花即将开放，“我”的哀愁加深了而已。尾联语气平淡，却紧承前三联的情绪并加以点明，不论语气还是情绪来说都是很好的收束。

全诗言情但情感并不浓烈，不论写景状物还是直接表情达意，所表达出来的情绪都是淡淡的，故人离世不止一年，这正是对自身心绪和现实生活的客观描写。

① 阡：南北方向的田埂。

诗词AB面

SHICI AB MIAN

“阡”字的含义

在中国古代文学中，“阡”与“陌”通常连用，其中“阡”指南北方向的道路，而“陌”指东西方向的道路。曹操《短歌行》中有“越陌度阡，枉用相存”，陶渊明《桃花源记》也有“阡陌交通，鸡犬相闻”之句。清代唐孙华的《春日病中杂咏》则写道：“却羡田间多野老，往来阡陌杖藜轻。”其中所言“阡陌”，均是指互相交错的小路。“阡”本意来源于“千”，“千”指空间，人向南为生，向北为死，“阡”就指南北向小路，也指通往坟墓等具有死亡意味的小路。“陌”本意来源于“百”，“百”指时间，从日出到下一个日出之间，太阳东升西落，“陌”就有了东西方向小路的意味。

寒食：纪念亡者的节日

寒食是中国传统节日，通常在清明前一天，据说是为了纪念介子推而设立的。介子推是春秋时期晋国大夫，晋文公重耳逃难期间，介子推不离不弃。一次重耳数日没有吃饭饿晕过去，介子推割下腿上的肉给他吃。后来重耳回到晋国成为国君，封赏众人，只有介子推不提起自己的功绩，背着母亲隐居在绵山。重耳听说介子推隐居，后悔莫及，但绵山重重，无处寻找。重耳下令放火烧山，直到大火熄灭，子推母子依旧没有踪影，人们在一棵大树下发现了他们的尸体。重耳为纪念他，每年的这一天不吃热的东西以避免烧火，这一天因此得名“寒食”。

名人万花筒

MINGREN WANHUATONG

那些村儿里的诗人

诗歌来源于生活，而人们的生活总是多样的，是人们善于为生活添加上诗的风采。在中国古代，有许多诗人居住在山村，他们笔下的乡村田园，是饱含诗意的。

陶渊明可谓最著名的田园诗人了，他从彭泽令任上辞官隐居之后，写作《归田园居》组诗五首，均是描写乡村生活和田园风光的名篇。特别是第一首，“开荒南野际，守拙归园田。方宅十余亩，草屋八九间。榆柳荫后檐，桃李罗堂前。暧暧远人村，依依墟里烟。狗吠深巷中，鸡鸣桑树颠。”描写细致生动，广为流传。

唐代大诗人王维曾在蓝田修建辋川别墅，接触到了田园生活，创作了一批优秀的田园诗歌，具有代表性的作品就是《渭川田家》：“斜阳照墟落，穷巷牛羊归。野老念牧童，倚杖候荆扉。雉雊麦苗秀，蚕眠桑叶稀。田夫荷锄至，相见语依依。即此羡闲逸，怅然吟式微。”全诗清新流畅，不加雕饰而诗意盎然。

到了宋代，更有一大批诗人依据他们的乡村生活经历写出了大量田园诗词，具有代表性的包括苏轼、范成大、杨万里、辛弃疾、陆游等。经过这些诗人的共同努力，乡村田园题材成为中国古典诗词海洋的重要选题，田园诗成为中国诗词花园中的一朵奇葩。

知识小问答

寒食这一节日是为了纪念哪位亡者设立的？（　　）

A. 介子推　　B. 重耳　　C. 杨万里　　D. 壶叔

王建，字仲初，唐朝诗人，与张籍齐名，世称“张王乐府”。

十五夜①望月寄杜郎中②

［唐］王　建

中庭③地白④树栖鸦，
冷露无声湿桂花。
今夜月明人尽望，
不知秋思落谁家？

解读赏析
JIEDU SHANGXI

“让明月把我的思念带给你。”

中秋佳节，明月高悬，清辉遍地，人望秋思。这首《十五夜望月寄杜郎中》便是诗人王建在农历八月十五的望月感怀之作，诗歌细致生动地描绘了一幅中秋月夜的凄美幽静之景，深情地抒发了诗人对友人的牵记驰念。

诗歌的首两句，诗人精细灵动地用庭院月色、树梢鸦影、露湿桂花来绘制了一幅绝妙的月夜秋景图，渲染烘托了凄清寂寞的氛围，为下文抒发思念做铺垫。诗词运用的简洁之语也是隐含韵味，“无声”二字体现了深夜的寂静安宁和诗人的体察入微；“湿桂花”语意双关，既是描写景致也隐指中秋之夜；而“落”之一字更是新颖别致，妥帖恰当。

后两句诗人表达了对远方友人的怀念牵挂。人人都在中秋之夜遥望明月，但是这秋思究竟落向何处呢？诗人虽以反问作结，思念却不言而喻，疑问更似感叹，反衬出诗人的秋思之浓和怀友之深，营造了月明人远、别离思深的意境。

这首月夜怀人之作清峭婉转，语言明丽，构思新奇，描写了中秋时花香月魂的唯美景色，富有画面感，也抒发了对友人的深切思念，情感细腻婉转。清代丁仪在《诗学渊源》中评价王建的诗歌“思致委曲，韵语如流，情真意挚，体会不尽”，而此诗更是典型之作。

① 十五夜：农历八月十五。② 杜郎中：王建好友杜元颖。郎中：官名。③ 中庭：庭中，院子里。④ 地白：月光满地的样子。

诗词AB面
SHICI AB MIAN

仲春祭日、仲秋祭月——中秋节的来源

俗话说："祭日祭月不宜迟，仲春仲秋刚适时。"上古时期，帝王就有春天祭日、秋天祭月的传统礼制。按照传统，帝王要在春季二月十五的早晨祭太阳，秋季八月十五的晚上祭月亮。那么为何要在四季之中选择春、秋两季呢？这是因为在商代和西周前期，古人将一年只分为春秋二季，用"春秋"来指代一年。四季刚出现时的顺序是"春秋冬夏"，在西周中期才正式地规范为春夏秋冬四季，祭日祭月的帝王礼制依旧保留下来，祭月的这一天慢慢演变为如今的中秋佳节。

我国古代把四季的每三个月分别称作孟、仲、季，八月十五正好是秋季的正中，因此这一天被称为"仲秋"或"中秋"。魏晋之时，就有了中秋赏月的活动，但是并未形成习俗传统。在六朝以前，端午比中秋更受重视。到了唐朝，中秋祭月的礼制被达官贵人争相模仿，因此祭月、拜月、赏月的习俗逐渐从宫廷流传至民间。宋朝时期，这种风俗更甚，北宋太宗就将八月十五这一天正式定为中秋节。在明代之后，月饼已经成了中秋节的必备食物。

名人万花筒
MINGREN WANHUATONG

王建酒醉误事，写诗赔礼保诗

唐朝穆宗时，诗人王建写了百首《宫词》来描写唐朝宫廷中发生的种种琐碎细事，而这些诗的背后还隐藏了一段小小故事。

王建和时任枢密使的内廷太监王守澄交好，之后还互认了本家，更甚亲密。有一次，两人相约聚饮，谈天说地，王建喝多了酒，迷迷糊糊地和王守澄谈起了恒帝刘志和灵帝刘宏。恒、灵二帝是东汉时的两位皇帝，昏庸无道，宠信宦官而迫害官员文人，导致朝局动乱。王建批判桓、灵二帝过分信任太监而耽误国事，而王守澄认为王建这是在讽刺自己，恼怒非常，便故意责问王建是如何知晓宫中秘事而写成《宫词》的。但这时王建已经醉倒，答不上来。王守澄只好气呼呼地独自离开了。

翌日，王建在酒醒之后想起了这件事情，后悔不堪，担忧王守澄诬告自己。王建便连忙写了一首诗给王守澄，以此解释，这首诗便是《赠王枢密》："三朝行坐镇相随，今上春宫见小时。脱下御衣先赐著，进来龙马每教骑。长承密旨归家少，独奏边机出殿迟。自是姓同亲向说，九重争得外人知。"这不仅把王守澄夸耀了一番，同时也告诉王守澄，宫廷中的事情都是他告诉自己的。王守澄怕被牵连，也就没有诬告王建，他因此免于降罪，《宫词》也得以留传于世。

知识小问答

明代（　　）编辑的《唐诗画谱》中收录了以《十五夜望月寄杜郎中》为题材的版画。

A. 董其昌　　B. 唐世贞　　C. 黄凤池

孙光宪，字孟文，号葆光子，五代至宋初文学家、诗人，著有《北梦琐言》。

酒泉子·空碛无边

［五代］孙光宪

空碛[1]无边，万里阳关道路。
马萧萧，人去去，陇云愁。
香貂[2]旧制戎衣[3]窄，胡霜千里白。
绮罗[4]心，魂梦隔，上高楼。

解读赏析 JIEDU SHANGXI

“边关千里征人，梦在高楼绮罗。”

本词是五代时期孙光宪所写的一首边塞题材词作，表达了征战之人边塞生活的愁苦和对爱人的思念，情景结合，感人至深。

上阕单写眼前所见的边塞风光：沙漠无垠无边，从甘肃通往阳关的道路还有万里之长。马声萧萧，征人一程一程向前走去，天边的愁云凝聚在一处。其中“无边”与“万里”相对，“无边”指沙漠的面积广阔无边，“万里”指道路的长度难以计算，二者共同营造了边塞空旷广漠的气氛环境。“萧萧”“去去”两个叠音词的连用，使得眼光从客观的自然环境转换到人物身上，一个“愁”字，将前句营造出来的萧瑟哀愁气氛更推向高潮。

下阕先承接上阕所言，写征人自身的生活状态，战袍是旧日制作的，军装显得窄小，但天气转冷，边塞的白霜千里。两相比较，写出了征人生活的艰难。之后便写征人对妻子的思念，连魂梦都被重重关山阻隔，然后想象妻子登上高楼遥望的场景，虚实结合，两人两地互相思念，更显情深意重。

本词以写边塞风光开首，进而写征人的悲苦生活，转出征人和妻子的互相思念，体现了词人对边塞战争的批判态度和对将士们及其家人的同情。

①碛：沙漠。②香貂：贵重的貂皮，指战袍。③戎衣：军服。④绮罗：华丽的丝织品，指征人的妻子。

诗词AB面
SHICI AB MIAN

阳关因何得名

阳关大名鼎鼎，可谓无人不知无人不晓，不过它的得名经过知道的人却寥寥无几。西汉时期，匈奴侵扰边疆，汉王朝为了巩固边防，经营西域，加强了对河套地区的控制。其措施包括设置了武威、张掖、酒泉、敦煌四郡，同时建了玉门关、阳关两座关隘，一南一北，阳关因为位于南面，居于阳位，故而得名。阳关建成之后，成为丝绸之路南部大门，直到唐代一直繁盛不衰。唐代王维《送元二使安西》里的名句“劝君更尽一杯酒，西出阳关无故人”更是历经千载，传唱不息。

“绮罗”只是华美的丝绸吗

中国自古以来都是纺织大国，丝织品和棉织品享誉世界。但就丝织品而言，就发展出绫、罗、绸、缎等许多不同类型的成品织物。随着这些丝织品的广泛应用，它们也生发出许多新的含义。“绮罗”本意是指华丽的丝织品，后来则用来指身穿华服的美女、贵妇。韦庄在《江亭酒醒却寄维扬饯客》一诗中写道：“满坐绮罗皆不见，觉来红树背银屏。”“绮罗”正是后一个含义。而鲁迅先生《无题》诗中所写“六代绮罗成旧梦，石头城上月如钩”中的“绮罗”则指六朝贵族奢侈繁华的生活。

名人万花筒
MINGREN WANHUATONG

登上高楼，心事谁知

在古典诗词中，“高楼”是一个应用非常广泛的意象，其意涵也是非常丰富的。“楼”作为一种建筑物，其突出特点便是高于其他人工建筑，人在其上，视野自然开阔。与之搭配的“登上高楼”，也因为作者视野发生变化及其个人心境情感的不同，延伸出不同的况味。

东汉时期，中国最早的五言组诗《古诗十九首》中，有一首专门描写高楼：“西北有高楼，上与浮云齐。交疏结绮窗，阿阁三重阶。”这两句之后开始描写人在高楼之上奏唱弦歌，却无知音欣赏，表达了作者雄心万丈却报国无门的苦闷和感慨。高楼在此只是后文描写琴声的铺垫，却感染上一种悲苦之气，这种悲苦在之后描写高楼的诗词中被人们一次次提起和加深。李煜写《相见欢》“无言独上西楼，月如钩”句后，便紧接着说起寂寞离愁。辛弃疾在《水龙吟》里写自己登上建康赏心亭的情景：“楚天千里清秋，水随天去秋无际。遥岑远目，献愁供恨，玉簪螺髻。落日楼头，断鸿声里，江南游子。把吴钩看了，栏杆拍遍，无人会，登临意。”心头涌起的，依旧是虏寇入侵中原，壮志难以实现的苦闷哀愁。

但在另一些时候，登上高楼，恰恰是前途锦绣、壮志得以实现的象征。王之涣《登鹳雀楼》所写的“欲穷千里目，更上一层楼”，不正是作者不凡的胸襟抱负及未来光明前途的体现和彰显吗？

知识小问答

大名鼎鼎的阳关因何得名？（　　）

A. 气候　　B. 方位　　C. 人物　　D. 物产

苏轼，宋代著名文学家，字子瞻，号东坡居士。

木兰花令·梧桐叶上三更雨

［宋］苏　轼

梧桐叶上三更雨。惊破梦魂无觅处。
夜凉枕簟[1]已知秋，更听寒蛩[2]促机杼。
梦中历历来时路。犹在江亭醉歌舞。
尊[3]前必有问君人，为道别来心与绪。

解读赏析
JIEDU SHANGXI

“雨打梧桐惊秋，思念随之溢满。”

这首《木兰花令》是苏轼与弟弟苏辙分别之后因为思念弟弟而写的，从梦入手回到现实，又在现实中重新回味梦境，虚实结合，情景交融，体现了作者内心热切的思念和自身无法言说的孤独和哀愁。

上阕写夜半三更，秋雨落在梧桐叶上，雨打梧桐的声音惊醒了词人的梦。词人满怀惆怅想要重回梦境与亲人再度团聚，却是不可能的了。夜里睡在竹席之上，已经能感受到秋天的凉意，秋天已经到来。更何况耳边蟋蟀声声，就好像催促人赶紧织布缝制寒衣一样。上阕所写，全是作者梦醒所见。虽是眼前实景，然而不论梧桐秋雨、冰凉枕席还是催织的蛩声，都将作者的思绪引向兄弟离别的凄楚中去，使人不能自拔。

下阕则写作者的梦境：梦中来时的道路依旧历历可见，清晰非常。我们兄弟二人还沉醉于江亭歌舞。宴席上一定有要问候你的人，那是我为了向你倾诉你我离别之后的心绪。梦境中的作者和自己的弟弟正在热闹欢畅的宴席之上，沉醉歌舞。梦境中的热闹和现实中的孤寂形成鲜明对比，而本来可以借梦中的酒席传递思念，却被声声秋雨惊醒。上下阕之间相互呼应，体现了作者思念而不能相见的深深惆怅。

①簟（diàn）：竹席。②蛩（qióng）：蚂蚱，也指蟋蟀。③尊：通“樽”，酒杯。

诗词AB面
SHICI AB MIAN

中国古代的寝具

中国传统文化博大精深，尤其体现在人们的日常生活中。而所谓日常生活，无非衣食住用行，睡眠问题也因此成为古人尤其重视的生活问题之一。而寝具，则是关乎睡眠质量的重要日用品。从古至今，中国人的寝具并没有发生根本性的变化，床、被、垫、席、褥，这些古人使用的基本寝具今人还在用，但仍旧有一些寝具逐渐退出了人们的生活。宋代的时候，古人依旧没有好的消暑方法，每当夏日炎炎，躺在床上是很难安睡的。这个时候一种竹质的圆柱形器具就出现了，它被称之为“竹夫人”，可以在睡觉时抱在怀里借以纳凉。竹夫人曾经在古人生活中发挥了重要作用，如今电风扇和空调越来越普及，竹夫人则越来越难以见到了。

名人万花筒
MINGREN WANHUATONG

兄弟情深——子瞻与子由

苏轼（字子瞻）与苏辙（字子由）是亲兄弟，两个人同他们的父亲苏洵并称“三苏”，都是北宋时期著名的文学家。兄弟二人从小一起在家乡四川眉州长大，感情深厚，流传为千古佳话。

苏轼苏辙从小一起学习生活，他们在幼年时就分别作《却鼠刀铭》和《缸砚赋》，得到大家的赞赏。其中《缸砚赋》中的缸砚，就是苏轼赠送给苏辙的。但兄弟二人长大之后，虽然同朝为官，却分别异地，难以相见。苏辙性格沉稳，谨慎持重，苏轼说他从小就是这样。苏轼性格豪放不羁，交友众多的同时也得罪了不少人。他自己曾说：“上可以陪玉皇大帝，下可以陪卑田院乞儿。”苏辙常常劝哥哥谨慎交友，苏轼说：“吾眼前见天下无一个不好人，此乃一病。”后来苏辙到筠州做官，苏轼去看他，离别之际，苏辙送哥哥到郊外，一句话都不说，只用手指着口，意思就是让他谨慎言语。苏轼那首著名的《水调歌头》，就是在中秋之夜因思念弟弟所作，“但愿人长久，千里共婵娟”正是二人情感的真实写照。

兄弟二人生前感情深厚，后来苏轼去世，苏辙依旧念念不忘，善待哥哥的后代。苏轼的两个儿子生活贫困，苏辙刚刚贬官，自己生活也不容易，还是赠送给两个侄子许多钱供他们生活之用。

知识小问答

下面哪种寝具逐渐退出人们的日常生活？（　　）

A. 被子　　B. 褥子　　C. 毯子　　D. 竹夫人

孟郊，字东野，一生孤苦，诗风亦显愁闷清寒，与贾岛并称为“郊寒岛瘦”。

归信吟

［唐］孟　郊

泪墨洒为书，
将寄万里亲。
书去魂亦去，
兀然①空一身。

解读赏析

JIEDU SHANGXI

“一纸书信，能够寄托全部情感。”

本诗是唐代诗人孟郊的一首五言咏物诗，描写的是作者漂泊在外，以泪和墨写下家书寄给万里之外的亲人，这封家书寄托着作者全部心魂，家书送出也就意味着诗人心魂随之而去，兀然之间空空荡荡，只留下作者一个人。全诗语言简练但情感深厚，借用一纸家书表达了作者对故乡亲人的深切思念和自己流浪漂泊的凄苦。

前两句作者描写书信写作的场景——作者以泪和墨写下家书，将要寄送给万里之外的亲人。特别应该注意的是“泪墨”二字，一般人写作书信皆用水化墨，但作者此时所用的却是泪水。当然，作者肯定不是用盆或者碗去接了泪水来使用，这里只是在说自己一边写信一边落泪罢了。为什么要落泪？一是因为思念亲人，二则是因为自己孤身漂泊在外，悲苦不能自禁。后两句承接前两句，写书信发出之后的场景——书信送出之后，我的魂好像也随之远去，突然之间，只留下我孤零零一个人在这里。一方面，从这两句可以看出，作者确实是一个人在外漂泊十分孤独；另一方面也说明作者为了写这一封家书确实注入了许多情感，甚至将之作为自己的倾诉对象到了无法自拔的地步。

整首诗具有很强烈的场景性，很容易使读者产生代入感，从而能够激发读者的共鸣，可以说是一首优秀的五绝诗作。

① 兀然：突然之间。

诗词AB面
SHICI AB MIAN

字纸能够托魂?

在中国古代巫术中，最广为人知的应该就是巫蛊。人们相信，如果要诅咒一个人，只要在小布人身上贴上写有他姓名的字条，用针扎向关键部位，然后埋在土里，就能够使那个人遭受莫名的灾厄。这种荒谬的巫术能够成功实行的关键在于那张写有姓名的字条，写有姓名的字条则是人们灵魂的寄托。在中国的祠堂、庙宇、道观中，经常会看到许多写有祖先名讳的字条被供奉起来，也是认为祖先的魂灵栖居其间的缘故。而这些字条最重要的神力来源则是上面书写的文字。古代中国人认为文字是具有神力的，仓颉造字的时候，众鬼哭泣，因为人类掌握了文字，就是掌握了开启天地奥秘的钥匙。中国传统中有“敬惜字纸”的说法，写有文字的废纸不能随意乱扔，必须在固定的地方集中焚烧，正是出于对文字和文化的敬畏。而孟郊诗中所写“书去魂亦去”，则单是针对情感而言，没有涉及神秘的文字力量。

名人万花筒
MINGREN WANHUATONG

那些蕴含在书信中的情意

书信是给别人看的一种私密文件，所以有一些特殊的格式。起首处应该先称呼，例如“XX兄台大鉴”“XX先生雅鉴”，这里的“XX”并非对方的名，而是对方的字，古人除过姓名之外还要取字，直接称名是非常粗鲁的做法，所以应该称字。开头写好之后，再正式说明去信所要处理的事情，最后则应该写“XX谨奉”“XX求教”，这里的“XX”则不能写自己的字，而要写自己的名，否则也是非常失礼的。可以说，尊敬，是古人书信最看重的一种情意。

古代最著名的信应是传闻中司马相如和卓文君互相所写的休妻书和诀别信，司马相如最初十分贫寒，幸亏卓文君赏识他并嫁给他，让他去长安博取富贵。司马相如在长安声名煊赫，竟要休妻。他给卓文君的信中写“一二三四五六七八九十百千万”，独独没有表达回忆的“亿”。卓文君看到这一行字，心中明白，毅然写下诀别书：“朱弦断，明镜缺，朝露晞，芳时歇，白头吟，伤离别，努力加餐勿念妾，锦水汤汤，与君长诀！”依旧表达了自己的深情，但也说明自己不会留恋过往，希望两人各自安好。司马相如收到信后后悔万分，两人最终还是没有分开。在通信不便的古代，书信成为分别的人们表情达意的最佳工具，爱人如此、亲人如此，这些情感在今天，依旧浓烈而珍贵。

知识小问答

下面那一项没有体现文字的神秘力量？（　　）

A. 巫蛊之术　　B. 仓颉造字　　C. 孟郊写信　　D. 祠堂祭祀

白居易，字乐天，号香山居士，又号醉吟先生，诗歌题材广泛，有“诗魔”和“诗王”之称。

夜 雨

［唐］白居易

我有所念人，隔在远远乡。
我有所感事，结在深深肠。
乡远去不得，无日不瞻望①。
肠深解不得，无夕②不思量。
况此残灯夜③，独宿在空堂④。
秋天殊未晓⑤，风雨正苍苍⑥。
不学头陀法，前心安⑦可忘。

解读赏析
JIEDU SHANGXI

“非经历相思之人不能道。”

据考，白居易所念的人便是他的初恋湘灵，年少倾心，最终却囿于“门不当户不对”而生生错过。读此诗才晓得，相思总是绝望的。若不绝望，便不必相思了。

前四句是一个人自问自答，“远乡”和“深肠”，一是那人远，一是思念深。此处用的动词是“隔”和“结”，隔开他们的只是距离吗？若只是距离又怎么会痛苦到“郁结”肠中？这份相思的无奈似乎多了一层意思。接下来四句就来解答了，自言是因为“乡远”而无法去见她，于是只能日日向着远方看，仿佛这样就能到她身边。如今来看，这是何等的痴傻壮举。他又承接着前句继续拆解这份痴傻，又说“肠深”，止不住地夜夜思量，“去不得”“解不得”，才是诗人真正想说的，他与湘灵即便两情相悦，但终究是有外力阻隔，因而“不得”。

末尾六句，诗人转而去写景，在饱受相思之情后，人两眼望见的只剩下凄怆了。“残灯”“空堂”“风雨苍苍”，夜总是长的，相思未解，天是没那么容易亮的。

他畏首畏尾，只敢在诗文里说这份无果之恋的相思成疾，最后终于捶胸痛哭，“不学头陀法，前心安可忘”，和佛法无关，只是借佛祖来为自己辩解，不必忘，不能忘，不舍得忘，因而此生是忘不了了。少年时倾心邻家少女，是白居易一生难逃的怀恋时光。

①瞻望：往远处或高处看，敬仰并寄予希望。②无夕：日日夜夜。③残灯：不好的事。夜：黑夜，代指前途的黑暗。④空堂：空屋。⑤晓：到来，来临。⑥正：此时。苍苍：纷纷。⑦安：怎么。

诗词AB面

SHICI AB MIAN

白居易一生难忘的白月光

农家女湘灵，与年少的白居易比邻而居，两人年龄相若，悄然相爱。

年少的他同湘灵写下盟誓：“愿作远方兽，步步比肩行。愿作深山林，树枝连理生。”两人相爱弥深，还有更加明显的表白之词。《冬至夜怀湘灵》：“艳质无由见，寒衾不可亲。何堪最长夜，俱作独眠人。”非常大胆直白了。

后白居易离开家乡进京赶考，高中后回乡，一是向母亲报喜，二是为了湘灵而来，不然也不会一住就是十几个月。他离乡最痛苦的是同湘灵分离，写《生别离》，自言“生别离，生别离，忧从何来无断绝”。

两人情到浓时，也想过谈婚论嫁，可按照当时的礼法来看，湘灵不过是农家女，白居易虽不是名门，却也是官宦世家，两人门不当户不对，遭到了白居易母亲的强烈反对。贞元二十年二月，白居易任校书郎后要全家搬迁，白居易的母亲不让他们见最后一面，两人此次一别，却是永生没能再见。而这最后一别，也没能好好见上一面。白居易写下《潜别离》：“不得哭，潜别离。不得语，暗相思。”心中万般不甘，也就这般默默分离了。

湘灵曾赠绣花鞋给白居易，诗人一直珍藏，四十五岁谪居江州时还拿出来晒霉。于白居易来说，这段情，只能这般默默偏执一把了。

名人万花筒

MINGREN WANHUATONG

白母看花坠井

白居易母亲陈氏，晚年患心疾，疯癫不能自理，两个健壮的侍婢专程照料，仍旧看漏了，最终坠井而亡，享年五十七岁。然而白母得病之事，白居易从未对外说过，在他的文章中，陈氏向来是那个贤良精明的母亲，他不愿将母亲和自己推到难堪的境地。

陈氏坠井而亡便被人添油加醋成“杀母”丑闻，当时白居易任皇帝近官，近官杀母一说传到唐宪宗耳中，朝堂震惊，又有人扒出白居易与初恋湘灵被陈氏棒打鸳鸯，白居易应该是心有怨愤故而杀母，好在当时他的邻居出面为他辩解，说经常听到白母大喊大叫，疑似患了心疾，所以是意外身亡。

白居易得以保住清白，可母亲是个疯子也尽人皆知了。他曾在浮梁夜雨里写母亲对自己的思念，也在父亲的墓志铭里写母亲对兄弟姊妹的教育，他不觉得母亲疯了，却在此时被逼着向全天下宣告，可他做不得主。

白母坠亡一事后来又成了抨击白居易“不孝”的凭证，看他不顺眼的政敌们上书曰：这个白居易在守丧期间，写“赏花”“新井”诗作，而其母正是死于观花坠井，这不是对母亲的大不敬吗？如此不孝之人，应该赶出朝廷。

即便人人都晓得，他的“赏花”“新井”是诬告，可舆论如此，最终他还是被驱逐出京，贬为江州司马。

知识小问答

西湖白堤的得名与哪位诗人有关：（　　）

A. 白居易　　B. 李白

鱼玄机，初名鱼幼微，字蕙兰。与李冶、薛涛、刘采春并称唐代四大女诗人。

江陵愁望寄子安①

［唐］鱼玄机

枫叶千枝复万枝，
江桥掩映暮帆②迟。
忆君心似西江水，
日夜东流无歇时。

解读赏析
JIEDU SHANGXI

“盼人不归，徒惹相思。”

这是鱼玄机写给情郎李亿的诗，借徐干《室思》韵，写千枝万枝看不尽的枫叶，还写在渡头等到天黑，船上却都没有自己要等的人。盼人不至，相思情起，自比西江流水，日夜东流永不停歇，“东西”对应，一唱三叹。

鱼玄机与李亿相恋时，还不叫玄机，仍是秀雅的“幼微”二字，是大诗人温庭筠的女弟子。当时的李亿二十二岁，状元及第，官至左补阙，自江陵来京赴任，前途无量，偶然在题诗壁上望见鱼幼微的绝句，心生倾慕，求得温庭筠为其牵线。两人情趣相投，一见倾心，很快，鱼幼微便嫁与李亿为妾，共住在长安城西十余里之外的林亭，度过了一小段甜蜜岁月。

不久，原配裴氏见李亿迟迟不接自己进京，多次来信催促，接发妻入京本就是理所当然。李亿无奈，亲自乘船前往老家江陵去接裴氏，鱼幼微亲自送别。然一别数日，良人迟迟不归，幼微便写下这首诗给李亿，一诉相思。

蘸着深秋诗意，仿佛还能瞧见春暖桃红的长安三月，幼微裹着更红的嫁衣，踏上了李亿的一乘花轿。

① 子安：即李亿，为朝廷补阙。② 暮帆：晚归的船。

诗词AB面
SHICI AB MIAN

长安"两诗"之缘

唐懿宗咸通元年，新皇初立，鱼幼微随师父温庭筠游览于崇贞观，观内有题诗壁，一批及第进士争相题诗。鱼幼微瞧着羡慕，也偷偷题了一首七绝。诗云：云峰满月放春晴，历历银钩指下生。自恨罗衣掩诗句，举头空羡榜中名。

来京赴任的李亿偶然看到了这首诗，一时惊叹，心中大为仰慕，可他也无从查到究竟是哪位，此事暂搁。

巧的是，李亿与温庭筠有交情，初来长安拜访亲友就到了温的府上，当日温庭筠的书桌上正放着鱼幼微的诗词："人世悲欢一梦，如何得做双成。"诗句清丽，诗情幽婉。李亿心下大动，复又想起在崇贞观见过的题壁诗，忙向温庭筠打听诗人的消息，果然就是曾题诗于崇贞观的女子，又恰好是温庭筠的爱徒鱼幼微。

温庭筠瞧李亿前途无量，且有意于自己的爱徒，便上前牵线搭桥，最终促成了这么一段姻缘。

可惜李亿的原配裴氏出于妒忌要赶走鱼幼微，李亿并未多做辩解，就一纸休书将她送走了。鱼幼微写下"易求无价宝，难得有情郎"的怨李诗，随即出家入咸宜观做了女道士，改名为鱼玄机。

名人万花筒
MINGREN WANHUATONG

鱼玄机"冤案"

鱼玄机是个奇女子，被李亿抛弃后写"自能窥宋玉，何必恨王昌"，说的是"我有这般容貌才学，定能寻到更好的人，何必去怨恨抛弃我的那个人呢？"思想境界上就高出时代一截。

而这样一个敢爱敢恨的她，现如今明显被污名化了，后人极少谈她的诗文，更不用说从她的诗文中窥探到她的有趣灵魂，反倒是她的几段风月事传得经久不衰，与老师温庭筠纠缠不清，做了李亿的小妾被抛弃，就连她的死也被冠上善妒的罪名：先是入狱，后被处以死刑，罪名是因怀疑侍婢绿翘与自己的情郎有染，心生妒忌将其残忍戕害。这个死法可以说是不体面到家了。但鱼玄机之杀奴罪，细究史料，会发现有诸多疑点。

最明显的一点，根据唐律，奴婢是主人的私家财产，归主人所有，没有人身自由。而且明文规定，奴婢杀主人，死罪不可赦。而反过来主人杀奴婢，只服刑一年便罢了。当时的文献小说中的记载也可佐证，如《新唐书·房儒复传》中写其妻子善妒，杀了两个侍儿，也只是得到了一封休书，并未说要偿命。而到了鱼玄机这里直接被判死刑，简直是与唐律南辕北辙。

鱼玄机在坐牢期间写过一首诗，也是她存世最后一首诗，写"明月照幽隙，清风开短襟"，这很不寻常，已经被判处死刑的人怎么还有心情去吟风弄月呢？明月清风对着"幽隙"，会否是在无声诉冤呢？

我们不得而知。

知识小问答

水浒一百单八将中有几位女性：（　　）

A. 两位　　B. 三位

温庭筠，本名岐，字飞卿，精通音律。工诗，与李商隐齐名，时称“温李”。

菩萨蛮·玉楼明月长相忆

［唐］温庭筠

玉楼明月长相忆，柳丝袅娜春无力①。
门外草萋萋②，送君闻马嘶。
画罗③金翡翠，香烛销成泪。
花落子规④啼，绿窗⑤残梦迷。

解读赏析 JIEDU SHANGXI

“光阴负我，情绪牵人，女儿心总柔细。”

温词情景共生，发力总含蓄，并不直言，恰能将女儿心事还原到八成以上。春光大好，思妇念远人，远人却丝毫没有归来的征兆，想得狠了已然魂梦颠倒，梦中都是那人“嗒嗒”的马蹄。

“玉楼”是地点，“明月”“柳丝”“春无力”是时间，人物便是“玉楼人”，一幅画卷缓然铺展，暮春时节暖风徜徉，月光笼罩如白玉，景色清幽，可这些在思妇眼中，都是“长相忆”的导火索，在她眼中，本该轻活的柳条都透着疲软。此情此景下，她脑中一直回放的是当日送行的场景，一遍遍回想之后，才注意到那日草色如此凄楚，马鸣声似乎近在耳畔。

“画罗金翡翠，香烛销成泪”，闺房极尽奢华，可越是奢华，越能反衬出“销成泪”的苦。最后一句意象转为凄凉，花落，子规鸣叫，这些都是“绿窗残梦迷”，梦中景象哀艳，梦醒后也是暮春寂寞。无论是睁眼闭眼，都是难。

一夜相思，梦前到梦中再到梦醒，都是美景的堆叠，笔笔哀艳，尤其是“送君闻马嘶”句极其犀利，不知道是总会梦见分别，还是醒着也不得不去想那场分别，就这么被离别的伤感层层包裹住了。温庭筠用细密的针尖，轻易就挑开了她的一点心头肉瓣儿，让她的痛伴随着呼吸来回起伏。

① 春无力：即春风无力，用以形容春风柔软。② 萋萋：形容草长得茂盛。吴本《花间集》作“凄凄”。③ 画罗：此当指有画饰的罗帐，或指灯罩。④ 子规：即杜鹃，叫声凄绝，据说啼时流血不止。⑤ 绿窗：绿色纱窗，借指女子居室。

诗词AB面
SHICI AB MIAN

温庭筠多次“魂穿”成女儿身

温庭筠作为“花间派鼻祖”，十分擅写妇女的离愁别恨，词句所传达的情意，仿佛他已化作诗词中的思妇，以女儿身诉说着自身悲苦，也被人讥讽为“男子而作闺音”。

花间派的词作多为歌咏旅愁闺怨、合欢离恨，题材上总局限于男女燕婉之私，温庭筠与韦庄皆为代表，温词浓艳，韦词疏淡。温词常被奉为“鼻祖”，对后世影响巨大，但温词整体上诗面偏窄，耽于闺情，后世词人消化了这种消极影响，使得花间词派越发空洞无物。

温庭筠的名字该怎么读

筠字在如今有两个读音，分别是“yún”和“jūn”，放在温庭筠的名字里该取哪个读音呢？此处有两个依据，根据字义来看，“yún”的意思是指竹子，庭筠即庭院青竹，意蕴是极好的。而“jūn”用在地名里，譬如“筠州”和“筠连”。由此看，“yún”更胜一筹。

再看当时的读音，《唐韵》（约等同于唐代字典）已失传，而宋朝字典《广韵》中，“筠”没有“jūn”，只有“为赟切”（yún）这一个读音。

因此，结论为筠字的读音为“yún”。

名人万花筒
MINGREN WANHUATONG

温八叉：外号难听，但确实是在夸我

温庭筠的绰号奇多，还出奇地难听，乍一看见会以为满大街的人上赶着骂他去了。

先说传得最广的“温八叉”，着实是因为才学。《北梦琐言》卷四载：“（温庭筠）每入试，押官韵作赋，凡八叉手而八韵成。”说的是温庭筠擅写律诗，写诗之前从来不用打草稿，只需叉手一吟就是一韵，八次就能谱成八韵，旁人还在苦思冥想，他只需要叉八次手就写好了。这种天赋引得人人乐道，遂戏称其为“手八叉”，带上姓，就成了名扬万里的温八叉。

才思敏捷的温庭筠，偏偏科考屡试不中，久而久之，积累了丰富的考场经验，便也多了个“乐于助人”的习惯，当然也有为了生计的原因，他常常受人之托到考场上帮人作弊，因为太有名，考官从一开始就认定他是枪手，整场紧盯着他，结果他提前交卷出得门去，在这种情况下通过“眉目传情”等极快的小动作帮助八个人作弊成功，可以说是大唐第一枪手，也被赋予了“救数人”的绰号。

温八叉，救数人，这些怎么听都有些滑稽，却实实在在是对温庭筠天才的肯定。尤其是“温八叉”，更是有要掩盖本名的趋势。

知识小问答

六亲不认的六亲是指哪些人？（　　）

A. 父、母、夫、妻、子、女　　B. 父、母、兄、弟、妻、子　　C. 父、母、兄、弟、姊、妹

元稹，字微之，唐朝著名诗人、文学家，倡导新乐府运动。

遣悲怀三首·其二

［唐］元　稹

昔日戏言[1]身后意[2]，今朝都到眼前来。
衣裳已施行看尽[3]，针线犹存未忍开。
尚想旧情怜[4]婢仆，也曾因梦送钱财。
诚知[5]此恨人人有，贫贱夫妻百事哀。

解读赏析 JIEDU SHANGXI

“元九悲怀之恨，近在你我身侧。”

元九悼念亡妻韦丛时，不再有才子的派头，通篇白描，写生前所有细小的往事，“今朝都到眼前来”，写来写去最终落到真正要讲的事情——“百事哀”。

哀她生前，角落里许多未做完的针线活，谁都不要动它，就让它在原处。

哀她身后，收拾她生前所穿的衣物，还能想起她说最爱哪件，仿佛她就在身边，可一转头又会瞧见冰冷的灵牌。睹物思人越发不堪，索性把衣物全都施舍出去。就连瞧见妻子的侍婢也会禁不住哀痛。

世间百般苦痛，唯有生死，我们全无办法，消极对待，甚至迷信对待，借梦去给妻子送去钱财，希望她能过得好些，至少要比活着的时候好。人生的无常有时候还不是生死，而是活着的时候过得太苦，好不容易挨到甜那一刻，人却不在了，全然不给弥补的机会。

元九捶胸顿足，他的“恨”是什么呢？是妻子的离世吗？是自己贫贱吗？都不是，是因自身贫贱而拖累了妻子一生。

“诚知此恨人人有，贫贱夫妻百事哀”句是你我平日能用到的，他人之诗结构再妙，也不过是诗罢了，元九的“遣悲怀”却是人的切身之痛：命运将你赠予我，我却只留给了你牵累。如今元九终于俸禄十万，可是他爱韦丛的权利已经被命运剥夺了。

① 戏言：开玩笑的话。② 身后意：关于死后的设想。③ 行看尽：眼看快要完了。④ 怜：怜爱，痛惜。⑤ 诚知：确实知道。

诗词AB面
SHICI AB MIAN

韦丛：生于富贵，安于贫贱

元九悼念亡妻韦丛，《遣悲怀三首》一出，构建了极其完整的情节。从其一中写“谢公最小偏怜女，自嫁黔娄百事乖”到“贫贱夫妻百事哀”，再到其三中“闲坐悲君亦自悲”，从韦氏出身富贵，到下嫁于贫苦的自己艰苦度日，再到死后悼念，梦萦爱妻，到悲情终于无处排遣。生命的无常与幻灭叫人读之郁结。

生死之事无不悲痛，为何元稹笔下就叫人不忍卒读呢？总结其因由，是因为逝者太美好了，韦氏实在是一个难得的贤惠妻子。

在元稹笔下，韦氏出身于名门望族，自小富贵，下嫁给元稹后安贫乐道，性子也柔软善良，对待奴仆也极尽温柔亲近。如此美好的妻子，却只能随着元稹受苦。元稹也向其许诺，将来定会飞黄腾达，让她再也不用如此辛劳。元稹果然取得不菲成绩，俸禄十万，可命运无常，韦氏却在此之前病逝了。她甚至不是平缓离世，而是被病痛折磨到骨瘦如柴，才二十七岁就离开了人世。

元九的痛里，有死别，有悔恨，他写“谁知厚俸今无分，枉向秋风吹纸钱”，他心心念念，却只能到梦里去送一把钱，道一句晚来的“你瞧，我能叫你过上好日子了，为夫并未食言，你是不是该回来了？”

名人万花筒
MINGREN WANHUATONG

元稹：外表风流，内里也许是个惨淡的直臣

元稹情诗写多了，只叫人记住了风流才子的人设，但实际上他的真爱是政治，还是个被打压了一辈子的“直臣”。

贞元九年，刚满十五岁的元稹入长安，考试考中了，却是人人鄙视的明经科。十五岁少年扶诗作前去拜访名诗人李贺，却被对方嘲讽：“一个明经科的，有什么资格见我？”元稹为了洗脱明经科污点，又发愤图强不断考试，官拜校书郎。后做监察御史，因为仗义执言，得罪了众多权贵，被挤对，甚至被宦官用马鞭抽伤了脸，也是从那时候开始，一心要做“直臣”的他开始了“起落落落落”的贬谪之路。

即便处处受打压，他仍旧保持着对功名的无尽热情，元和十年，元稹被贬到环境恶劣的通州，不幸得了疟疾，手脚都不能动了，他还跟白居易写信说自己是要做宰相的人。当真是“垂死病中惊坐起”，他有自己的政治理想要实现，便开始为了重回朝堂无所不用其极，病体缠绵下，他开始四处献殷勤，活动关节，勾结宦官，后终于做上了宰相。

此后，他也留下了“巴结宦官无耻变节”的骂名。可这些，元稹似乎都不在乎。他仍旧带着一身赤忱去报答皇帝陛下，“达则济亿兆，穷亦济毫厘”的政治主张从未变过。可官拜宰相不出三月，他又因“直言”得罪权贵而外放十年。

最终在太和五年，死在武昌军节度使任上。

他的政治有“勾结宦官”的污点，却也着实做到了“肝脑涂地”，遇到挫折，绝无悔意。

知识小问答

“余音绕梁”中绕梁的究竟是什么声音？（　　）

A. 女子的歌声　　B. 古琴的琴声　　C. 女子朗读的声音　　D. 圣人的读书声

本章知识小问答答案

第 105 页　正确答案：A. 新诗

第 107 页　正确答案：B. 陈阿娇

第 109 页　正确答案：D. 大雁

第 111 页　正确答案：A. 段成式

第 113 页　正确答案：B. 姜夔

第 115 页　正确答案：C. 李煜

第 117 页　正确答案：A. 墙壁上

第 119 页　正确答案：A. 介子推

第 121 页　正确答案：C. 黄凤池

第 123 页　正确答案：B. 方位

第 125 页　正确答案：D. 竹夫人

第 127 页　正确答案：C. 孟郊写信

第 129 页　正确答案：A. 白居易

第 131 页　正确答案：B. 三位

第 133 页　正确答案：B. 父、母、兄、弟、妻、子

第 135 页　正确答案：A. 女子的歌声

怀乡篇

故乡，是一开口就要流泪的地方。我的故乡在远方，也在我的梦里。当春风又绿江南岸，我是否已归乡了呢？

杜甫，字子美，自号少陵野老，唐代诗人，著有《杜少陵集》。

春望

［唐］杜　甫

国破[1]山河在，城春草木深[2]。
感时花溅泪，恨别鸟惊心。
烽火[3]连三月[4]，家书抵万金[5]。
白头搔更短，浑欲[6]不胜簪。

解读赏析
JIEDU SHANGXI

“身困长安心念家，忧国伤时愁白头。”

《春望》是杜甫被安史叛军俘虏至长安时所作，描写了长安城被乱军洗劫一空后的荒凉景象，抒发了诗人内心惆怅交织的国难家恨。

首联感叹国破之痛和长安的萧条之景，“破”字击人心扉，让人感受到诗人的痛心感伤。繁华的长安在春天本应呈现出一幅欣欣向荣的美好景致，现在却处处萧瑟，物是人非，诗人触景生情，从而写下了这首流传千古的名诗。颔联融情于景，嵌入“花”“鸟”与“草木”相呼应，共同营造出春季氛围，又将诗人忧国伤时、胆战心惊的心理活动融入其中，“恨”一字则将诗人的内心表露得淋漓尽致。颈联因果相连，战争连绵，诗人被困长安，思念在远方的家人，一封家书在战乱时弥足珍贵，何止万金啊！诗人强烈地表达了心中对战事的愤懑控诉以及对家人的思念之情。尾联描写了诗人因国破之痛和思乡之情愁白了头，内心忧愁焦急，头发大把脱落，少得甚至连簪子也快不能戴了。字字凄凉，侧面反映了诗人心中深沉的苦闷情愁。

此诗体现了杜甫诗歌沉郁顿挫的一贯风格，将内心感情与所见风景融合在一起，有感而发，一气呵成。明朝胡震亨在《唐音癸签》中评价：“对偶未尝不精，而纵横变幻，尽越陈规，浓淡浅深，巧夺天工。”

①国破：指长安被安史叛军占领。②草木深：杂草丛生，指兵后荒残。③烽火：战争。④三月：数月。⑤抵万金：指异常珍贵。⑥浑欲：简直要。

诗词AB面
SHICI AB MIAN

中国古代人们如何打理头发

历朝历代的古人对头发乌黑浓密的审美是一致的，尤其注重保养自己的头发。古人认为只有身心舒畅、气血充足才能有一头乌黑亮丽的秀发，愁苦的心情会使头发变白，变干燥，甚至脱发，所以杜甫才会“白头搔更短，浑欲不胜簪”。因此古人食用黑芝麻、黑木耳、何首乌、当归、人参等来养发护发。

那么，中国古代的人们究竟是怎样打理自己头发的呢？其实，从周朝一直到封建社会瓦解，无论男女皆要留长发，然后束发梳髻，古代男子一般将发髻用簪子束于头上，女子发髻则多种多样。古人既然留长发，那么他们天天洗头是不可能的，于是，日常他们就用篦子篦去头垢，等到空闲时就用淘米水洗去污垢。

洗完头发以后，古人还会在头发抹上香膏、头油等来润发。古人的香膏头油有很多种，唐代时有郁金油，因在头油中掺入了郁金香料而得名；有香胶，可以使头发粘住以便梳髻；还有兰膏，是用兰草汁和油脂调和的，可以使头发增加光泽、散发香气。到了明朝，人们将棉籽榨成油，制作出可以使头发光亮又有黏性以便定型的“棉种油”。古人的护发一般有养发、洗发、润发等几个步骤，对头发十分珍视，花费很多心思来保养呵护。

名人万花筒
MINGREN WANHUATONG

心系国家尽本分，不做伪官不屈服

安史之乱时，杜甫一家人逃到了鄜州的羌村（今陕西富县南），在这里安顿下来。后来，杜甫得到肃宗李亨在灵武（今宁夏回族自治区灵武市）即位的消息，他想，自己虽然是一介小官，但在国家危难之际应该做到臣子的职责本分，他便伪装成一个逃难百姓，从羌村出发，赶往灵武。但就在杜甫离开鄜州后不久，叛军就占领了这里，杜甫知道后十分担心家人，但还是决定日夜兼程、不顾疲劳地赶路。

没想到，在离灵武还只有两百余里的芦子关（今陕西安塞县北），杜甫被安史叛军捉住了，戴上刑具被押送至长安。安禄山对待官吏俘虏十分残酷，要求他们投降做伪官，如若不从，就会遭到严刑拷打，大部分官员都忍受不了凌辱毒打，屈服于叛军做了伪官，就连当时任尚书右丞的王维也不例外。

到达长安之后，叛军头目就来审讯杜甫了。杜甫不愿做叛军的臣子，于是谎称自己是逃难的百姓，审讯的头目见杜甫面容衰老如六十岁的老人，身上又没有多少银两，就断定他不是官吏，相信了杜甫是个逃难百姓，于是，头目把杜甫的钱财抢去之后就将他放走了，杜甫因此侥幸逃过一劫。

知识小问答

“千秋万岁名，寂寞身后事”是杜甫对（　　）的评价？

A. 孟浩然　　B. 王维　　C. 李白

李白，字太白，号青莲居士，唐朝诗人，被誉为“诗仙”。

春夜洛城①闻笛

［唐］李　白

谁家玉笛暗飞声，
散入春风满洛城。
此夜曲中闻折柳②，
何人不起故园③情？

解读赏析

JIEDU SHANGXI

“听闻《折杨柳》，谁人不思乡？”

这首诗歌是李白客居洛阳时所作，记叙了诗人在春天的夜晚听到远处传来的笛声，由此引起了他的思乡之情，抒发了诗人内心的无限乡愁，令人感慨动容。

前两句描写笛声悠扬，随风传遍整个洛阳城。诗人在夜晚听到了不知从哪儿传来的笛声，觉得这笛声响彻整个洛阳城，它随着春风暗自飞入了客居他乡的游子耳中。诗人运用通感来描写笛声，“飞”“散”二字表现了笛声的轻快，生动形象，用“满”字来表现笛声传播的范围之广，为后文反问做铺垫。后两句点明主题，在这夜晚飘荡全城的笛声原来是《折杨柳》，这怎么可能不引起思乡愁肠啊？在洛阳城中的游子听到这笛声，谁不会想念自己的故乡家园啊？诗人以反问句式来作结，这更强有力地抒发了客居游子的思乡情长。

全诗格调深沉，笔力纵横，将春风徐来的夜晚，缠绵悱恻的笛声和思乡离别的心绪交织融合，营造出感伤哀婉的氛围，引发无数游子的共鸣。此诗表达了诗人心中的百转愁肠和故园深情，实乃怀乡诗的名篇。

① 洛城：今河南省洛阳市。② 折柳：古乐曲《折杨柳》，多歌唱离别之情。③ 故园：故乡，家乡。

诗词AB面
SHICI AB MIAN

李白的“玉笛”不是玉做的？

李白多次在他的诗中提到“玉笛”，如“黄鹤楼中吹玉笛”（《与史郎中钦听黄鹤楼上吹笛》）；再如“胡人吹玉笛”（《观胡人吹笛》），那玉笛就只是玉做成的笛子吗？我们当然可以这样认为，但由玉石做成的笛子十分珍贵，只有极少数皇族贵戚才用得起，一般人无力问津。“玉”在古代还可以当美好来讲，“玉笛”就是指雕刻精致花纹的、装饰着金玉的竹笛。竹子又称为“绿玉”，所以竹笛也可以称为“玉笛”。还有人认为“玉笛”是专指今贵州省玉屏县生产的竹笛，但是玉屏笛最早在明代才有记录，唐朝时期是否产笛无从考证。所以，李白在诗中所写的“玉笛”是精美的竹笛，并非玉做成的。

“乐府”原本是个机构

“乐府”的名称早在秦代就已出现，说明当时已有乐府制度。西汉初年，乐府还隶属于少府，专门负责宫廷的各种礼仪用乐，并不负责宗庙祭祀乐舞。后来，汉武帝十分注重宗庙祭祀，让乐府官员广泛收集民间的诗词歌谣，以便为郊祀之礼谱写新的颂神歌，《郊祀歌》谱写好以后，就让专人排练演唱。汉武帝的做法实际上扩大了乐府的职能与规模，使“乐府”成为一个收集歌词、制作乐谱和训练人才的音乐机构。后来，人们把乐府采集的诗歌叫作乐府、乐府诗或是乐府歌辞。由此，“乐府”从一个机构名称变成了一种诗歌体裁。

名人万花筒
MINGREN WANHUATONG

饮下解忧消愁的酒，醉倒人生

诗人李白无酒不欢，嗜酒如命，这些世人皆知，他是“诗仙”也是“酒仙”，更是“醉圣”。酒对李白来说，不仅仅是生活的调剂品，酒早已融入了他的生命骨血之中，“太白醉酒”跟他的人生经历是分不开的。李白在二十五岁之前还很少喝酒，但在“吴姬压客尝”之后却一发不可收拾，竟然“一年三百六十日，日日醉如泥”。

李白心有大志，年少时独闯长安，打算一展宏图伟志，但是现实给了他狠狠一击，在他遭受冷漠、侮辱的日子里，酒是李白最好的伙伴与寄托。就在李白对前途感到悲观无望的时候，他接到了唐玄宗的诏令回到长安，心中又重新燃起了希冀。但是事实并非李白所想的那样，唐玄宗只是让李白待在翰林院，有时让他作诗赋词而已，并不让他参与国家大事，李白再一次从希望的顶端掉下了绝望的深渊，之后他又经历了入狱、流放，命途悲惨坎坷。李白满腔热血却不被朝廷所用，怀才不遇的失意和生活经历的苦难让他只愿醉倒在酒乡里。

知识小问答

《折杨柳》是乐府（　　）的旧题。

A.《相和曲辞》　　B.《横吹曲辞》　　C.《鼓吹曲辞》

王安石，字介甫，号半山，临川人，北宋著名的思想家、政治家、文学家。

泊船[1]瓜洲

［宋］王安石

京口瓜洲一水[2]间，
钟山只隔数重山。
春风又绿[3]江南岸，
明月何时照我还？

解读赏析
JIEDU SHANGXI

“踌躇满志日，仍冀还故乡。”

王安石是江西抚州临川人，于景祐四年随父王益定居江宁(今江苏南京)，从此江宁便成了他的第二故乡。神宗熙宁三年，王安石被任命为同平章事（宰相），开始推行变法。后来，由于保守派反对，他几次辞职回乡。《泊船瓜洲》是诗人第二次进京拜相途中所作，时间约熙宁八年二月。

这首七绝首句以无比欣悦的基调写自己从京口渡江，到了眼下瓜洲。“一水间”，既写出了京口、瓜洲的地理位置，又表现了离开家乡行船之快。诗人回望来路，想到钟山（诗人第一次罢相后寓居江宁钟山）离京口也就隔着数重山，并不遥远。这句写出了诗人南望钟山，内心并不感到远离，似与家乡近在咫尺，委婉地表达了对家乡的依恋之情。这时候，夕阳西下，继而明月当空，遥远的江南便朦胧在月光里。诗人将船停泊，沐浴二月春风，不禁想到：这和煦的春风又将家乡山水吹绿了吧！可是，自己年过半百，变法任重而道远，又不知何时在月明星稀夜回到故乡去。

诗人再次拜相主政，应是踌躇满志之时，然而，当远离故乡时，依恋之情悄上心头。看来，“欲别故乡难”本是人之常情。

①泊船：停船。泊，停泊。②一水：这里指长江。③绿：这里用作动词，吹绿。

诗词AB面
SHICI AB MIAN

“一衣带水”今何处

成语“一衣带水” 意思是，一条像衣带那样狭窄的水道。你知道“一衣带水”今在何处吗？公元581年二月，北周静帝禅让帝位给了杨坚，隋朝建立。志向远大的隋文帝杨坚，不甘心占据半壁江山，在朝中名臣志士辅佐下，他励精图治，实施了一系列的富国强兵政策，使国力大增。当时长江南岸之国，是南朝的陈。执政的后主陈叔宝，多文采，少谋政，耽于女色，疏于治理，使得国力衰退，民不聊生。见此景，文帝更加坚定了统一全国的决心。史载，某一天，仆射高颎向文帝献 “灭陈”之策：江南稼穑早于江北，趁其劳作，扬言南征，迫其屯兵防守贻误耕作，挫其国力。三番五次后，不见南征，其必不信，渐懈于防守。我出其不意，大兵压境，大事必谐。陈军粮多存贮于仓库中，为茅竹所建；暗使人放火焚烧，营中少粮，军心扰乱，战力必弱。文帝采纳此计策，不断骚扰陈国，其国力更弱。公元588年冬天，隋文帝派次子杨广率兵伐陈。大军出发前，文帝对高颎道：“我为百姓父母，岂可限一衣带水不拯之乎？”大军渡江南下，向陈朝的都城建康发动猛烈进攻。很快，杨广攻下建康，并俘获了后主陈叔宝，陈朝灭亡。原来，“一衣带水”就是指的今天的长江。

名人万花筒
MINGREN WANHUATONG

安石一言救东坡

苏东坡和王安石均入“唐宋散文八大家”之列，也同是宋神宗皇帝殿前大臣，然而，这俩大文豪竟然“政见不一”，关系不谐。王安石变法那阵儿，苏轼写《上神宗皇帝书》《再上神宗皇帝书》等表，执意反对新法推行；王安石对苏轼也很有意见，即使罢相回江宁养老时，仍对他耿耿于怀。

天有不测风云，才高八斗的苏轼竟遭了难。元丰二年，御史何正臣上表弹劾苏轼，言其诗中暗藏讥刺朝政文字；御史李定曾也参苏轼有“四大罪”，这便是有名的“乌台诗案”。神宗皇帝对此案非常重视，让大理寺将苏东坡投入大牢，待审明后严惩。消息很快传到江宁，在家养老的王安石，很为苏轼的安危担忧，竟食不甘味，夜不能寐。他连夜写信派人飞马进京，又经过一番周折，信终于传到了神宗手里。信中说：“岂有圣世而杀才士乎？”神宗对曾经的宰相王安石很敬重，看罢信，思虑再三，觉得老宰相说得很有道理，便下旨释放苏轼，但将其贬为黄州团练副使。即便是政见不一的“对头”，但在危急关头，王安石还是为苏轼求了情，使之化险为夷，这种正直的品质和博大胸襟，赢得了苏轼对他的敬重与佩服，也留下了一段“安石一言救东坡”的文坛佳话。

知识小问答

王安石罢相后，哪一位文学家继任了他的相位？（　　）

A. 司马光　　B. 欧阳修　　C. 吕蒙正

王湾，洛阳人，唐代著名诗人。

次北固山下

［唐］王　湾

客路[1]青山外，行舟绿水前。
潮平两岸阔，风正一帆悬。
海日生残夜[2]，江春入旧年。
乡书何处达？归雁[3]洛阳边。

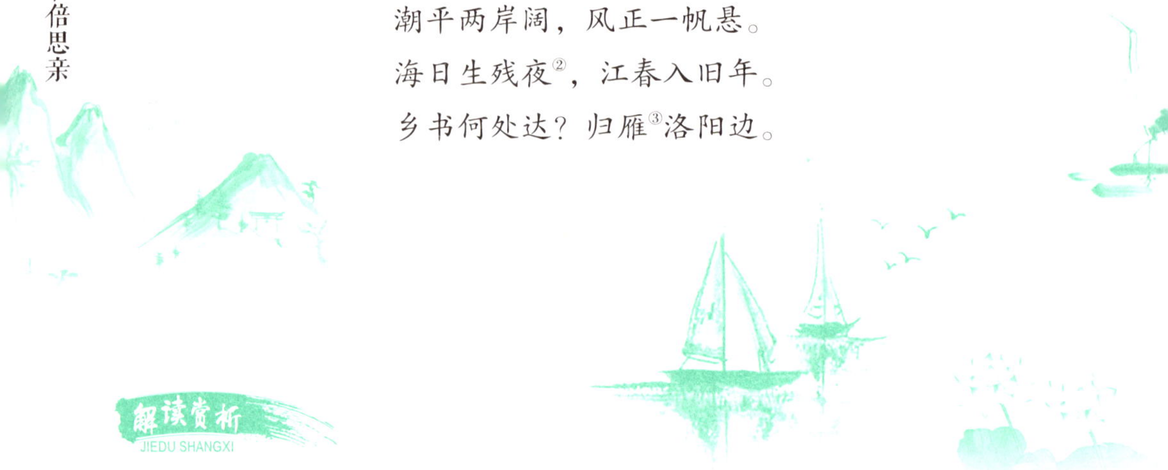

解读赏析
JIEDU SHANGXI

“以小景传大景之神。”

唐诗人王湾所留诗文不多，这首五律《次北固山下》，最早见于唐朝芮挺章所编选《国秀集》中。诗人王湾的家乡是洛阳，其“尝往来吴楚间”。在一年的冬末春初之际，诗人由荆楚大地过江入吴，沿长江东行，途中将船停泊在江苏镇江的北固山下，触景生情，有感而发作此诗。

本诗先以对偶发端，点出要去之路在“北固山”外，而此时自己正乘舟在“绿水”前。“青山”之外的“客路”在哪里？末联的“乡书”“归雁”恐怕就有了答案。此时正值春冬之交，潮水涌涨，放眼望去，江面几乎与两岸齐平；江面顺风正急，鼓得船帆高高挂起。诗人思乡正浓，此刻喜逢顺风顺水，这是何等惬意！长夜将尽，东方欲晓，红日从海平面冉冉升起。见此景，诗人不由得想到，时令仍在旧年，而江上已露春意。看来“新孕于旧”之规律无处不在呀。仰望天空，一群北归大雁正展翅高飞，陡然点燃了诗人的思乡之情：北雁过洛阳，请为我向家人问声平安。诗歌首尾呼应，很好地抒发了浓浓的思乡之情。

总览全诗，诗人除了借景抒思乡之情外，还巧用“小景”传“大景”之神。“潮平两岸阔，风正一帆悬”本是行舟之利，却道出“形势一片大好”气象；“海日生残夜，江春入旧年”本写江上早春，却揭示了“旧事物孕育新事物，终被新事物代替”的自然规律。此等妙句，实在不可多得。

①客路：旅人前行的路。②残夜：指夜将尽未尽之时。③归雁：北归的大雁。

诗词AB面
SHICI AB MIAN

诗词曲中缘何多“青山绿水”

“青山绿水”系汉语成语，意思为青翠的山，碧绿的水，泛称美好山河。此语较早出现在南宋张端义《贵耳集》下卷：“在夷陵，青山绿水，日在目前，无复俗累。”在古典诗词中，诗人很喜欢借“青山”“绿水”之景来抒发内心情感。

唐诗人孟浩然在《过故人庄》中曾用“绿树村边合，青山郭外斜”来表现“故人庄”环境的幽雅，来抒发对田园生活的喜爱。诗仙李白在《送友人》中用“青山横北郭，白水绕东城”来衬托与友人依依惜别情。元代散曲家白朴借用“青山绿水，白草红叶黄花”将美丽的秋景呈现在人们眼前，让人更觉秋景可爱。

诗人青睐“青山绿水”，大体有以下几个原因：首先从色彩上来看，“青”“绿”色能给人平和温柔和谐感，且富有生机和活力，是人们较为喜欢的色彩之一。再从“山”“水”这一物象角度来看，它除了是我们常见的物象外，还似乎更是一个指代符号——“寄情于山水”“游山玩水”，代指大自然；“江山永固”“大好河山”，这又是国家（政权）的代名词。从古典哲学阴阳说上来看，“山”为阳，“水”为阴，涵盖了万物之性，构成大自然最基本的元素，是自然环境的重要组成部分。而今，“绿水青山就是金山银山”又成了当下人们的共识。

名人万花筒
MINGREN WANHUATONG

“两句成名天下知”的王湾

谈起唐代诗人王湾，熟知他的人恐怕不多，然而倘若提及“海日生残夜，江春入旧年”这句诗，即便几岁学童也能讲出文字的精妙。王湾，生卒年、字皆不详，玄宗先天年间进士及第,曾任荥阳县主簿、洛阳尉……难怪史籍记录他多“不详”，实在没有多少光彩照人的仕途资历。然而，当一首《次北固山下》五律诗传到当朝宰相张说手中时，该诗竟传遍了大江南北。相传，宰相诗人张说接到《次北固山下》诗笺，起初不以为然，当读到“海日生残夜，江春入旧年”这一联时，不由得拍案叫绝：在壮阔高朗的景象中揭示新旧客观规律，寓情于景，景中寓理，妙不可言，妙不可言……兴奋之余的宰相张说亲自书写该联，精心裱糊后悬挂于宰相政事堂上，凡遇上门求问“如何写诗”的文人学士，皆以此联作为典范。直到唐末，诗人郑谷还频频说：“何如海日生残夜，一句能令万古传。”文学史家们也多称其“气象高远，情景交融，不可多得”。

知识小问答

同“海日生残夜，江春入旧年”富含相似哲理的诗句是：（　　）

A. 山重水复疑无路，柳暗花明又一村。B. 沉舟侧畔千帆过，病树前头万木春。C. 长风破浪会有时，直挂云帆济沧海。

卢纶，字允言，唐朝诗人，大历十才子之一。

长安春望

［唐］卢　纶

东风吹雨过青山，却望千门草色闲①。
家在梦中何日到，春生②江上几人还。
川原③缭绕浮云外，宫阙参差落照间。
谁念为儒逢世难，独将衰鬓④客秦关⑤。

解读赏析
JIEDU SHANGXI

“遥登城门望东方，独留秦关感时伤。”

这是诗人困陷长安之时抒发感慨所作的诗，与杜甫的《春望》有着异曲同工之妙。这首诗蕴含的感情深沉厚重，富有层次，既有浓郁的思乡之情，又暗含身为儒生，不能上场杀敌的遗憾心酸，也有着对战乱后荒凉萧条的嫌怨。

首联诗人描写了长安杂草丛生的战后春景，也隐含了诗人思念故乡。诗人的家乡在山西，位于长安的东面，“东风吹雨”蕴意着诗人在长安望着东方思念家乡，登高想看见家乡的青山，却不承想只能看见长安黯淡缭乱的景象，用“闲”字突出了长安战后的荒凉之景。颔联直抒胸臆，感叹家只在梦中，不知何时才能回，更感伤战事使百姓流离失所，没有几人能平安回到家中。颈联寓情于景，景中蕴情，将记忆中的家乡景致和面前的宫廷风景相对比，抒发了诗人内心对回家的渴望。诗人想见到家中熟悉的景象，眼前却只有宫阙重重。尾联点明主旨，表达了诗人心中的愤懑，感慨自己身为读书人，只能留在长安。

这首诗歌情韵打动人心，情思耐人寻味，抒发了诗人的感时伤乱和怀乡思归，蕴含了诗人对战乱平定，早日回家的期盼。清朝纪昀评价此诗：“浑厚之气渐尽，惟风调胜后人耳。此诗格虽不高，而情韵特佳。”

①草色闲：形容草木茂盛。草色：一作“柳色”。②春生：一作“春归”“春来”。③川原：河流原野，指家乡。④衰鬓：鬓发疏落，指年高体弱。⑤秦关：秦地关中，指长安。

诗词AB面

SHICI AB MIAN

唐朝长安的夜晚——不许出门

唐朝时期，诗人们都喜欢登上长安城的城楼，或望乡吟诗，或观赏风景，但是诗人咏诵长安城夜景的诗歌却很少，这是为何？原来，唐朝时期，长安城实行严格的宵禁制度，凡宫城门、皇城门、外郭城门及各个坊市门，等到日落的时候就要关闭，第二天清晨才会开启。所以诗人并不能随时登上城门。

在刚执行这项制度的时候，靠专人的传叫，但这样费时费力，后来皇帝听取了大臣的建议，在承天门上和通向外郭城门的六条大街上均安置了鼓，由城门郎每天按时击鼓。日暮击八百下，这时宫门、城门和坊市门皆要及时关闭，街上禁止人行。有街使和武官晚上巡逻，除非因公事或急事持有官府文书，否则一旦发现犯夜的人就要惩罚。等到每天的五更二点，也就是清晨四点左右，城外郎会擂打三千声晓鼓，这时就允许人行了。

长安城长期执行宵禁制度，旨在限制人民活动，维持治安。在每年阴历正月十五上元节、七月十五中元节和十月十五下元节的时候，宵禁制度才会临时解除，允许人们外出放灯，这也就是为何今天所见的唐诗中凡是关乎夜景均与三元节有关。

名人万花筒

MINGREN WANHUATONG

诗歌备受皇帝喜爱的诗人——卢纶

卢纶是大历十才子之一，所写的诗歌都十分有名，备受世人喜爱。但是卢纶屡考进士不中，后来，宰相元载很欣赏他的才华，极力举荐他，卢纶因此做了官。但在大历元年宰相元载被杀，卢纶也受到牵连，被赶出了朝廷。

当时的皇帝德宗也是一个很喜欢读卢纶诗歌的人，卢纶在朝为官的时候，就经常召卢纶一起作诗，琢磨用词，德宗并不知道卢纶已经被赶出了朝廷。有一次，他作了一首诗，想和卢纶一起商讨，就问身边的大臣们卢纶在哪里，知道了卢纶在外地，然后德宗就下诏让卢纶赶紧进京，但此时卢纶已经去世了，德宗得知这个消息之后感到十分惋惜。

在卢纶去世二十余年后，皇帝文宗也十分欣赏喜爱卢纶所作的诗，经常诵读，他问大臣，卢纶家中还有什么人，宰相李德裕回答：“卢纶家中有四个儿子，皆为进士，现今在朝中任职的员外郎卢简能、侍御史卢简辞都是卢纶的儿子。”卢家一门四进士一时传为佳话。文宗就赶紧派人去卢纶家中寻找遗稿，找到了几百首，后都编入了《全唐诗》中，为后人留下了宝贵的精神财富。

知识小问答

大历十才子之名最早见于（　　）。

A.《极玄集》　　B.《诗式》　　C.《新唐书》

王勃，字子安，唐朝诗人，“初唐四杰”之一。

蜀中九日[1]

［唐］王　勃

九月九日望乡台[2]，
他席他乡送客杯[3]。
人今[4]已厌南中[5]苦，
鸿雁那从北地来？

解读赏析
JIEDU SHANGXI

“听说故乡的荒草都是中药，专治乡愁。”

重阳时节，诗人王勃登望乡台，此时他已游历蜀中近三年，日夜思念亲人，归家心切，触景生情，王勃于是写下了这篇《蜀中九日》来抒发自己浓厚的思乡情绪。

这首诗歌的前两句重在记实，总领全篇，点明了事件的时间和地点，也暗喻了重阳节登高望乡的习俗。诗人在重阳节登望乡台，身处“他席他乡”送别客人，自己能望乡不能归乡，却要送客人归乡，这两者之间形成了鲜明的对比，由此，诗人通过叙述反映出自己思乡情切的深厚感情。后两句重在抒情，以鸿雁来反衬，以反问来烘托。一个“厌”字将诗人的内心想法和盘托出，南中十分苦寒，诗人都已经心生厌倦，那鸿雁怎么可能还从遥远的北方飞来这里呢？诗人将人与雁、南与北进行对比，又用反问句式来烘托氛围，从侧面反衬出诗人的乡思绵绵之情。唐汝询也在《唐诗训解》中称：“唐人绝句善于无情处生有情，此联是其鼻祖。”

全诗格调自然，流丽舒畅，在构思上颇具特色，既记叙了重阳节时的登高酒宴，又表达了内心对蜀中的嫌厌和归家的渴望，以此抒发思念之情，婉转动人。

① 九日：重阳节。② 望乡台：眺望故乡的高台，在今四川省都江堰市。③ 送客杯：送别酒席。④ 人今：一作“人情”。⑤ 南中：蜀中，今川贵一带。

诗词AB面
SHICI AB MIAN

重阳节的必备——重阳糕和菊花酒

从汉代起，重阳节就有了传统的饮食习惯——吃重阳糕、喝菊花酒。重阳节的糕就和中秋节的月饼一样，都是节日应时的食物。古人讲究重阳节吃糕，因为“糕”与“高”同音，又相信“百事皆高”的说法，所以古人在重阳节登高之时吃糕，寓意着步步高升。重阳糕是用捣烂的熟米或是磨成粉的生米做成的糕饼。汉代魏晋之时，人们用麦粉做的叫作饼，用米粉做的叫作饵，重阳糕是用菊科植物蓬草和黍米做成的，所以又叫作“蓬饵”，在重阳糕里加入蓬草是为了增加它的香气。在唐代的时候，重阳糕变得十分丰富，有了麻葛糕、米锦糕以及菊花糕等多种糕点。

阴历九月，重阳佳节，秋高气爽，菊花盛开，所以古人也将九月称“菊月”。在重阳节，古人不仅喜欢赏菊，也喜欢饮菊花酒。菊花酒主要使用甘菊或白花菊的花蕾和黍米一起酿制而成，等到次年的重阳再开坛取饮。菊花酒具有平肝清热、治头风、明目的功效，十分清新可口，且古人认为在重阳节喝菊花酒可以延年益寿、避除不祥，所以无人不爱。重阳糕和菊花酒就成了重阳节的代表食物。

名人万花筒
MINGREN WANHUATONG

写文被贬，有家不归的诗人——王勃

诗人王勃在长安时为沛王的伴读，有一次，沛王去集市斗鸡，王勃写了一篇《檄英王斗鸡文》，唐高宗李治看到这篇文章后十分恼怒，认为王勃身为伴读不知劝导反而陪着沛王玩耍，且有挑拨沛王和周王的嫌疑，于是唐高宗就将王勃逐出了沛王府。

王勃觉得没有脸面再在长安待下去了，他想回家又觉得并不光彩，于是他便决定去蜀中游历。这一去，便是三年。来到蜀中的第三个重阳节，王勃和好友卢照邻、邵大震相约一起游览梓州的玄武山，他们半爬山半休息地登上了山顶的望乡台，摆好酒席之后，三人畅饮作诗，卢照邻和邵大震都以《九月九日登玄武山旅眺》为题，卢照邻赋诗：“九月九日眺山川，归心归望积风烟。他乡共酌金花酒，万里同悲鸿雁天。”邵大震又赋诗：“九月九日望遥空，秋水秋天生夕风。寒雁一向南飞远，游人几度菊花丛。”他们各自相互品评，但并未分出高下，于是他们重新回到了酒席之上。

回到酒席，王勃向好友倾诉自己因为写了一篇文章而被贬，来到蜀中两年有余，美景已经看遍，鞋子都走破了几双，说到动情处，王勃已是满含热泪。卢照邻看出了王勃的思乡之情，也就劝王勃早日回到家乡。

知识小问答

（　　）评价王勃的诗歌“壮而不虚，刚而能润，雕而不碎，按而弥坚”。

A. 卢照邻　　B. 杨炯　　C. 骆宾王

宋之问，字延清，唐朝宫廷诗人，与沈佺期并称“沈宋”。

渡汉江[①]

［唐］宋之问

岭外[②]音书断，
经冬复历春。
近乡情更怯，
不敢问来人[③]。

解读赏析 JIEDU SHANGXI

“近乡情怯渡汉江，不问来人自思乡。”

这是诗人从泷州（今广东省罗定市）逃回洛阳的途中所作，抒发了诗人的思乡之情，表达了诗人内心紧张矛盾的心理，令人感同身受，动容感怀。

诗歌的第一、二句追忆往事，记叙了诗人和家中因交通不便断了联系的事情。诗人自己身处岭外，不能和家中亲人经常联系，来往不易，因此音信书信都慢慢断绝了，没有亲人的消息，不知家中如今已是什么模样。经过一整个冬天又来到春天，这漫长的日子没有一天是不思念家人的。这两句诗蕴含诗人从冬到春的痛苦回忆，从侧面表达了诗人对故乡的深切思念。

后两句直抒胸臆，一个“怯”字将诗人的复杂心态、微妙情态以及动作形态都表现得完美无缺。诗人日夜思念，现在渡过汉江就可以回到家乡了，家乡近在眼前，但是离家更近一步，诗人心中就更加紧张。碰见从家乡来的人，诗人也不敢上前去问一下消息。这两句诗将诗人心中复杂的心理活动都展现出来，从反面衬托了诗人的思乡情急。

整首诗歌的感情真挚，语言贴切，将诗人心中的愁苦与思念娓娓道来，展现了诗人思念家乡却又在临近家乡时心怯的矛盾心理，反映了诗人对家乡的思念至深。

① 汉江：汉水，源自陕西，流经湖北，汇入长江。② 岭外：即岭南。岭指湖南、广东交界的大庾岭。③ 来人：指来自家乡的人，熟悉自家情况的人。

诗词AB面

SHICI AB MIAN

蛮荒苦寒之地的分界线——“五岭”

在古代，岭南是还未开发的地方，越靠近南边就越荒凉。“岭南”一词在《史记》和《后汉书》中均有记载，书中所说“领南”就是“岭南”，“岭”指“五岭”，“岭南”就是指五岭的南边，也是岭南之地的分界线。

“五岭”东西横亘着今天南边的江西、湖南和两广地区，从东到西分别叫作大庾岭、骑田岭、萌渚岭、都庞岭、越城岭。就好像秦岭在北方叫作北岭一样，这五岭在南方就叫作南岭。五岭呈东西走向，在它们之间南北方向贯穿着许多的低平谷地，延展开来所分布的山区就是“五岭山地”。唐朝时期，利用了五岭的独特地形，把五岭的南边划分为“岭南道”，属于全国十大行政区之一。

五岭之中，大庾岭最为著名，又叫作“梅岭”，古往今来，经过梅岭的名人很多，如东晋陆凯、南齐范云、唐代张九龄、宋代苏轼、元代聂古柏、明代汤显祖、清代朱彝尊等，他们都在这里留下了脍炙人口的诗篇，或是感叹怀才不遇，或是描写山川风景，情感各异，风格不一。

名人万花筒

MINGREN WANHUATONG

有才无德、恩将仇报的诗人——宋之问

宋之问身负一身文采，这一点就连武则天也是十分认同的。有一次，武则天命群臣作诗，左史东方虬最先完成，武则天觉得写得好就赐给他一件锦衣。但是看到宋之问作的诗之后，她就改变了主意，将锦衣从东方虬的身上扒下来赏给了宋之问。这足以见宋之问在诗歌文采方面才华横溢，可是，他的为人德行却是劣迹斑斑。

他在朝堂上趋炎附势，攀附上武则天的男宠张易之，但还不满足，向武则天求取成为更有职权的“北门学士”，武则天没有取用他，他便终身怨愤。之后，张易之被杀害，宋之问受到牵连，被贬到泷州。到了泷州之后，宋之问不能忍受在岭南荒蛮之地的艰苦，十分贪恋昔日的权势与荣宠。

于是，就在第二年，他暗自从泷州逃回洛阳，他的好友张仲之毫不犹豫地收留了他，宋之问却恩将仇报。宋之问终日隐匿在张仲之的家里，无意中得知了张仲之和王同皎要合谋杀死武则天的侄子武三思的消息。于是，宋之问为了自己重新得到朝廷的重用，便告发了他们，张仲之和王同皎因此获得了死罪，宋之问却得到了升迁，官途顺达。

知识小问答

宋之问、陈子昂、王适、毕构、李白、孟浩然、王维、贺知章与（　　）并称为“仙宗十友”。

A. 卢藏用、司马承祯　　B. 卢藏用、杜甫　　C. 杜甫、司马承祯

刘长卿，字文房，唐朝诗人，擅写五言，时称“五言长城”。

新年作

［唐］刘长卿

乡心新岁切，天畔[1]独潸然[2]。
老至居人下，春归在客先。
岭猿同旦暮，江柳共风烟。
已似长沙傅[3]，从今又几年？

解读赏析
JIEDU SHANGXI

“寄人篱下独落泪，新春佳节倍思家。”

《新年作》是诗人被贬岭南，新年思家所作的一首律诗，描写了新年时独自思念家乡的事情，抒发了深沉厚重的思乡之情和仕途不得志的愤懑幽怨。

首联叙写了诗人被贬岭南，在新年思念家乡而泪流满面的事情。新春佳节，本是合家团圆的欢乐日子，诗人却独自身处岭南，离家千里，思家情绪尤甚，眼泪就不知不觉地落下。“切”一字带动了全诗的感情走向，将诗人的归心似箭、深切酸楚和孤独愁苦都一一诉说。颔联描写了诗人在岭南寄人篱下的事情，从侧面烘托了诗人心中的心酸苦痛。颈联景中有情，情中有景，描绘了诗人在岭南生活的点点滴滴。诗人每日只有“岭猿”和“江柳”做伴，营造出凄凉悲怆的氛围。在尾联中，诗人不再将内心愁怨隐含，而是选择喷涌而出，直抒胸臆。诗人以长沙傅贾谊自喻，运用反问句式作结，强烈地抒发了自己心中郁郁不得志的忧愁酸楚。

全诗蕴含的感情基调深沉真切，凄怆悲然，语言新巧，深刻展现了诗人的绵绵乡思和浓浓乡心，也抒发了对贬谪的不满和沉痛的心情。

① 天畔：指远离中原的蛮荒岭南之地。② 潸然：泪流满面的样子。③ 长沙傅：指西汉贾谊。汉文帝听信谗言将贾谊贬为长沙王太傅，在这里用作自喻。

诗词AB面
SHICI AB MIAN

古老的除夕习俗——守岁

除夕之夜守岁是最重要的新年活动之一，守岁的习俗最早见于西汉，由来已久。那么古人为何要除夕守岁呢？古人守岁和年龄有关，含义并不相同。年老长辈守岁是为了辞旧迎新，蕴含“珍惜光阴”的意思，而年轻人守岁，父母便可安康无忧，是为了延长父母的寿命。由此，从汉代起，全家都会在除夕夜团聚在一起守岁，一直流传至今。

唐朝时，守岁的习俗尤为兴盛。除夕之夜，上到帝王下到百姓皆会守岁。帝王皇族会在宫廷里燃起檀香篝火，大摆宴席，奢侈华丽。这时是文人雅士大放光彩的好时机，他们会在宴会上作诗献词，主题自然是歌颂帝王的功绩和美德。在各地的州县，官府也会举办除夕之宴，载歌载舞直至天明，就连寻常百姓家也会备上薄席，欢宵达旦，可见唐朝时对守岁习俗的重视。于是，宿岁习俗就逐渐出现了，在除夕夜吃宿岁饭也就成了民间的一种除夕习俗，吃“宿岁饭”是希望家庭富足、来年丰收，也有着团圆饭的含义，这与今天在除夕夜吃团圆饭的习俗十分接近。

名人万花筒
MINGREN
WANHUATONG

把贾谊当作灵魂伙伴的诗人——刘长卿

刘长卿家中贫寒，唯有致仕，可是他的仕途并不顺利，应举十年才中了进士，做了苏州长洲县（今苏州太仓市）的县尉。刘长卿才华和正直兼备，为其他官员所不容，遭受排挤与非议，皇帝唐肃宗听信谗言，将他贬到了潘州南巴县（今广东茂名电白区）当县尉。刘长卿从此一蹶不振，认为自己和西汉时的贾谊同病相怜，同样的刚正不阿却都被权贵奸佞所伤而遭到贬谪，一生都怀才不遇。

刘长卿在被贬潘洲之后写道：“贾谊上书忧汉室，长沙谪去古今怜。”（《自夏口至鹦鹉洲夕望岳阳寄源中丞》）感叹自己和贾谊一样，虽然是为了国家而直言善谏，却得到了被贬的下场。在岭南过的那个新年，刘长卿用“已似长沙傅，从今又几年？”（《新年作》）来感叹自身，经历过贬谪之后，刘长卿对自己的人生感到了迷茫彷徨。

唐代宗大历年间，刘长卿担任了鄂岳转运留后，掌管着地方上缴的财物，被顶头上司污蔑贪污，虽然最后洗脱了罪名，却没有逃过贬谪的命运。他再一次被贬为睦州（今浙江杭州淳安县）司马，这一次的贬谪带给刘长卿的是伤感、是退却，“三年谪宦此栖迟，万古惟留楚客悲”（《长沙过贾谊宅》）是他的沉痛心声。

知识小问答

（　　）称贾谊的散文是“西汉鸿文”。

A. 胡适　　B. 鲁迅　　C. 蔡元培

韦庄，字端己，晚唐诗人、词人，花间词派代表人物，和温庭筠合称“温韦”。

菩萨蛮·人人尽说江南[1]好

［唐］韦　庄

人人尽说江南好，游人只合[2]江南老。
春水碧于天，画船[3]听雨眠。
垆边人[4]似月，皓腕[5]凝霜雪。
未老莫还乡，还乡须[6]断肠[7]。

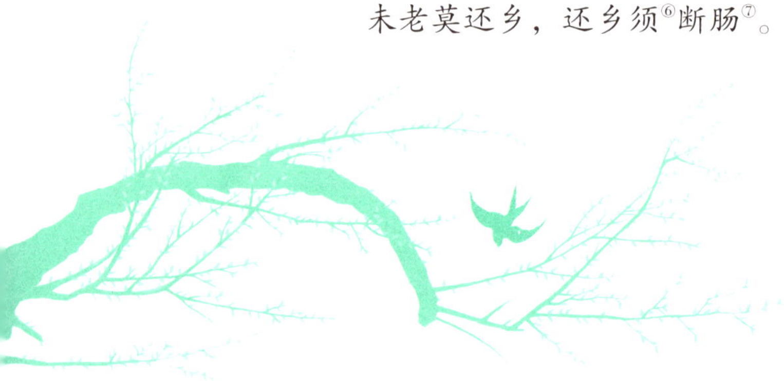

解读赏析 JIEDU SHANGXI

“江南风光无限好，不及断肠还家乡。”

韦庄共作了五首《菩萨蛮》，此乃五首词中的第二首，是韦庄游历客居江南时所写。这首词描写了江南蜀中的水乡风光和人物之美，表达了词人对江南风光的恋恋不舍之情，同时也蕴含了词人客居他处、漂泊难归的愁思哀叹。

词的上片侧重泛写江南之景。首句总领全篇，后篇全是围绕着“江南好”而展开，且运用“人人”叠词来加重情感的表达。接着，词人转而运用白描手法将江南之景呈现在人们眼前，“春水”“碧天”和“画船”一起勾勒出了一幅清新怡人、和风细雨的春光美景。下片注重专叙抒情，描写了江南的人物之美，展现美女当垆的场景。同时也直接抒发了思念故乡的断肠之痛。一个“须”字道出了诗人漂泊在外，难以归家的忧愁苦痛。

全篇风格明丽，意蕴深远，将内心乡思融入江南美景之中，既展现了江南水乡的好景美人，也抒发了惆怅无限的思乡之情。清代陈廷焯也在《白雨斋词评》中评价此词是“一幅春水画图，意中是乡思，笔下却说江南风景好，真是泪溢中肠，无人省得”。

①江南：今四川省境内。②只合：只应。③画船：饰有彩画的船。④垆边人：指卖酒的女子。⑤皓腕：洁白的手腕。⑥须：一定。⑦断肠：形容极度悲伤。

诗词AB面
SHICI AB MIAN

古代酒肆的绝招——美女当垆

自汉代起，就有了专门售酒的地方，一般都用土坯垒砌成一个台子，称为“酒垆”，卖酒的人也就叫作“当垆”，虽然后来改用为柜台，“当垆”一词却一直流传。古代的酒肆多用年轻貌美的女子作为当垆，以此来吸引顾客，增加销售。汉武帝时期，扩大了与西域的交往，因此许多西域胡人就进驻长安开起了酒肆，他们让少数民族女子做招待，史称“酒家胡”，也叫作“胡姬酒肆”。

古代礼教森严，为何会出现美女当垆呢？美女当垆自汉代形成风气以来，始终不受干涉，为社会所容。这是因为古人都喜欢美女当垆，以此借酒助兴，酒家也希望能够多招揽顾客，多多谋利，于是这样的风气渐渐形成传统，从魏晋至南朝，风俗犹然，美女当垆实属常见。美女当垆的风气在唐朝时最为兴盛，这是因为唐朝时经济发达，意识开放，美女当垆已不只是在酒家里招呼卖酒而已了，她们浓妆艳抹走上前台接待饮客。而且由于唐朝多与其他国家接触，大量的外域女子来到长安，胡姬当垆在唐朝也重新兴盛起来，长安城内外随处可见胡姬酒肆。

名人万花筒
MINGREN WANHUATONG

韦庄：谱一曲人生的《菩萨蛮》

韦庄的一生也可以说是晚唐历史的缩影，前后经历了文宗、武宗、宣宗、懿宗、僖宗和昭宗六位唐朝皇帝。晚唐社会的动乱不安和仕途的坎坷不顺都刺痛了他的心，他对唐王朝感到绝望至极，后来王建邀请他入蜀，他便成了蜀国的开国丞相，终身仕蜀。

《菩萨蛮》便是韦庄入蜀之后的回忆之作，共有五首。并非一时一地所作，却可以连缀成篇。“红楼别夜看惆怅”是讲别离。韦庄的大半生都是在不断的迁徙漂泊中度过的，战火四起，只能和佳人分开。“人人尽说江南好”虽是描写江南美景，实则暗含了对故国故乡的追思。“如今却忆江南乐”承接前首“江南好”，回忆年少风流，却因为战乱而“白头誓不归”。诗人又回忆起“洛阳城里春光好”，这是他梦想开始的地方，因为受到洛阳镇海节度使周宝的重用，韦庄的满身才能有了用武之地。

韦庄将身世叙述、世事感怀和生活经历都融入了这五首《菩萨蛮》当中，道尽了自身的所感所历，既有思念佳人之情、物是人非之感，也有国破家亡之慨、追念故国之忆和漂泊流离之苦、思家念归之愁，更有仕途坎坷之叹、壮志未酬之痛，谱写了一曲人生的悲歌。

知识小问答

“花间词派”是我国第一个词派，得名于（　　）所作的《花间集》。

A. 欧阳炯　　B. 孟昶　　C. 赵崇祚

《诗经》，又称《诗三百》，我国古代第一部诗歌总集，收录了西周至春秋305篇诗歌。

诗经·卫风·竹竿

籊籊[1]竹竿，以钓于淇。岂不尔思？远莫致之！
泉源[2]在左，淇水在右。女子有行，远父母兄弟！
淇水在右，泉源在左。巧笑之瑳[3]，佩玉之傩[4]。
淇水滺滺[5]，桧楫[6]松舟。驾言出游？以写[7]我忧！

解读赏析
JIEDU SHANGXI

“把思念全都藏在心底，开出寂寞的花。”

许穆夫人离开家乡卫国，远嫁许国，《竹竿》是她在成婚后所作的一首忆往思乡的诗歌，回忆自己在家乡的淇水边欢笑嬉戏、活泼无虑的样子，抒发了远离家乡的忧愁烦恼和压在心底的寂寞思归。

《竹竿》一诗共分为四节，皆是回想与现实交织，弥漫着浓浓的乡思气息。诗人开篇便记述了自己在家乡淇水垂钓的事情，但诗人也认识到自己身处他乡，身份也早已从少女转变成少妇，回想起少时欢乐，又岂会不思念呢？前两行记叙水边乐事，后两行情绪急转直下，这一起一伏之间流露出诗人对过往的憧憬怀念。诗人在第二节中说明思念的原因，远嫁异国，离开父母兄弟，孤身一人是她心底难以排遣的忧伤愁苦，不自觉地回忆起在淇水百泉垂钓泛舟的欢声笑语。但是已是人妻的她却处处要循规蹈矩，就算看见桧楫松舟也不能游玩，心中的烦恼无处宣泄。

全诗的感情波澜起伏，掺杂着少女时代的欢乐和远嫁他国的寂寞，更衬托出了诗人的乡思之苦。全篇虽未言一个愁字，但字字皆是对家乡的思念，处处皆是对过往的回忆，以忆生情，通过追忆旧事将心中的寂寞惆怅倾泻无遗，营造出一种缥缈迷离的优美意境。

①籊籊（tí）：细长尖锐的样子。②泉源：指百泉，在卫国的西北面。③瑳（cuō）：形容人的牙齿洁白。④傩（nuó）：形容人的仪态优美。⑤滺滺（yōu）：水流的样子。⑥桧（guì）楫：桧木做的桨。⑦写（xiè）：同“泻”，宣泄。

诗词AB面

SHICI AB MIAN

先秦女子不会让你知道她的名字

在古代，尤其是先秦，女子的名字很隐蔽，一般以姓为名来称呼，按照家中的排行来区别。这是因为古代女子的交际范围很小，基本没有使用名字的必要。贵族女子的名字只在闺阁之间流传，男方等到女方允婚之后才会知晓名字。

贵族女子的名字在一生中有两次变化，一次是在出嫁之后。女子一旦出嫁，就会被冠以娘家的国名或国姓，代替原本的排行称呼。卫国的国姓是姬，因此卫国的女儿出嫁之后就会称为“卫姬”。如果不以娘家的国名国姓来称呼，就会被冠以所嫁国家的国名，姜姓的女子嫁到芮国，就叫芮姜。还可以将配偶的氏或封邑名冠于姓上，姜姓女子嫁给棠公之后就改作棠姜，许穆夫人也因为嫁给了许穆公而得名。还有一次变化便是在女子死后，在姓前要换上配偶或自己的谥号。如齐昭公的妻子和宋共公的妻子都是姬姓女子，在死后被冠以丈夫的谥号，分别称作昭姬、共姬。

因此，先秦时的女子在出嫁前、出嫁后和死后的称呼都不相同，只有死后的称呼才是女子最后的称呼，但是不论怎么变化，女子的姓氏都不会改变，称呼中也不会出现名字。

名人万花筒

MINGREN WANHUATONG

傲立烽火中的佳人才女——许穆夫人

许穆夫人出生于卫国王室，后嫁给许穆公。她虽身处许国，却还是时常心系故乡，作了《竹竿》以表思念。在她出嫁后不久，卫国遭到了北狄的进攻，卫懿公惨死，国都惨遭劫掠，百姓四处逃难。

国难当头，许穆夫人心急如焚，便请求许穆公出兵，但因许穆公胆小怕事，没有答应。她毅然踏上了回国之旅，“思须与漕，我心悠悠”（《泉水》）是她赶赴途中的心情写照。而在那时，出嫁的女儿只有为父母奔丧和归宁时才可回家，许穆夫人的父母皆已去世，只有兄弟在世，此趟在当时来说是不合常理的。

许穆夫人一到漕邑（今河南安阳滑县），就将带来的物资分发给百姓，并加以慰问。这时，许国大夫也赶来对她横加指责，她心中悲愤难忍，怒斥他们坐视不救，许国大夫只好悻悻而归。许穆夫人因此写下《载驰》来记叙这件事情，并呼吁邦国救援。

此外，她建议新君卫文公向齐桓公求援，齐桓公听闻《载驰》一诗就答应了请求，派儿子无亏公子率领军队，运去物资，解救卫国于水深火热之中。经过一年多的艰苦奋斗，卫国重建国都，逐渐强大起来，许穆夫人亲见了祖国振兴才回到许国。

知识小问答

《诗经》有《风》《雅》《颂》三部分，《风》分十五国风，共有（　　）篇。

A. 一百零六　　B. 一百一十六　　C. 一百六十

李清照，号易安居士，宋代婉约派女词人。

诉衷情·夜来沉醉卸妆①迟

［宋］李清照

夜来沉醉卸妆迟，梅萼插残枝。
酒醒熏破②春睡，梦远不成归。
人悄悄，月依依，翠帘垂。
更挼③残蕊，更捻④余香，更得⑤些时。

解读赏析

JIEDU SHANGXI

“不留下熏醒归梦的梅花，是否可以再见一回。”

两宋之交，动荡年代，李清照离开故乡，南下江宁（今江苏南京江宁区），这首词是她南渡后不久的作品，记叙了梅花扰乱思乡美梦，她挼捻梅花的事情，从侧面表现了词人心中对故乡的思念和离别的愁怨。

上片描写了词人因酒醉做梦，却被梅花残香熏醒的事情。夜间沉醉，还没卸下簪钗头面就已入梦，想在梦中再见一回熟悉的家乡，却被梅花的残香熏醒了。这“熏破”二字既展现了梅香的蔓延四溢，也蕴含了破坏美梦之意，使得词人在梦中“不成归”，体现了词人心中未见家国的遗憾和对梅花的怨念。

下片则借景抒情，用形单影只来营造凄凉之境，用挼捻残梅来宣泄孤寂愁苦。词人爱花，可当梅花熏破春睡时，词人对它只有怨恨，把残梅又挼又捻，直到不留余香才肯罢手，狠狠发泄了一番，是怎样的肝肠寸断才会使爱梅的她做出如此举动啊！将遗憾、悲恸、愁思、怨念通过叠词层层递进，塑造了一个细致清晰的人物形象。

词人以梅花为引，贯穿全篇，从梅香熏梦到挼梅捻梅皆是抒发悲痛思念和幽怨愁绪，通过日常生活的琐碎细事来表现内心情感。全篇的语言清新不失明丽，情感婉曲而又深幽，和婉细巧地抒发了词人的思乡之情。

① 卸妆：古代妇女卸去头上的装饰品叫作卸妆，也叫卸头。② 熏破：形容香气侵袭，打断美梦。③ 挼（ruó）：用手揉摩。④ 捻：用手指搓弄。⑤ 得：需要。

诗词AB面
SHICI AB MIAN

宋朝女子的权益——拥有奁产、可以离婚

我国的历朝历代中，在宋朝时女子的地位达到了制高点。宋朝时的家庭分家，女儿和儿子一样拥有继承权，这是律法规定的，女儿可以分得一半的财产，叫作“奁产”，是以嫁妆的名义给予的。奁产随着女子出嫁带入夫家，名义上是夫妻的共同财产，其实并不归夫家管。奁产的所有权都归女子，女子自己决定是自己保管还是赠给夫家，夫家如果索要女子的奁产是会被世人鄙视的。夫妻合离之后，女子可以带走她全部的奁产。

在宋代，女子也可以和男子离婚，叫作“合离”，合离再嫁在当时并不是很稀罕的事情，妇女主动提出离婚的事情也屡见不鲜。宋朝律法保护女性主诉离婚的合法权益，丈夫没有能力赡养妻子，离家不归，妻子若是被夫家亲属侵犯等情况，女子都有权提出离婚。词人李清照再嫁给张汝舟，但张汝舟是个道貌岸然的势利之徒，对她肆意凌辱，她不堪虐待到处申诉，请求合离。尽管女子可以提出离婚，但是要男子写下《放妻书》作为法律凭证，妻子状告丈夫，纵然属实也要被判刑两年。宋代的女子只是拥有了更多的合法权益，男权社会终究是没有改变的。

名人万花筒
MINGREN
WANHUATONG

打马小能手、赌鬼女词人——李清照

李清照出生于官宦之家，书香门第，幼年丧母，因此父亲李格非对她很是宠爱，从不约束她，李清照因此并不像其他循规蹈矩的大家闺秀一般，她沉迷赌博，热爱非常。当时流行着许多种赌博形式，赌球、斗鸡、掷骰子等，而李清照对打马情有独钟。打马也就是打麻将，为此李清照写了许多作品来表白打马，讴歌赌博。

她直白地在《打马图经》中叙说自己，“予性喜博，凡所谓博者皆耽之昼夜，每忘寝食。但平生随多寡未尝不进者何，精而已。”可见她沉迷至深，不分昼夜、废寝忘食地打马。写了《打马图经》之后，李清照又写了《打马赋》来称颂赌博前辈，“岁令云徂，卢或可呼。千金一掷，百万十都。樽俎具陈，已行揖让之礼；主宾既醉，不有博奕者乎。”

李清照对打马赌博的热爱是现在的人们如何也想象不到的，她生活在战乱动荡的年代，就算南渡逃难也不忘带上赌博工具，她自己曾言“自南渡来流离迁徙，尽散博具，故罕为之，然实未尝忘于胸中也”。就算是逃避战乱也不能忘记赌博，博具丢失竟也是憾事一件。

知识小问答

“大明湖畔，趵突泉边，故居在垂杨身处；漱玉集中，金石录里，文采有后主遗风。”是（　　）先生为李清照纪念堂所题的词。

A. 老舍　　B. 郭沫若　　C. 徐志摩

李觏（gòu），字泰伯，号盱江先生，北宋时期著名改革家、思想家，注重经世致用。

乡　思

［宋］李　觏

人言落日①是天涯，
望极②天涯不见家。
已恨碧山③相阻隔，
碧山还被暮云遮。

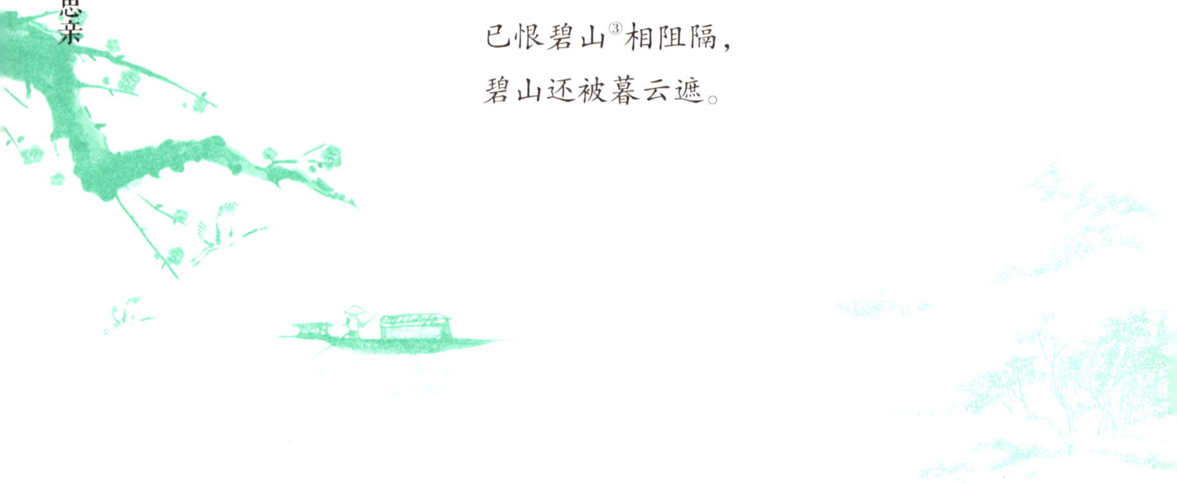

解读赏析
JIEDU SHANGXI

“暮云遮处，是我家乡；归而不能，我心惶然。”

本诗是宋代诗人李觏的一首七言绝句，语言简练而含义深刻，表达了诗人心中对于故乡望而不见、思而不归的痛苦，越发体现了诗人对家乡浓重的思念和热爱。

前两句从远望入手：别人都说太阳落下的地方叫作天涯，我极目远望，天涯尽处依旧没有我的家乡。一般人会以为落日之处、天涯尽头就是距离自己最远的地方，而在这里，落日所在的天涯竟比家乡还远。这里通过对比的方式，不仅写出了作者与故乡之间的距离，更表现了诗人远望家乡而不得见的怅惘。后两句较于前两句所描写的是眼前之景：眼前青山重重，阻隔了我远望家乡的视线，而这青山重重又被层层暮云遮住。此处情绪较前两句也有所加深，先用一个“恨”字作为自身情绪的总结，而到第四句，原本只是青山阻隔，此时更有暮云层层，“恨”的情绪自然进一步加深。

全诗结构清晰，布局合理，由远景到近景，诗人思想的情绪随着文句的展开一步步加深，最后到了无法消解的地步。

①落日：太阳落山之地。②望极：望尽，极目远望。③碧山：这里指青山。

诗词AB面 SHICI AB MIAN

落日和天涯哪个更远

天涯是古人用来形容距离遥远的常见意象，往往与海角或地角相对，例如成语“天涯海角”，唐代诗人韩愈在《祭十二郎文》中所写的“一在天之涯，一在地之角”都借用了这个意思。而太阳虽是人们每天都会见到的，但从没有人登上去，所以难以知道同人们之间距离的远近。古人们也会思考这个问题，一个有趣的答案是——天涯比太阳更远，因为太阳再远，人们一抬头总能看见，而天涯，人们无论如何寻觅总难以看到，因此说天涯比太阳更远。

与之类似的有趣问题就是两个儿童争辩早晨和中午的太阳哪个距人更近。一个认为早晨，因为早晨太阳大如车盖，中午只像个盘子，那一定是大的近小的远了；一个认为中午近，因为早晨太阳清凉，中午则滚烫，自然是热的近凉的远了。关于这些问题的争论并不一定必须要寻找一个正确答案，却可以训练人们的逻辑思维能力，体现了中华文化活泼的一面。

名人万花筒 MINGREN WANHUATONG

浮云不能遮断的，是思念

浮云是现实生活中常见的自然事物，其在天空中舒卷连续的场面震撼人心，但另一些时候，浮云笼罩在群山城池之间，隔断了人们的视线，但如辛弃疾所写的“青山遮不住，毕竟东流去”，人们的思念和情感并不会因为这些遮拦而就此断绝，它们终究会传达给心上的那个地方和人们。

李白在不得重用、离别长安之后，登临金陵凤凰山上的凤凰台，在其《登金陵凤凰台》中写到“总为浮云能蔽日，长安不见使人愁”，长安与诗人的距离已经十分遥远，没办法回去，在这样的情况下更被浮云遮蔽，使得诗人越发没法回还了。而在这里的浮云又有一种引申义，那便是围绕在君主身边的谗臣和小人。

但正如飘浮不定的浮云一样，那些游子终日也在四处漂泊，所以浮云也常常被当作游子的象征。李白在《送友人》中写“浮云游子意，落日故人情”正是使用了这一象征。而韦应物在《淮上喜逢梁州故人》中写“浮云一别后，流水十年间”将这一象征运用得更加生动，不论是亲人还是朋友，四处飘散不能再聚，不正像浮云一样吗？但若从另一个角度来想，那些飘来飘去的浮云正是游子的精神寄托，或许它们可以替自己回到故乡聊解乡思呢。

知识小问答

“浮云”一定不具有以下哪种内涵？（　　）

A. 故人　　B. 游子　　C. 长者　　D. 小人

崔涂，字礼山，晚唐诗人，平生多漂泊在外，故其作品多情绪低沉苍凉之作。

春　夕

［唐］崔　涂

水流花谢两无情，送尽东风过楚城。
胡蝶梦中家万里，子规枝上月三更。
故园书动经①年绝，华发②春唯满镜生。
自是不归归便得，五湖烟景有谁争。

解读赏析
JIEDU SHANGXI

“春风沉醉，愈觉家乡好。”

本诗是唐代诗人崔涂的一首七言律诗，描写的是暮春时节，诗人客游在外，见到花随风谢、子规啼月的春夜场景，表达了心绪低沉、思念故乡的情感。

首联先写暮春时节水流花谢、春光消散的独特景色，整联运用拟人手法，赋予流水、落花、东风以人的情感行为，而“无情”“送尽”等词更表现出诗人对于春天离去的伤感。在这样本就凄楚的时刻，“我”仍旧不能回到我的家乡，因此自然引申到第二联：如同庄周在梦中化蝶那样，我在梦中回到万里之外的家乡，醒来才发现这一切都是梦影。已经到三更天了，月色朦胧，耳边传来枝头子规的声声啼鸣。在本联中，诗人思乡之情一层比一层深重，由思乡到梦乡，梦醒时又听到月下子规的哀啼，那种思乡而不得归的哀愁也一层比一层深重。第三联则从自身状况着手来写：家乡的书信动辄就是多年断绝，春天到来万物新生，镜中的我却满头白发。将春天万物生机勃勃的景象与自身满头白发作比，既体现了时光流逝去不能返的无尽愁闷，更可以看出作者在此等境况之下无法还乡的凄怨。尾联继续从自身境况着手，暗含了自己不能还乡的原因：我要是想回去自然可以回去的，五湖的风景又不会有人来争。 但我自己现在抱负未展，功名不得，自然是没法回去的。将思乡之愁与理想难以实现之愁相结合，将整首诗的思想深度更加深一层。

① 动：动辄，往往；经：多。② 华发：白发。

诗词AB面 SHICI AB MIAN

蝴蝶梦是怎么回事

蝴蝶梦来源于先秦典籍《庄子》，庄子做梦梦到自己变成了一只蝴蝶，当他成为蝴蝶的时候他并不知道自己是庄周，翩然起舞，自由自在，而当他忽然醒来，他又并不觉得自己是蝴蝶，明白自己还是庄周而已。庄周和蝴蝶之间一定是有区别的，但在似梦似醒的一瞬之间却没办法分清，庄周很推崇这种状态，称之为“物化”，认为人只有与物变化，才能真正做到自由自在。而崔涂诗中的“胡蝶梦”，怕更多指向梦醒之后那种无可奈何的惋惜之感。

子规子规，子何不归

子规是古典诗词中很常见的意象，是杜鹃鸟的别名。据说它总是朝向北方鸣叫，声音哀切，就好像呼唤游子归家，所以又称为“催归”。另一个传说涉及它的身世，相传它是蜀帝杜宇的魂灵所化。杜宇在世时称之为“望帝”，去世后人们怀念他，每每听到杜鹃的声音，便说“我望帝之魂也”，这句话也有“我希望杜宇魂魄归来”的含义。两种传说最终表达的含义相近，人们往往将之视为催促游子回家的消息，也用来表达哀怨凄苦之情。

名人万花筒 MINGREN WANHUATONG

书信——中国游子的情感寄托

古代人们出游，并不像今天这样方便快捷，各种各样的服务非常齐备，出游成了一种享受。对于古人而言，出游是非常辛苦的，甚至可以称之为一种折磨，元杂剧《西厢记》里“长亭送别”一折崔莺莺送别张生就唱道：“到京师服水土，趁程途节饮食，顺时自保揣身体。荒村雨露宜眠早，野店风霜要起迟！鞍马秋风里，最难调护，最要扶持。”这便是古人出行辛苦的最佳表现。而在这样的情况下，亲人的书信就成了游子最重要的情感寄托。

唐代诗人张籍有一首《秋思》最能表现家书的这一意义：“洛阳城里见秋风，欲作家书意万重。复恐匆匆说不尽，行人临发又开封。”秋天来临，诗人思念家乡亲人，就想着写封书信传达自己的心意，书信写好之后交给传递的信使，却在信使就要出发的时刻重新打开信封，将自己的心意继续添加上去。书信尺幅总是有限的，但游子对于故乡和亲人的思念怎么可能写尽呢？从这个意义上来理解杜甫“烽火连三月，家书抵万金”之句，也就越发可以体会在连绵战火之中那封家书抵过万金的原因了。但可惜的是，随着现代通信技术的发展，这样的书信文化在我们生活中所产生的影响越来越弱，未来的人们能否真正体会这一纸书信背后的情意，确实是需要人们思考的问题。

知识小问答

杜鹃鸟没有以下哪一个别名？（ ）

A. 戴胜　B. 子规　C. 杜宇　D. 催归

辛弃疾，字幼安，号稼轩，南宋豪放派词人，人称“词中之龙”，也有一些细腻之作。

醉花阴·黄花谩说年年好

［宋］辛弃疾

黄花谩说年年好。也趁秋光老。
绿鬓①不惊秋，若斗尊②前，人好花堪笑。
蟠桃结子知多少，家住三山岛。
何日跨归鸾，沧海飞尘，人世因缘③了。

解读赏析
JIEDU SHANGXI

“因缘聚散，人力难为，不如把握当下。”

本词是南宋豪放派词人辛弃疾的作品，通过眼前黄花入手，写出了作者对于时光流逝、光阴不再的感慨，也体现了作者把握当下、不必执着的人生态度。

上阕由眼前实景入手：不要说眼前的菊花年年盛开，如何如何之好，她终究也会随着秋天的离去而凋零。少女年轻的时候，满头青丝，对秋天的到来、时光的流逝没有一丝惊讶，对花饮酒，花与人一道共欢笑。通常人们认为菊花是经霜耐老的象征，辛弃疾却指出，即使是菊花终究也要凋零枯萎。从一开始，情绪便是低沉的，但辛弃疾没有使这样低沉的情绪蔓延开来，他又从少女入手，说只要把握当下，享受美好的每一天，花也会随人一样欢乐的。

下阕从想象的虚景入手：作者由对时光易逝的感慨自然过渡到对久别的家乡的怀念，我家所住的三山岛上蟠桃树不知结了多少桃子啊！不知道何日能够跨上归家的鸾鸟，人这一生如同大海上的浮尘，都在因缘聚散中了结。诗人最开始写对家乡的思念，有种思而不能归的哀怨，但诗人最终采用了佛家关于因缘的说法超脱出来，人生一切遭遇自有缘法，不必执着。

全诗意蕴丰富，结构清晰，具有辛词一贯的特点，又有所区别。与辛弃疾的其他作品豪放沉郁不同，本词细腻婉转，气象清新，展现了词人别样的文学天赋。

① 绿鬓：指少女的青丝。② 斗：玩乐，享受；尊：通“樽”，酒杯。③ 因缘：佛教术语，指事物发生的原因和条件。

诗词AB面
SHICI AB MIAN

三山岛应去何处寻

三山岛的典故来源是很悠久的，先秦时期，以神鬼之说闻名的方士们就捏造出神仙居于海上仙山的故事，秦始皇还曾经发动大规模的海外访仙活动。人们还为这些海上仙山确定了名称，分别称作岱屿、员峤、方壶、瀛洲、蓬莱，这五座仙山漂浮于海面随波浪而浮动，上古的帝王命令禺强统领巨鳌背负五座大山，以防止他们随波浪流走。上古时期有一个龙伯国，民众身形巨大，竟然将背山巨鳌一连钓走了两只，于是岱屿、员峤二山就此随水流走，沉于大海。从此海上只剩方壶、瀛洲、蓬莱三座仙山，也称海山三山仙岛。

作为一种哲学概念的“因缘”

“因缘”二字在人们生活中的使用是非常常见的，殊不知这个词语并不是中国文化自然产生的词汇，而是伴随佛教传入中国而带来的佛教词汇。“因缘”一词在佛教中是具有深刻内涵的。佛教的根本理念为“空”，而因缘指任何事物的发生必然是有一定的理由和凭借的，所谓有其因必有其果，所以世间万物是缺乏独立性的，只是其他事物的依附，因而都是虚空不实之物。因此，因缘的概念从某种程度上讲构成了佛教哲学的基础。

名人万花筒
MINGREN WANHUATONG

豪放词人的细腻心思

人们往往有一种刻板印象，即那些被教科书称之为“豪放派”的词人笔下只能写出被关西大汉用铜琵琶铁绰板唱出的豪壮之语，那些细腻婉约之词与他们是绝缘的，这种认识是非常错误的。

苏轼是北宋时期豪放派词人的代表，那手执铜琵琶铁绰板的关西大汉所演唱的就是他《念奴娇·赤壁怀古》里的“大江东去”。但他也写过凄清哀婉的词句，他在怀念亡妻王氏的《江城子》中写道：“十年生死两茫茫，不思量，自难忘。千里孤坟，无处话凄凉。纵使相逢应不识，尘满面，鬓如霜。夜来幽梦忽还乡，小轩窗，正梳妆。相顾无言，惟有泪千行。料得年年肠断处，明月夜，短松冈。”记述了他与亡妻在梦中相逢的场景，至今读来犹感人至深。

与苏轼齐名的南宋词人辛弃疾前半生征战沙场，威名赫赫，后来居于山村，写了许多描写村居生活的佳作，其中一首《鹧鸪天》中写道：“陌上柔桑破嫩芽，东邻蚕种已生些。平冈细草鸣黄犊，斜日寒林点暮鸦。山远近，路横斜，青旗沽酒有人家。城中桃李愁风雨，春在溪头荠菜花。”原本关注征战杀伐的大将军将眼光移易在桑芽蚕种、黄犊菜花之上，竟也清新脱俗，自然流畅，可见其文学才华之高。

知识小问答

以下哪座仙山后来随浪漂走了？（　　）

A. 方壶　　B. 蓬莱　　C. 员峤　　D. 瀛洲

杜牧，字牧之，号樊川居士，唐代著名文学家，与李商隐并称“小李杜”。

旅　宿

［唐］杜　牧

旅馆无良伴，凝情自悄然。
寒灯[①]思旧事，断雁[②]警[③]愁眠。
远梦归侵晓，家书到隔年。
沧江好烟月，门系钓鱼船。

解读赏析
JIEDU SHANGXI

“天涯孤旅客，如何不思乡？”

本诗是唐代诗人杜牧的五言律诗，表达了诗人独自在外漂泊流荡之时对于家乡深切浓重的思念。作者将一腔乡思与眼前之景巧妙结合，融情于景，情景交融，又通过对故乡风光的回忆将这一情感加深，使读者如同身临其境，亦发乡思。

首联开门见山，直接揭示了全诗主题：“我”独自寄寓旅馆，没有他人陪伴，四下寂静，我一个人凝神静思。颔联接续首联写静思：对着旅馆内一盏寒灯，我想起许多家乡的旧事，最终沉沉睡去，直到失群的孤雁一声哀鸣，惊醒愁眠。作者运用“寒灯”意象写出了独自在外漂泊的伤感无奈，而“断雁”正是作者自身的写照，那一声哀鸣，何尝不可以看作作者自己在梦中的悲叹？颈联则从就算在梦中，归家也已快到破晓时分以及一封家书送来已经相隔一年入手，写出的都是离家太远的心酸。尾联则接续上联，写梦中所见家乡之景：故乡烟月朦胧之下是平静的江面，家门外系一条钓鱼小船。梦中的家乡风光美好、生活舒适宜人，而这样的风光和生活状态越好，越发体现出诗人当下生活的寂寥孤苦。

全诗通篇将眼前所见与梦中所思相结合，达到了虚实结合、互相对比映衬的艺术效果，对于表达作者的思想情感，增强诗歌感染力起到了较好的推动作用。

①寒灯：昏暗清冷的灯火。②断雁：失群的孤雁。③警：惊。

诗词AB面
SHICI AB MIAN

灯火为什么会“寒”

灯火在一般人眼中，总是光明、温暖的象征，但在不少古诗词中，经常会出现“寒灯”这样的意象，例如，南朝诗人谢朓所写的《冬绪羁怀示萧谘议虞田曹刘江二常侍》里面就有名句：“寒灯耿宵梦，清镜悲晓发。”宋代婉约派词人柳永的《浪淘沙》里，一句“梦觉，透窗风一线，寒灯吹息”也是广为传诵的佳句。灯火为什么会“寒”？的确是一个很值得探究的问题。

就一般情况而言，灯和寒之间一定不会产生什么联系，甚至正好是互相矛盾的。但在诗人笔下，这种矛盾却产生了奇妙的化学反应。正是这种不可能的组合，往往更能渲染清冷的气氛，表达心中那种孤寂郁闷之情，也给作者留下更深刻的印象。同样的艺术表达，也曾出现在《红楼梦》第七十六回“凹晶馆联诗悲寂寞”中，林黛玉接续史湘云“寒塘渡鹤影”之句说出“冷月葬花魂”，月亮本不清冷，只是诗人感受所造成的而已，而这也正写出诗人内心的萧瑟哀愁。

名人万花筒
MINGREN WANHUATONG

梦里的家乡，该是什么样子

游子在外总会想起家的温暖，但迫于现实，不能回还，于是只好在梦中去看看家乡的样子，聊以纾解胸中那一抹浓重的乡情。清代词人纳兰容若在《长相思》中写道：“风一更，雪一更，聒碎乡心梦不成，故园无此声。”塞外苦寒，风雪大作，思念家乡却不能入眠，以致连梦中还乡都没法实现，足见此人心中的凄苦。而那些如愿入梦的作者，他们梦里的家乡究竟是什么样子呢？

南宋年间徐宝君之妻在元军入侵之时被掳至杭州，元人贪恋她的美貌，但她宁死不屈，她最有名的词作《满庭芳》里就写道：“汉上繁华，江南人物，尚遗宣政风流。绿窗朱户，十里烂银钩。一旦刀兵齐举，旌旗拥、百万貔貅。长驱入，歌楼舞榭，风卷落花愁。清平三百载，典章文物，扫地俱休。幸此身未北，犹客南州。破鉴徐郎何在？空惆怅、相见无由。从今后，断魂千里，夜夜岳阳楼。”其中多少家恨国仇，都在梦里岳阳楼上体现出来，引人悲思。而在她之前，亡国君主李煜也在梦中回到故国，《子夜歌》里写：“人生愁恨何能免？销魂独我情何限！ 故国梦重归，觉来双泪垂。高楼谁与上？长记秋晴望。 往事已成空，还如一梦中。”那晴朗的秋日里登上高楼远望四处的场景不再重现，“我”对故国的思念只能在梦中寻找。

游子在外，梦里的家乡往往都是美好的，而这美好的一梦过后，留在他们心间的，却是更加浓重的怅惘。

知识小问答

以下哪位作者没能在梦中回到故国家乡呢？（　　）

A. 纳兰性德　　B. 杜牧　　C. 李煜　　D. 徐宝君之妻

王恭，字安仲，号皆山樵者，明代诗人，福建闽县人，为“闽中十才子”之一。

春雁

［明］王　恭

春风一夜到衡阳①，
楚水燕山②万里长。
莫道春来便归去，
江南虽好是他乡。

解读赏析 JIEDU SHANGXI

“江南虽好，终究不如家乡。”

本诗是明代诗人王恭的一首咏物诗，借唱咏春天北归的大雁来作为自身的譬喻，表达自己异乡生活的苦闷和对家乡的思念。

首句写一夜之间，春风吹拂，春天就来到人间。次句接续前句，写大雁对春天来到的反应——从客游的楚水到家乡所在的燕山，相隔万里，但也开始准备出发了。后两句则借用大雁之口说出一定要北归的原因：不是说春天到来了就要归去，而是江南只是客游地，只有塞北是家乡呀。后两句的设计是十分巧妙的，关键在于其中暗含了对于塞北江南两地的对比，通常都会认为江南风光更好，生活也更加舒适宜人，但在大雁心中，江南虽好，终究不及塞北家乡，越发表现了其归家之志的坚定。

本诗写作于诗人厌倦仕途、辞官返家路上，作者本是福建人，与塞北江南本无牵连，故而诗中的塞北江南也只是作者对于官场和故乡的不同比喻。另外，古人咏雁之诗很多，往往以江南为故乡，写出客游人的辛苦，本诗别出心裁，自己的家乡并不见得多好，还是一心想要回去，更可看出归乡心切，甘愿归老林下的志愿之坚。

① 衡阳：在湖南省，相传大雁南飞，到衡阳为止。② 楚水：指南方。燕山：指北方。

诗词AB面

SHICI AB MIAN

寄托思念的大雁

大雁每年长途跋涉，不辞辛苦，来往于南北之间，人们往往看到大雁，就想起远方的故人，所以大雁成为寄托思念的代表动物。而寄托思念的一个最典型事件就是传递书信，所以出现了“鸿雁传书”这个成语。而这个成语也是有历史典故的，汉武帝时期，苏武出使匈奴反被匈奴扣押于北海之滨，汉王朝后来多次要求放还苏武，均被匈奴以苏武已死搪塞过去，直到后来别人告诉汉朝使者苏武还活着，并教他对单于说：“汉武帝在上林苑射下一只大雁，雁足上绑有苏武的书信，足见苏武还活着。”使者对单于说了这番话后，单于这才答应释放苏武，在这个故事中，大雁就承担了传递书信、传递对故国之思念的任务。

到衡阳则止步的大雁

衡阳地处衡山之南，古代以山之南水之北称“阳”，故而得名衡阳。此地有峰名为回雁峰，古人传说，北雁南飞，至此处便不再继续向南，而要留待来年春天北归，因此有此名。而衡阳因为这座山峰也被称为“雁城”，“衡阳雁”也成为中国古典诗词中的常见意象，杜甫曾经有《归雁》之诗，其中就有“万里衡阳雁，今年又北归”之句，而宋代李纲有词《江城子》：“去年九日在衡阳。满林霜。俯潇湘。回雁峰头，依约雁南翔。遥想茱萸方遍插，唯少我，一枝香。今年佳节幸相将。陟层冈。举华觞。地暖风和，犹未菊开黄。此会明年知健否，判酩酊，醉秋光。”将衡阳雁城之名更加强调了一番。

名人万花筒

MINGREN WANHUATONG

能近取譬——中国传统文化中的象征

象征指通过另一种物或事来表达与该事物本没有什么关系的某种意涵，它作为一种人们表现与传达自身思想情感的手法，普遍应用于中国传统文化的各个方面。

最常见的象征就是同音词象征。中国传统绘画中经常会出现梅花鹿、蝙蝠、鱼等意象，就是因为人们往往将它们对应于“禄”“福”“余”的美好词汇和含义，从而将它们形诸笔墨，以期加官得福、年年有余。与之相对的则是那句俗语“门前不种槐，门后不栽桑”，这就是因为“槐”与“坏”同音、“桑”与“丧”同音，故而形成了这样的习俗禁忌。

而另一种常见的象征就是习惯和特性象征。例如大雁有迁徙的习惯、鱼群有洄游的习惯，人们便借用这种习惯将大雁及鱼儿当作信使的象征。又如菊花凌霜开放、萎而不凋，梅花傲雪而开、芳香四溢，人们便依据这种生长特性将二者当作志士的象征。

此外，中国传统文化中还存在引申象征。丹顶鹤被人们认为是神仙的坐骑，故而也经常作为长寿的象征出现在为老人祝寿的图画之中。

纵观中国传统中的这些象征用法，一个鲜明的特点就是都是从作为象征物的实体本身出发来寻求与象征对象之间的某种联系，而不是生拉硬拽。这种“近取譬”的语言习惯和文化习惯已深深融入中华文化的血液之中，在今天依旧具有深远的影响。

知识小问答

大雁南飞不过衡阳，“衡阳”这个地名来源于哪座名山？（　　）

A. 泰山　　B. 恒山　　C. 华山　　D. 衡山

本章知识小问答答案

第 139 页 正确答案：C. 李白

第 141 页 正确答案：B.《横吹曲辞》

第 143 页 正确答案：A. 司马光

第 145 页 正确答案：B. 沉舟侧畔千帆过，病树前头万木春。

第 147 页 正确答案：A.《极玄集》

第 149 页 正确答案：B. 杨炯

第 151 页 正确答案：A. 卢藏用、司马承祯

第 153 页 正确答案：B. 鲁迅

第 155 页 正确答案：C. 赵崇祚

第 157 页 正确答案：C. 一百六十

第 159 页 正确答案：B. 郭沫若

第 161 页 正确答案：C. 长者

第 163 页 正确答案：A. 戴胜

第 165 页 正确答案：C. 员峤

第 167 页 正确答案：A. 纳兰性德

第 169 页 正确答案：D. 衡山